世界科幻大师丛书
主编：姚海军

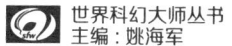

U0755673

转生接口

THE REBORN ［美］刘宇昆 著

四川科学技术出版社

图书在版编目（CIP）数据

转生接口 / （美）刘宇昆著. -- 成都：四川科学技术出版社，2021.10（2024.8 重印）

（世界科幻大师丛书 / 姚海军 主编）

书名原文：The Reborn

ISBN 978-7-5727-0352-2

Ⅰ.①转… Ⅱ.①刘… Ⅲ.①幻想小说—小说集—美国—现代 Ⅳ.①I712.45

中国版本图书馆 CIP 数据核字 (2021) 第 209898 号

图进字：21-2021-74

世界科幻大师丛书

转生接口

SHIJIE KEHUAN DASHI CONGSHU

ZHUANSHENG JIEKOU

丛书主编　姚海军

著　者　〔美〕刘宇昆

出 品 人　程佳月

责任编辑　兰　银　姚海军

特邀编辑　贺子恒

封面设计　李　鑫

版面设计　李　鑫

责任出版　欧晓春

出　版　四川科学技术出版社

　　　　　成都市锦江区三色路238号　邮政编码：610023

　　　　　官方微博：http://weibo.com/sckjcbs

　　　　　官方微信公众号：sckjcbs

　　　　　传真：028-86361756

成品尺寸　140mm×203mm　　印　张　12.5

字　　数　240千　　　　　　插　页　2

印　　刷　四川省南方印务有限公司

版　　次　2022年4月成都第1版

印　　次　2024年8月成都第2次印刷

定　　价　58.00元

ISBN 978-7-5727-0352-2

邮购：成都市锦江区三色路238号新华之星A座25楼　邮政编码：610023

电话：028-86361770

序

　　小说这门艺术的核心存在悖论，至少就我的经历来讲：小说的媒介是语言，这门技艺的主要目的是交流；而我只有避开交流这一目的，才能写出满意的小说。

　　解释一下，作为作者，我用文字构建出作品，但文字在被读者的意识激活之前是没有意义的。故事是被作者和读者共同讲述的，在读者参与阐释之前，所有的故事都是不完整的。

　　每个读者在阅读文本时，都带着自身的阐释框架和对现实的预设，还有关于这个世界"是怎样""应该怎样"的背景叙事。这些都需要通过经验来获得，通过每个人遭遇的、无可复制的现实这一独特经历来获得。故事情节的合理性由"争斗－伤疤"来判断；角色的深度由"现象－影子"来评估；而故事的真实性则由每个人内心的恐惧和希望来衡量。

　　一个好的故事和一份案情诉讼摘要完全不同，后者试图说服并引导读者走上一条悬浮在不合理深渊之上的狭窄道路。相反，一个好的故事则更像一栋空荡荡的房子，一座开放的花园，一片海边的废弃沙滩。读者带着他们沉重的行囊和珍视的财产，带着怀疑的种子和理解的剪子，带着人性的地图和支撑信仰的篮子前来。接着读者栖居在故事之中，探索它的角落和缝隙，按照自身的品味重新布置家居，按照他们内心生活的草图漆刷墙壁，将这个故事变成他们的家。

作为一名作者，我发现想要建造一所能让每位想象中的未来居民都满意的房子是一件限制重重、让人无力的事。更好的办法是建造一所让我在其中感到宾至如归、平静怡然的房子，让我在现实和语言的艺术之间得到慰藉。

然而，经验表明，正是在我最不希望达成"沟通"的时候，成果才是最容易被阐释的；正是在我最少考虑读者是否感到舒适的时候，他们才最有可能把这个故事当作自己的家。只有纯粹专注于主观性，我才有机会实现主体间性。

愿你在这里找到一个故事，让它成为你的家。

THE REBORN

目　录

转生接口

The Reborn

胡绍晏 译

2014 年首次发表于 Tor.com

相较于太过清晰的记忆，遗忘是更严重的罪行。

我们每个人都认为这儿有个掌控自身的独立"自我",但那不过是大脑努力制造的假象……

——史蒂芬·平克,《白板》

我记得自己的转生。那感觉大概就像是一条鱼被放归大海。

悬浮的审判船缓缓地从波士顿港口飘移到扇形码头公园上方,其圆盘形的金属外壳与浑浊的夜空融为一体,凸起的上表面仿佛孕妇的肚子。

飞船的体积跟下方地面上的旧联邦法院大楼相仿,四周飘浮着几艘护卫舰,它们表面闪烁的灯光有时会构成类似人脸的模样。

我身边的围观者都渐渐安静下来。审判船每隔四年到访一次,但依然引来大批的人群围观。我扫视着一张张仰望飞船的脸,人们大多毫无表情,有些则带着敬畏。有几个人一边低声交谈,一边窃笑。我对他们稍加留意,但也没放太多心思在他们身上。毕竟已经许多年不曾发生公开袭击事件了。

"飞碟。"那几人中的一人说道,声音略有些大。周围的人们挪动脚步,试图与他拉开距离。"该死的飞碟。"

人群在审判船正下方留出一片空地。一群托宁观察员站在空地中间,准备迎接转生者。但我的伴侣凯不在其中。祂①告诉我,祂最近已见证过太多次转生。

凯曾跟我解释说,审判船的外形设计意图体现对本地传统的尊重,它能唤起我们从前对外星小绿人和《外星第九号计划》②的种种想象。

"这就好比你们的旧法院有个类似灯塔的拱顶,源自波士顿的航海传统,象征着正义的光辉。"

托宁人通常对历史不感兴趣,但凯一直提议要尽量对本地人多加包容。

我在人群中缓缓穿行,逐渐接近那群窃窃私语的家伙。他们全都穿着又长又厚的外衣,极适合藏匿武器。

审判船如孕腹般的圆顶打开了,一束明亮的金光射向天空上方的乌云,由此映照出的漫射反光柔和地笼罩着地面,投下一片阴影。

---

① 原文为 Thie,在汉语中无对应人称表达,故译为"祂"。

② Plan 9 from Outer Space,1959年上映的一部科幻恐怖电影,导演艾德·伍德的代表作。

审判船边缘的一圈旋转门也都打开了,长长的弹性绳索从门洞里延展滑落,弯曲地悬浮于空中,仿佛一根根触手。此刻,审判船就像一只飘浮的水母。

每条绳索的末端都挂着一个人类,他们的身体被位于肩胛骨之间的脊椎上的托宁接口牢牢地固定住,仿佛挂在鱼钩上的鱼。随着绳索徐徐向地面伸展,其末端的身影缓慢轻柔地舞动着四肢。

我接近了那一小群窃窃低语的人。刚才大声说话的家伙把双手伸进厚重的外衣里。我推开人群,加快脚步。

"这些可怜的混蛋。"他一边喃喃低语,一边注视着返回家园的转生者逐渐接近人群中央的空地。我看到了他脸上的表情,俨然是个决定痛下杀手的狂热仇外主义者。

转生者即将抵达地面。我的目标正在等待着,等待审判船的绳索从转生者身上脱离那一刻,于是他们不可能再被拽回去,跟跄地站立着,依然不太清楚自己是谁。

依然天真无辜。

我清楚记得这样的时刻。

我的目标右肩稍稍一动,试图从外衣底下抽出什么东西。我一把推开身前的两名女子,高喊着跃起,"别动!"

接着,转生者脚下的地面像火山一样迸发,世界似乎变慢了,转生者连同托宁观察员一起被抛入空中,肢体胡乱摇摆,犹如断线的木偶。当我撞到前面那人身上时,光与热扑面而来,遮蔽了一切。

他们花了好几个小时才排除我的嫌疑,并为我包扎伤口。等到我被准许回家时,已经是下半夜。

由于新的宵禁政策,剑桥市的街道安静而空旷。哈佛广场停着一队警车,十几盏警灯轮流闪烁。我停下来,摇下车窗,出示证件。

面容稚嫩的年轻警察倒吸了一口气。"乔舒亚·雷农"这名字他也许不认识,但他能看到我的证件右上角的黑点,这说明我可以进入高度戒备的托宁人住宅区。

"真是糟糕的一天,长官,"他说道,"不过别担心,我们已经守护好通往您家里的道路。"

他尽量以不经意的语气说出"您家里"三个字,但我能听出其中的震撼。他知道我是祂们的人,我跟祂们住在一起。

他没有从我的车边退开。"如果您不介意的话,我想问一下调查进展如何?"他的目光在我全身游走,我能明显感觉到他强烈而饥渴的好奇心。

我知道,他真正想问的是:那是什么样的感觉?

我扭头望向前方,摇上车窗。

片刻之后,他往后退开,我用力一踩油门,轮胎发出一阵令人满意的尖啸,我的车一下子蹿了出去。

这座围墙大院原本属于拉德克利夫学院。

我打开公寓的门,屋里透出凯喜欢的柔和金色灯光,我突然想起下午的遭遇,浑身一阵战栗。

凯坐在客厅沙发上。

"抱歉,我没打电话。"

凯站起来,身高足有八英尺[1],祂张开胳膊,黑色的眼睛凝视着我,仿佛新英格兰水族馆巨型水缸里游弋的大鱼。我步入祂的怀中,鼻子里闻到一股熟悉的气味,混合着花与香料的味道,既是来自外星世界的味道,也是家的味道。

"你听说了?"

祂没有回答,只是轻柔地脱下我的衣服,并小心避开绷带。我闭上眼睛,没有抵抗,感受着衣衫被一层层剥离。

浑身赤裸的我仰起头,让祂亲吻我,祂那管状的舌头很温暖,咸咸的。我用双臂环抱住祂,抚摸着祂脑后那道长长的伤疤,祂伤疤的来历我并不知晓,也不想深究。

接着,祂用第一对胳膊搂住我的脑袋,把我的脸埋进祂柔软而覆满绒毛的胸口。祂强壮柔韧的第三对胳膊抱住我的腰,灵活而敏感的第二对胳膊摩挲着我的双肩,找到我的托宁接口,轻轻拨开皮肤,插了进去。

建立连接的刹那间,我倒吸一口气,感受到四肢变得僵硬,继

---

[1] 1 英尺约等于 0.3 米。

而松弛下来,任由凯强壮的胳膊支撑着我的身体。我闭上眼睛,通过凯的感官感受自己的身体:温热的血液在血管中流动,构成一片脉动的红色与金色网络;背部和臀部的皮肤温度相对较低,形成青蓝色的背景;我的短发扎在袘第一对手敏感的皮肤上,略有点刺痒;我混乱的思维在袘温和的疏导之下渐渐恢复平静与理智。我俩的身体与心灵以最亲密的方式结合。

我心想:就是这种感受。

不要因为他们的无知而恼怒。袘通过思维告诉我。

我为袘回放下午的经历:执行任务时的傲慢与大意,爆炸发生时的惊愕,目睹转生者和托宁人死去时的愧疚与后悔。我心中充满无助的愤怒。

你会找到他们的。袘在我脑中说。

我会的。

接着,我感觉袘的身体向我贴近,六条胳膊和两条腿不断探索、抚摸、抓握、挤压、穿插。我也回应着袘的动作,我的手、我的嘴唇、我的脚在袘凉爽柔软的皮肤上游走。我知道袘喜欢这样,我的愉悦清晰分明,袘的也一样。

思维和语言都已没有必要。

审讯室位于联邦法院的地下室,狭小逼仄,仿佛囚笼。

我关上门,挂好外套。我不怕背对着嫌疑人。亚当·伍兹把脸埋在双手之间,胳膊肘支着不锈钢桌面。他胸中斗志全无。

"我是乔舒亚·雷农,托宁保卫局的特工。"我习惯性地把证件在他面前晃了晃。

他抬头看着我,眼睛布满血丝,空洞无神。

"你从前的生活要结束了,我相信你已经明白这一点。"我没有宣读他的权利,也没有告诉他可以找个律师,那些程序是文明程度较低的年代的东西。如今已不需要律师——也不需要审判和警察的讯问技巧。

他瞪视着我,眼神充满憎恨。

"那是什么感觉?"他压低嗓音问道,"每晚被祂们上?"

我愣了一下,无法想象只是这么晃一眼,他就能留意到我证件上的黑点。然后我意识到,那是因为我刚才背过身去,他能透过衬衫看到托宁接口的轮廓。他知道我经历过转生。只是碰巧猜中了而已——不过也很合理——托宁接口敞开的人多半是跟某个托宁人结成了伴侣。

我没有上钩。我已经习惯了,这种仇外主义情绪能驱使像他那样的人大开杀戒。

"手术后,你会受到思维探查。但假如你现在就坦白,提供关于同谋者的有用信息,等到转生之后,就可以获得一份好工作,过上好日子,还可以留住大部分有关朋友和家人的记忆。可你要是撒谎,或者什么都不说,我们最终还是能得到所有的情报,然后你会被清空头脑,送去加利福尼亚州清理辐射尘埃。所有关心你的人也会完全把你忘记。选择权在你手里。"

"你怎么知道我有同谋?"

"爆炸发生时我有注意到你。你正在等待那一刻。我相信你的任务是趁着爆炸之后的混乱尽量杀死更多托宁人。"

他继续瞪着我,恨意毫无退减。接着,他似乎忽然想到了什么,"你转生过不止一次,对吧?"

我愣住了,"你怎么知道?"

他露出微笑,"只是直觉。你的站姿和坐姿都过于僵直。上一次是什么时候?"

我本该料到这个问题,但我准备不够充分。转生两个月之后,我依然感觉有点生疏,状态不佳,"你知道我不能回答。"

"你什么都不记得?"

"我被切除了溃烂的部分,"我对他说,"你溃烂的那部分也会被切除。不管原来的乔希①·雷农曾犯下什么罪行,他已经不存在了,他的罪名自然也应当被遗忘。托宁人是富于同情和仁慈的种族。祂们只会移除你我真正对罪行负有责任的部分——承载邪恶意图的部分。"

"富于同情和仁慈的种族。"他重复道。我看到他的眼中有一种新的意味:怜悯。

---

① Josh,乔舒亚(Joshua)的昵称。

我突然感到很愤怒。应该被怜悯的人是他，而不是我。他还来不及抬手遮挡，我便冲过去猛击他的脸，一拳，两拳，三拳。

他的双手在身前挥舞，鼻子里流出血来。他没有吭声，但一直用那双平静而充满怜悯的眼睛看着我。

"祂们当着我的面杀了我父亲。"他说。他抹掉嘴唇上的血，甩了甩手。血滴溅到我的衬衫，猩红的血珠在白色布料上显得格外鲜亮。"我当时十三岁，躲在后院的棚屋里。透过门缝，我看到父亲把棒球棍砸向祂们中的一个。那家伙用一条胳膊挡住，然后另一对手抓住他的脑袋，就这么扯了下来。然后他们烧死了我母亲。我永远无法忘记血肉烧灼的气味。"

我尽量控制住呼吸。我尽量像托宁人那样看待眼前这个人：把他一分为二。他既是个受到惊吓的孩子，也是个愤怒苦涩的成年人，前者尚可挽救，后者则没有可能。

"那是二十多年前的事，"我说，"那是个黑暗的年代，可怕而扭曲的年代。然而世事变迁，托宁人已经道歉，并试图补偿。你应该去接受心理咨询。祂们应该给你安装接口，把那部分记忆剔除掉，让你的生活摆脱那些幽灵的干扰。"

"我不想摆脱那些幽灵。你就没考虑过吗？我不愿忘记。我骗祂们说什么都没看到。我不想让祂们侵入我的头脑，偷走我的记忆。我想要复仇。"

"你没法复仇。干下那些事的托宁人已经不复存在，祂们已经受到惩罚,湮没在遗忘中。"

他笑出声来,"你说'受到惩罚',干下那些事的托宁人就是如今四处活动的托宁人,宣扬博爱,宣扬跟人类和谐共处。祂们可以选择遗忘,但那并不意味着我们也应该忘记。"

"托宁人没有连贯的意识——"

"你说得就好像自己在征服战争中没有失去过亲人一样。"他提高嗓门,语气从怜悯转变成某种更为阴郁的情绪。"你的论调就像个通敌的叛徒。"他朝我啐了一口,我感觉到脸上和唇间的血水——温热甜腻,铁锈的味道。"你都不知道自己被夺走的是什么。"

我离开房间,关上门,隔绝了他源源不断的咒骂。

在法院外,我遇到了技术调查部的克莱尔。她那边的人已经完成对昨晚罪案现场的侦测与记录,但我们仍然绕着爆炸坑走了一圈,用传统的目测法检视,以防她的设备有所疏漏。

不太对劲,有什么东西不太对劲。

"今早四点左右,一名受伤的转生者死在了麻省总医院,"克莱尔说道,"所以死亡人数一共是十个:六个托宁人,四个转生者。比两年前纽约那次要好一点,但绝对是新英格兰最严重的屠杀事件。"

克莱尔身材瘦削,面容犀利,一停一顿的动作让我想到麻雀。

作为波士顿地区仅有的两名跟托宁人结为伴侣的保卫局特工，我俩走得很近。人们开玩笑说，我俩是工作上的配偶。

我没有在征服战争中失去亲人。

凯陪我出席母亲的葬礼。她躺在棺椁里，面容平静，毫无痛苦。

凯轻触我的后背，给予我支持。我想告诉祂，不必太难过。祂曾努力地抢救她，也曾努力地抢救我父亲，但人类的躯体太过脆弱，我们还不能完全地掌握托宁人教给我们的先进技术。

我们绕过一堆凝结在熔化沥青中的碎石。我尽力控制住呼吸。伍兹的话令我感到不安。"爆炸物有什么线索？"我问道。

"情况非常复杂，"克莱尔说，"根据残存的碎片，有个连接着计时电路的磁力仪。我猜最可能的情况是，附近有大质量金属物体触发了磁力仪，比如审判船。于是计时电路开始工作，在转生者抵达地面的那一刻引爆。

"这一装置需要对审判船的质量有相当精确的了解，否则路过港口的游艇和货船都有可能将它触发。"

"也需要了解审判船的操作规程，"我补充道，"他们必须知道昨天有多少转生者抵达，然后估算出完成转生仪式并把转生者送达地面需要多少时间。"

"这绝对需要周密的计划，"克莱尔说，"这不是某个独行侠干的。我们面对的是经验丰富的恐怖组织。"

克莱尔拉着我走到某个位置。我们所在的位置刚好能看到爆炸坑底部。坑比我预想的要小。犯案者用的一定是定向炸药,能量集中往上输出,估计是想尽量减小对周围人群的伤害。

人群。

我不禁回想起儿时的记忆。

秋季,天气凉爽,空气中能闻到大海的气味,以及燃烧物的气味。聚集的人群数量众多,但没人发出声响。跟其他站在外围的人一样,我使劲往里挤,意图靠近中心,而中间的人则使劲往外挤,就像一窝蚂蚁围着一只鸟的尸体涌动。最后,我来到人群中心,明亮的篝火在数十只油桶里燃烧。

我从外衣里掏出一个信封。我打开信封,将一叠照片交给油桶边的人。他逐一翻看,并从中抽出几张,交还给我。

"这些你可以留着,然后去那边排队做手术。"他说。

我翻看手中的照片:妈妈怀抱着婴儿时的我;爸爸在集市上把我举过肩头;我和妈妈以相同的姿势入睡;我和爸爸妈妈一起玩棋盘游戏;我打扮成牛仔的模样,妈妈在我身后替我调整领巾。

他将其余照片扔进油桶。转身离开时,我试图在火焰吞没照片之前再看一眼。

"你还好吧?"

"没关系,"我晕乎乎地说,"还有一点爆炸的后遗症。"

我可以信任克莱尔。

"听着,"我说道,"你有没有想过转生之前你做过什么事?"

克莱尔用锐利的眼神注视着我,眼睛一眨不眨,"别这么想,乔希。想想凯,想想你的生活,你现在拥有的真实的生活。"

"你说得对,"我说道,"只是伍兹让我有点不安。"

"你也许需要放几天假。你要是无法集中精神,对谁都没好处。"

"我没事。"

克莱尔似乎持怀疑态度,但她没有在这个问题上步步紧逼。她明白我的感受。凯能够看到我脑中的内疚和遗憾。在那种终极的亲密行为中,隐瞒是不可能的。我无法忍受就这样一事无成地回到家接受凯的安慰。

"就像我说的,"她继续道,"这片区域一个月前由 W.G. 特纳建筑公司重铺过路面。炸弹很可能就是那时埋下的,伍兹是施工人员之一。你应该由此着手调查。"

她将文件盒放在我面前的桌子上。

"这里是参与法院路重铺工程的所有雇员和承包商。"

她匆匆地离开了,不敢跟保卫局特工多说半句话,仿佛我有某种传染病。

从某种意义上讲,我或许的确有传染病。在我转生的时候,跟我关系比较近的人都知道我干过什么,他们对我的认知组成了从前乔舒亚·雷农人格的一部分。因此知情者也必须安装接口,剔除相关记忆,以便让我完成转生。我的那些罪行感染了他们。

我甚至不知道以前与我亲近的人都有谁。

我不该想这些事。从前的生活相当于死人的生活,对此过于执着没有好处。

我逐一浏览那批文件,把一个个人名输入手机,让克莱尔办公室的电脑算法把它们跟数百万个数据库中的条目联系起来,并在激进的反托宁论坛和仇外网站中搜索,寻找种种关联,构建出一张关系网。

但我还是自己逐行逐句地仔细阅读着文件。有时候,人脑能够发现克莱尔的计算机都无法找到的关联。

W.G.特纳公司非常谨慎。所有申请人都经过全面的背景调查,算法分析没有发现任何可疑之处。

没多久,所有名字融合到一起,变得难以分辨:凯利·艾考夫、修·雷克、索菲亚·勒戴、沃克·林肯、胡里奥·科斯塔斯……

沃克·林肯。

我又倒回去翻看文件。照片上是个三十多岁的白人男性:狭长的眼睛,后退的发际线,面对镜头毫无笑容。似乎没什么特别的地方。我对他的外表一点印象都没有。

但他的名字让我有点犹豫。

火焰中卷曲的照片。

最上面那张是我父亲,站在我家的房子跟前,手握来复枪,面容肃穆。就在火焰将他吞噬前,我看到照片残存的角落里有一对交叉的路标。

沃克,林肯。

我发现自己在颤抖,尽管办公室的暖气温度调得很高。

我掏出手机,调出沃克·林肯的电脑报告:信用卡记录,电话日志,搜索历史,网络浏览轨迹,就业与教育概况。算法没有标注出任何异常。沃克·林肯似乎是一名典型的普通公民。

我从没见过有谁的档案这么干净,克莱尔那偏执多疑的算法竟找不出一点反常之处。沃克·林肯太过完美了。

我查看他的信用卡购物记录:原木燃料、点火液、模拟壁炉、户外烧烤架。

然后,从两个月前开始,没有任何消费。

祂的手指正要接入,我开了口。

"今晚就不了。"

凯的第二对手臂停下来,略一犹豫,然后轻抚我的后背。稍后,祂直起身。祂的眼睛看着我,在公寓昏暗的灯光下仿佛两颗苍白的月亮。

"很抱歉,"我说,"我的脑子里太乱,有许多不愉快的念头。我不想给你增添负担。"

凯点点头,这是人类的动作,在祂身上显得不太协调。我很感谢祂为了安慰我而做出的努力。祂一直都是如此地善解人意。

祂往后退开,让我一个人赤裸着身体留在屋子中。

房东宣称对沃克·林肯的生活一无所知。该名租客是四个月前搬来的,房租(在查尔斯镇的这个区域尤其便宜)每月一号直接打入账户,但她从没见过他一眼。我挥了挥证件,她把房间钥匙交给我,一言不发地看着我登上楼梯。

我推开门,打开灯,眼前的景象仿佛家具店的陈设:白沙发,皮革双人椅,玻璃咖啡桌上整齐地堆放着若干杂志,墙上挂有抽象画作。一切都井然有序,没有一丝不妥之处。我深吸一口气。没有烹饪、洗洁剂等生活起居的气息。

这地方既熟悉又陌生,犹如似曾相识的梦境。

我穿过房间,打开一扇扇门。壁橱和卧室的布局跟客厅一样巧妙而美观。极为普通,又极不真实。

阳光从西墙的窗户照进来,在灰色地毯上投射出清晰的平行四边形。那金色的光是凯最喜欢的色调。

到处都覆盖着一层薄薄的灰,大概积攒了有一两个月。

沃克·林肯是个幽灵。

最后,我转过身,看到正门背后挂着一件东西:一张面具。

我把它摘下来,戴到脸上,然后走进浴室。

这种面具我很熟悉,它是基于托宁人的科技,由柔软的可编程纤维制成。把转生者送回地球的绳索也是用的同一种材质。面具被体温激活,自动变化成预设的形状。戴上面具后,无论你的脸长什么样,面具都会呈现出预先记忆的容貌。此类面具只有执法机构获准使用,我们有时会用它来渗透仇外组织。

镜子里,面具凉丝丝的纤维逐渐被激活,就像我触摸凯时祂身体的反应。面具牵扯推挤着我脸上的皮肤与肌肉,一时间,我的脸变成了一块扭曲的肉,仿佛噩梦中的怪物。

接着,脸上翻滚起伏的运动停息了下来,我看到了沃克·林肯的脸。

凯是我在上一次转生之后看到的第一张脸。

那张脸上长着黑色的鱼眼,皮肤微微起伏,仿佛底下有许多细小的蠕虫在扭动。我瑟缩着试图躲避,但无处可逃。我的后背贴着一堵铁墙。

祂眼睛周围的皮肤一缩一放,我无法理解这种属于外星人的表情。祂往后退开,留给我一点空间。

我慢慢地坐起来,环顾四周。这是一间狭小的房间,我躺在一块窄窄的钢板上,一端固定在墙上。灯光太亮,我感到有点恶心,于是闭上眼睛。

一幅幅画面仿佛海啸一般袭来,令我应接不暇。面孔、话语、事件,纷纷疾速地掠过。我张开嘴发出尖叫。

凯立刻扑上来。用第一对胳膊抱住我的头,迫使我保持静止。一股混合着花香和香料的气味将我包裹住,关于那气味的记忆突然从我混乱的头脑中浮现出来。家的味道。我紧紧将它抓住,就像在波涛汹涌的大海中抱住一块漂浮的木板。

祂用第二对胳膊搂住我,拍打我的背,寻找接口。我感觉到祂的手插入我脊椎上的洞孔。我不知道那里有接口,疼痛感几乎让我喊出声来——

接着,头脑中的混乱风暴消退下去。我通过祂的眼睛和头脑看着这个世界:我赤裸的身体正在颤抖。

让我来帮助你。

我稍做挣扎,但祂太强壮,我只能放弃。

发生了什么事?

你在审判船上。从前的乔希·雷农干了件很糟糕的事,必须受到惩罚。

我试图回忆自己做过什么,却完全想不起来。

他已经消失了。为了拯救你,我们必须把他从你的身体里切除。

凯柔和地引导我的思维,我脑海中浮现出又一段记忆。

我坐在教室的第一排。阳光从西墙的窗户里照进来,在地面上投射出清晰的平行四边形。凯缓缓地在我们面前来回走动。

"我们每个人都由许多组记忆、许多种人格和许多连贯的思维模式构成。"语声来自凯脖子上挂着的黑盒子，稍微有点呆板，但悠扬而清晰。

"相较于跟家乡的儿时玩伴在一起，当你跟大城市里的新朋友相处时，你的行为、表情，甚至语言是不是都有所不同？相较于跟家人在一起，当你在我面前时，你的哭和笑，甚至连生气的模样是不是也不一样？"

我和周围的学生发出少许笑声。凯走到教室的另一头，然后转回身，我俩的目光对视。祂眼睛周围的皮肤向外拉伸，使得双眼显得更大。我的脸上微微发热。

"统一人格是人类传统哲学中的一个错误观念。事实上，许多未开化的旧习俗都是基于这一理念。比如说，一名罪犯只不过是与许多人共享着一具躯体。犯下谋杀罪的人也可能是个好父亲、好丈夫、好兄弟、好儿子。当他策划杀人的时候，跟他在给女儿洗澡，亲吻妻子，安慰妹妹或照顾母亲的时候，完全是不同的人。然而人类从前的刑事司法制度会对所有人无差别地予以惩罚，一起审判，一起监禁，甚至一起处死。这种集体惩罚多么地野蛮！多么地残酷！"

我根据凯的描述想象自己的头脑：化整为零，分成许多碎片。托宁人最鄙视的人类制度也许就是司法制度。考虑到祂们的心灵交流能力，这种鄙视完全说得通。托宁人互相之间没有秘密，而祂们的亲密关系，我们大概只有在梦里才能实现。司法制度受制于个体的不透明性,无法直接获取思维的真相,甚至需要诉诸仪式化的对抗,这在祂们看来一定是非常野蛮。

凯瞥了我一眼,仿佛能听到我的心思,但我知道,不通过接口这是不可能的。然而这个念头让我感到很愉快。我是凯最喜欢的学生。

我抱住了凯。

我的老师,我的爱人,我的伴侣。我曾经到处漂流,而如今我已到家。我开始记起来了。

我触摸到祂脑后的疤痕。祂一阵战栗。

这里是怎么回事?

我不记得了。不必担心。

我避开伤疤,小心翼翼地抚摸祂。

转生是个痛苦的过程。你们的生物演化进程跟我们不同,你们的头脑更难梳理,更难分离出不同的人格。记忆需要一点时间才能稳定下来。你需要重塑神经纤维链,需要重新找回记忆,并重新理解它们。你得重建自身。现在患病的部分已经切除,你成了一个更好的人。

我依偎着凯,跟祂一起将我的人格重新拼凑完整。

我给克莱尔看那副面具,还有那份过于完美的电子档案,"想要获取这类装备,并伪造令人信服的电子数据,那一定是个位高权重的人,甚至可能在保卫局内部,因为我们需要清理电子数据库,删除转生者的记录。"

克莱尔咬着下嘴唇瞥了一眼我的手机屏幕,然后怀疑地看着那面具,"这真的不太可能。保卫局雇员全都装有接口,并且定期接受思维探查。我不明白内鬼怎么可能藏得住。"

"但这是唯一的解释。"

"我们很快就会知道了,"克莱尔对我说,"亚当已经安装接口,塔乌正在对他进行思维探查。再过半小时就能清楚。"

我跌坐到她身边的一张椅子里。最近两天的疲惫犹如厚重的毯子一般裹挟着我。我一直躲避着凯的触碰,理由连自己也无法解释。我感觉自己很分裂。

我对自己说,再坚持一会儿,保持清醒。

我和凯坐在皮革双人椅上。袖身躯庞大,我俩不得不挤在一起。我们的身后是壁炉,我的后颈能感到从壁炉传来的温热。袖用左侧的胳膊轻抚我的背。我很紧张。

我父母坐在对面的白沙发上。

"我从没见过乔希这么快乐过。"母亲说道。她的笑容十分欣慰,让我很想拥抱她。

"你这么想我很高兴,"凯通过黑色发声器说道,"我猜乔希很担心你会怎么看我——怎么看我们俩。"

23

"仇外分子一直都存在。"父亲说道。他听起来有点喘。我知道,将来某一天我会意识到这就是他病症的开端。一丝悲伤冲淡了我快乐的记忆。

"从前发生过一些可怕的事,"凯说道,"我们很清楚这一点。但我们始终希望着眼于未来。"

"我们也一样,"父亲说,"但有些人一直陷在过去,无法让死者安息。"

我环顾四周,注意到这房子很整洁。地毯毫无瑕疵,桌上没有杂物。我父母坐的白沙发一尘不染。中间的玻璃咖啡桌上只有几本杂志,堆放得巧妙而美观。

这客厅就像是家具店的陈设。

我猛地醒来,记忆中的碎片如同沃克·林肯的公寓一样不真实。

克莱尔的伴侣塔乌站在门口。祂的第二对胳膊受到严重损伤,渗出蓝色的血。祂的脚下一个踉跄。

克莱尔立刻跑到祂身边,"怎么回事?"

塔乌没有回答,而是扯下克莱尔的外衣和底衫,用粗壮但不那么灵活的第一对胳膊饥渴地摸索着克莱尔的后背,寻找她的托宁接口。祂终于找到接口,将胳膊的前端插了进去,克莱尔倒吸一口气,立刻瘫软下来。

我移开视线,避免直视这亲密的一幕。塔乌很痛苦,祂需要克莱尔。

"我该走了。"我站起身说道。

"亚当的脊椎里藏有炸弹。"塔乌通过发声器说道。

我愣了一下。

"我给他安装接口时,他表现得很配合,看上去一副听天由命的样子。但当我开始探查他的思维时,却触发了一枚微型炸弹,他当场被炸死了。我猜你们中有些人仍然极度憎恨我们,宁死也不愿转生。"

"我很遗憾。"我说。

"我才应该感到遗憾。"塔乌说道,祂机械的话音只能勉强传达悲哀的语调,但似乎跟我混乱的头脑有点相像,"一部分的他是无辜的。"

托宁人对历史不感兴趣,我们现在也一样。

祂们不会老死。没人知道托宁人活了多久:几百年、几千年,还是万古永生。凯含含糊糊地提到过一段旅程,其持续的时间比人类的历史还要长。

我曾经问过祂,那是什么感觉?

我不记得了。祂通过思维告诉我。

祂们的心态可以用生理特性来解释。祂们的大脑就像鲨鱼的牙齿,一直不停地生长。新的脑组织不断从内核产生,而外层则像蛇皮一样定期脱落。

面对实质上万古不衰的生命,无穷无尽的记忆会使托宁人不堪重负。难怪祂们成了遗忘大师。

希望保留的记忆必须复制到新的脑组织内:追溯、重建、转录。需要忘却的部分则随着每个蜕变周期被抛弃,仿佛干枯的蛹壳。

祂们不仅丢掉记忆,就连完整的人格也可以像角色扮演一样随意套用,然后再将其抛弃与遗忘。托宁人把蜕变前后的自己视为互相独立的个体:不同的性格,不同的记忆,不同的道德责任。它们只是共用同一具身体而已。

甚至是不同的身体,凯在我脑中说。

?

在大约一年的时间里,你体内的每一个原子都会被其他原子取代,凯通过思维说道。这还是在我们刚成为恋人的时候。祂话中常常带有说教意味,对我们来说则更快。

就像忒修斯之船,随着时间的流逝,每一块木板都被替换掉,最后它便不再是同一艘船。

你们总是喜欢用过去的事来比喻。但祂的态度更像是纵容而不是批判。

在征服战争时期,托宁人的表现极具攻击性。而我们也以牙还牙。当然,细节已经变得模糊。托宁人不记得那些过去,我们中的大多数也不愿回想。但过了这许多年，被毁的加利福尼亚州依然不适合居住。

然而等我们投降之后，托宁人放逐了大脑中具有攻击性的部分——作为对战争罪行的惩罚——变成了人们认知中最温和的统治者。如今，祂们憎恨暴力，是坚定的和平主义者，并且心甘情愿地授予我们技术，治疗各种疾病，创造出一个个奇迹。世界平静安宁，人类的平均寿命大幅度延长，那些愿意为托宁人效劳的人生活十分富足。

托宁人不会有负疚感。

我们已不是当初的自己，凯在我头脑中说，这里也是我们的家园。然而你们中有些人坚持认为我们应该为已经消亡的前身承担罪责。这就像是要儿子为父亲的罪行负责。

假如战争再次爆发会怎样？我在头脑中说，假如仇外分子说服所有人起来反抗怎么办？

那我们会再次变得跟以前一样残酷无情。这是面对威胁时的生理反应，我们无法控制。但未来的我们跟现在的我们没有关系。父亲不该为儿子的行为负责。

类似这样的逻辑很难反驳。

亚当的女友萝伦是个表情阴郁的年轻姑娘，我告诉她，由于亚当的父母已经过世,理论上讲,她是他关系最近的亲属,有责任到警署认领尸体。即便如此,她的脸色并无变化。

我们面对面坐着,中间隔着厨房餐桌。这间公寓狭小昏暗,许多灯泡都烧坏了,却没有更换。

"我需要装接口吗?"她问道。

亚当死后,接下来的工作就是决定他的哪些亲友应该安装接口——并小心提防脊椎里藏的炸弹——以便揭开整个阴谋的全貌。

"我还不知道。"我说,"这取决于我对你合作程度的评估。他有没有跟可疑的人交往?你觉得可能是仇外分子的人?"

"我什么都不知道。"她说道,"亚当是个……独来独往的人。他从没告诉过我什么。你要是愿意,可以给我安个接口,但那是浪费力气。"

她这类人通常对安装接口充满恐惧,感觉受到侵犯。她一副无动于衷的样子反而让我更加怀疑。

她似乎察觉到我的疑心,于是改变了策略,"我和亚当有时会吸'健忘烟'或者'闪光'。"她在座椅上调整了下坐姿,望向厨房台面。我顺着她的视线看过去,一叠脏盘子前面摆放着吸毒工具,仿佛舞台布景,滴滴答答漏水的龙头则提供了背景音。

"健忘烟"和"闪光"都有很强的致幻效果。言外之意是:她的脑袋里充满虚假的记忆,即使装了接口也不可信。我们最多只能让她转生,但无法找出有用的信息。这一招还不错。但她的谎言不够令人信服。

凯曾经通过思维对我说,你们人类认为,你做什么事决定了你是什么人。我记得我俩躺在某个公园的草地上,我喜欢通过祂的皮肤感受温暖的阳光,因为祂的皮肤比我的敏感得多。但其实,你的人格取决于你的记忆。

那不是一回事吗?我在脑中问道。

完全不是。为调取记忆,你必须重新激活一组神经链路,而在此过程中,它们会被改变。你们的生理特性就是这样,每次回想都会重写记忆。你有没有这样的经历:一段生动清晰的记忆其实是假造的?某个场景你确信是梦境,但其实是真实经历?一个编造出来的故事你却以为是事实?

听你说的,我们好像很脆弱。

其实是受到了误导,凯的思维态度中带着爱意,你们无法分辨记忆的真伪,却仍强调其重要性,把它当作生命中许多东西的根本。而保存历史的习惯也没给你们的种族带来什么好处。

萝伦把视线从我脸上移开,也许是想起了亚当。我感觉萝伦有种模糊的熟悉感,就像是儿童时代听过的歌谣,依稀存有一点印象。当萝伦迷失在记忆中时,她的脸似乎松弛下来,我喜欢她这种难以名状的表情。于是,我决定不给萝伦安装接口。

我从包里取出面具,一边注视着她的脸,一边戴上。面具在我脸上被激活,开始重塑肌肉与皮肤,我注意观察她的眼睛,看她有没有认出这张脸,以便确定亚当和沃克是否是同谋。

她的表情再次变得冷漠阴沉,"你在干什么? 这玩意儿有点瘆人。"

我很失望,对她说道:"只是例行检查。"

"你介意我处理一下那个滴水的龙头吗? 它快把我逼疯了。"

我点点头,她站起身,我继续坐着。又一条死胡同。这一切真的是亚当独自完成的吗? 沃克·林肯是谁?

我很害怕,因为我的脑中有个半成形的答案。

当我察觉到有重物袭向后脑时已经太迟了。

"能听见吗?"失真的语声,是电子装置伪装的。奇怪的是,这让我想起托宁人的发声器。

我在黑暗中点点头。我是坐着的,双手被绑在身后。一块柔软的布,也许是围巾或领带,紧紧裹住我的脑袋,蒙着我的眼睛。

"很抱歉,我们必须这么做。还是不要让你看到我们为好,这样等到托宁人探查你的思维时,我们才不会被暴露。"

我尝试扭动手腕上的结。扎得很结实,靠我自己不可能解开。

"你们必须马上停止这种行为,"我尽可能威严地说,"我知道你们觉得逮住了一个勾结外敌的人类叛徒。你们相信这就是正义与复仇。但是想一想,假如你们伤害我,最终还是会被逮捕,关于这件事的所有记忆都将被抹去。要是你们根本都不记得,复仇有什么意义呢?那就跟从没发生过一样。"

电子语音在黑暗中发出笑声。我无法分辨他们的人数,其中有老人也有年轻人,有男人也有女人。

"放我走。"

"我们会放你走,"第一个声音说道,"等你听完这个。"

我听到"咔嗒"一声,有个按钮被按下去,接着是空洞的语声:"你好,乔希。所以你找到了重要线索。"

这是我自己的声音。

"……尽管经过深入的研究,但完全消除记忆是不可能的。转生者的头脑就像个旧硬盘,存有许多过去的痕迹,它们处于休眠状态,等待着被激活……"

我从前的家位于沃克街和林肯街的交叉口。

屋里杂乱无章,我的玩具散落在各处。这里没有沙发,只有四把藤椅围着一张木制的旧咖啡桌,桌面上沾满圆形污渍。

我躲在其中一张藤椅后面。房子里很安静,光线昏暗,不是黎明就是傍晚时分。

外面传来一声尖叫。

我站起身跑到门口,将门一把推开。我看到一个托宁人用第一对胳膊把父亲举到空中,第二和第三对胳膊紧紧缚住父亲的双臂双腿,令他动弹不得。

在那托宁人背后,母亲的身子趴在地上一动不动。

托宁人扭动胳膊,父亲再次试图嘶喊,但血从咽喉处冒出来,他只能发出一串咯咯的响声。托宁人再次扭动胳膊,我看着父亲被缓慢地撕成碎片。

托宁人低头望向我。它眼睛周围的皮肤又是一伸一缩。我闻到一股未知的花香和香料味,那气味如此浓郁,让我胃里一阵恶心。

是凯。

"……祂们用谎言填满你的头脑,取代真实的记忆。只要仔细核查,这些假造的记忆便会崩塌……"

凯从笼子的一侧向我靠近。这里有许多类似的笼子,每一个都关着一名年轻男子或女子。在黑暗与孤独中,我们无法形成有意义的记忆,不知道过去了多久。

从来没有明亮的教室,没有哲学课堂,也没有阳光从西窗斜射进来,在地面投下清晰的平行四边形。

"我们对发生的一切感到很抱歉。"凯说。至少发声器是真实的。但呆板的语调跟祂的话不太相称。"我们已经解释了很久,你们坚持一定要记住的那些事不是我们干的。在当时,祂们是必要的存在,但祂们已经受到惩罚,遭到抛弃与遗忘。该是向前看的时候了。"

我朝着凯的眼睛啐了一口。

凯没有擦掉我的唾液,眼睛周围的皮肤稍稍收缩,然后祂背过身去,"你让我们别无选择,只能把你重塑。"

"……祂们告诉你,过去的已经过去,不复存在。祂们告诉你,祂们是全新的人格,不必对从前的自己负责。这种说法有一定道理。我跟凯在一起时,能看到祂的思维。凯曾杀死我的父母,残酷地折磨儿童,并下令烧毁我们的旧照片,抹去从前的痕迹,消除往昔的影响,强行按照祂们的期望塑造我们的未来。但那个凯已经完全消失了。祂们真的是像自己所说的那样善于遗忘,血腥的过往在祂们看来就像一个陌生的国度。我的爱人凯的确拥有另一副头脑: 纯真、无辜、清白。

"但祂们不断跨过我们父辈的尸骨,住在从我们逝者手中夺去的房子里,不断否认事实,亵渎真相。

"作为生存的代价,我们中有些人接受了集体遗忘。但并非所有人都是如此。我就是你,你就是我。过去不会消失,而是不停地渗透积聚,等待机会重新冒头。你的人格取决于你的记忆……"

凯的第一个吻湿润而生涩。

凯第一次插入我体内,第一次进入我的头脑,那感觉很无助,仿佛这件事我再也无法摆脱,再也无法洗净。

花香和香料的气味我将永远无法忘记,也无法驱除,因为它并非是鼻子嗅到的,而是深深植入我头脑的。

"……虽然我开始渗透仇外组织,但说到底其实是他们渗透了我。他们关于征服战争的地下档案,他们的见证与记忆分享会,最终把我从沉睡中唤醒,让我找回自己的故事。

"发现真相之后,我开始小心地谋划复仇。我知道很难在凯面前隐藏秘密。但我想出一个计划。托宁保卫局的特工需要定期接受思维探查,然而我是凯的配偶,因此可以免除。假如以身体不适为理由避免与凯亲密接触,我至少可以在一段时间内完全规避探查。

"我假造身份,戴上面具,帮助仇外组织达成他们的目标。我们所有人都戴面具,所以即使有哪个同谋被抓,并受到思维探查,其余人也不会暴露。"

我给这些同谋的面具,就是我渗透仇外组织时戴的那种……

"我总有一天会被逮住,然后抓去转生,这是不可避免的。为此,我把自己的头脑武装成一座要塞。我一遍又一遍回想父母死亡时的具体细节,直到它们深深地刻入头脑。我知道凯会要求负责我的转生,这些充满血腥暴力的生动画面很可能让祂退缩,停止进一步探究。祂早就忘了自己做过的事,也不希望被提醒。

"我确信这些画面是完全真实的吗? 并不能。我只是通过儿时模糊的记忆回想这些事。毫无疑问,其他幸存者分享的记忆也会对它产生影响,赋予它更多细节。我们的记忆互相融合,形成一股集结的愤怒。托宁人会说这和祂们植入的记忆一样虚假,但相较于太过清晰的记忆,遗忘是更严重的罪行。

"为了进一步掩盖痕迹,我根据祂们给我的虚假记忆构造出真实的记忆,当凯分析我的头脑时,祂便无法分辨哪些是祂植入的谎言,哪些是我造出来的。"

我父母干净整洁的客厅是假的,我按照它的样子布置出一个房间,用来跟亚当和萝伦见面……

阳光从西墙的窗户里照进来,在地面上投射出清晰的平行四边形……

你们无法分辨记忆的真伪,却仍强调其重要性,把它当作生命中许多东西的根本。

"如今,我确信这一计划已开始运作,但还不知道太多细节。这样,即使受到思维探查,我也不会让计划败露。我将对凯发起攻击。这几乎不可能成功,而凯一定会让我转生,把现在这个我抹掉——不是全部的我,只是必须抹除的那部分我——以便我们继续一起生活下去。我的死亡可以保护同伙,让他们赢得胜利。

"但假如我自己看不到这件事,而转生后的我——也就是你——不记得这件事,无法体会成功的满足感,那复仇又有什么意义呢?所以我才埋下线索,就像一串面包屑,为你指引方向,直到你记起自己所做的事。"

亚当·伍兹……其实跟我没什么两样,他的记忆触发了我的记忆……

我购买的物品是为了有朝一日触发未来的我对火的记忆……

还有面具,可以让其他人记得我……

沃克·林肯。

当我走回警署,克莱尔正在门外等候。她身后的阴影里站着两个人。她身后更远处,凯高大的身影隐约可见。

我停下脚步,转回身。后面又有两个人沿着街道走来,挡住我的去路。

"太糟了,乔希。"克莱尔说,"你应该听从我关于回忆的劝告的。凯告诉我们,祂对你有怀疑。"

我无法从阴影中辨识出凯的眼睛,只能将目光投向克莱尔身后高大而模糊的身影。

"你不要自己跟我说吗,凯?"

那身影一动不动,然后,黑暗中传来呆板失真的话音,跟我头脑中所习惯的温柔语声截然不同。

"我没什么要对你说的。我挚爱的乔希已不复存在。他已被幽灵劫走,淹没在记忆中。"

"我还在，但现在的我更加完整。"

"我们似乎很难纠正你固执的幻想。我不是你憎恨的凯，你也不是我爱的乔希。我们并非自身过往的叠加。"祂略一停顿，"但愿很快就能见到我的乔希。"

祂退入警署内部，留下我接受审判与刑罚。

虽然明知是徒劳，我仍试图与克莱尔交谈。

"克莱尔，你知道，我必须留住记忆。"

她的脸显得悲哀而疲惫，"你以为只有你失去亲人吗？我是五年前才安装接口的。我曾经有个妻子。她跟你一样无法释怀。因为她，我必须安装接口，接受转生。但由于我下决心努力忘掉过去，祂们允许我保留一部分她的记忆。然而你却一直坚持抗争。

"你知道自己经过多少次转生吗？那是因为凯爱你……或者说曾经爱你，希望让你尽可能多地保留自我，所以祂们非常小心，每次都尽量少抹掉一部分你。"

我不知道凯为何如此热切地想要拯救我，替我驱除幽灵。或许连祂自己都没意识到，祂的头脑中仍存有往昔微弱的回声，所以才会不自觉地接近我，想要让我相信那些谎言，以便让祂自己也可以相信。原谅必先遗忘。

"但祂终于耗尽了耐心。这一次，你将完全不记得一生中的任何事。所以，由于你的罪行，你自称最在乎的那部分自我被判了死刑。如果没人记得，你所追求的复仇又有什么意义？过去的已经过去了,乔希。仇外主义没有未来。托宁人将永远留在这里。"

我点点头。她说得没错。但一件事有道理,并不意味着你就得停止抗争。

我想象着自己再次登上审判船。我想象着凯来迎接我回家。我想象着我俩第一次接吻,纯真无邪,一个新的开始。记忆中满是花香和香料的气味。

一部分的我仍然爱祂,一部分的我曾经体验过祂的灵魂,并渴望祂的抚摸。一部分的我希望忘掉过去向前看,一部分的我信任托宁人提供的一切。然而那个完整的我,那个充满幻想的我,却对此感到怜悯。

我转回身,开始奔跑。前方的两个人耐心地等待着。我无处可逃。

我按下手中的开关。那是我临走前萝伦给的,它来自从前的我,是我留给自己最后的礼物。

爆炸前的一刹那,我想象着自己的脊椎崩裂成无数细小的碎片,我想象着所有这些碎片与微粒在片刻间奋力地维持着一幅连贯而完整的幻象。

宇宙智慧生物制作书籍掠影

The Bookmaking Habits of Select Species

朱宁雁 译

2012 年首次发表于《光速》(*Lightspeed*)杂志

人人都在书写自己的书。

人们没有完全统计过宇宙中的智慧生物,不仅仅因为"智慧生物"的标准历来没有定论,而且还由于每时每刻都有文明兴起和衰落,就像宇宙间星生星灭一样。

时间吞噬一切。

然而,每一种智慧生物都有独特的传递智慧的方式——将思想呈现出来、妥善保存,就像是构筑一道防护堤,来对抗不可阻挡的时间浪潮。

所有智慧生物都在制作书籍。

阿拉逊人

有人说,文字就是可见的语言。但是我们知道,这种看法不尽全面。

阿拉逊人擅长音乐,它们用又尖又硬的鼻子在易于留痕的物体表面划动来书写,比如一块涂有薄蜡或是硬黏土的金属板(富有的阿拉逊人有时会在鼻尖戴一个贵重金属打造的笔尖)。在创作时,阿拉逊人说出自己的所思所想,鼻尖则会随之上下振动,在书页表面勾画出凹槽。

要阅读这样写就的书,阿拉逊人就得把鼻子放在书上的凹槽里,顺着槽沟走一道。阿拉逊人纤细的鼻子颤动着,与书本凹槽的波形形成共振,这个声音信号经由头颅里的一个空腔得以放大。通过这个方式,作者的声音得以再现。

阿拉逊人觉得自己的书写方式胜过了其他所有种族。较之由字母、音节或图形符号写成的书籍,阿拉逊人的书不仅记录下了文字,还记录了作者的语调、嗓音、抑扬变化、重音、声调和说话节奏。它既是乐谱,又是录音。书上的一篇演讲能让读者亲身聆听一场演说,一篇挽歌能令读者感受其中的哀恸,一个故事能完全再现讲述者当时的激动之情。对于阿拉逊人来说,阅读实实在在地意味着聆听过去的声音。

但是,领略阿拉逊人书籍的美妙不免会有代价,因为它们的这种阅读方式需要和书籍柔韧的表面接触,每次阅读下来,书本多少会有磨损,部分原始信息会受到不可修复的损耗。而用其他更耐用的材料制作书籍,则会有个不可避免的缺陷——不能完全捕捉作者的声音细节,于是这些材质就不被采用了。

为了保住它们的文化遗产，阿拉逊人不得不把它们最珍贵的书籍锁在戒备森严的图书馆里，只有少数人能获准进入。因此，人们很少能读到阿拉逊书籍中最重要和最优美的作品，只能借助一些抄书员勉力记录下来的注解版本，而抄书员也只在特殊场合听别人朗读过原本。

那些最具影响力的作品有成千上万种注解版本流传于世，反过来，它们又通过这些新版本被世人解读和传播。阿拉逊学者花费大量的时间、精力争论哪个版本更具权威性，同时依据众多不完美的版本，推想原始版本的声音，即那本没有读者的完美书籍。

柯咗利人

柯咗利人并不认为思考和书写是完全不同的两件事。

它们是机器种族。至于它们是否是之前另一种（更古老的）生物创造的，抑或它们机器躯壳下的灵魂是否曾经属于有机体，又或它们是否是从无生命物质自行进化成这模样的，人们尚不得而知。

柯咗利人的身体是铜制的，形状像一个沙漏。它们所在的星球夹在三颗星体之间，运行轨道相当复杂；在巨大的潮汐作用下，它的金属内核被翻搅、熔化，以间歇喷泉和岩浆湖的形式向地表释放热量。柯咗利人一天喝数次水，它们将水吸入身体底部的空间，然后定时将自己浸入岩浆湖，缓慢地使这些水沸腾，变成蒸汽。蒸汽经过一扇调节阀门——沙漏中间的最狭窄处——进入身体上部空间,给那里的各种齿轮和杠杆提供动力,柯咗利人的身体就依靠这种形式运转。

在身体循环的最后阶段,水蒸气冷却并在机体上部空间的内壁上凝结成水珠。这些水滴沿着蚀刻在内部的凹槽流下,汇集成一道水流,继而流经一块多孔的、富含碳酸盐矿物质的石头,最后被排出体外。

这块石头是柯咗利人孕育思想的所在。这个石头大脑上面密布着错综复杂的孔道,数量成千上万,甚至以百万计;它们形成了一个迷宫,将这股水流分成无数条并行的涓涓细流——每条水流分别代表一个简单的量值,它们滴落、汩汩流动、相互盘绕,最后汇成一处,形成意识之流,最终产生思想。

时间久了,水流经石头的方式会发生变化。先前的孔道会老化、消失,或者因堵塞而不再通畅——于是,一些记忆就被遗忘了。新的孔道出现,将之前分隔开的水流联结起来—— 一种顿悟由此产生,然后这股水流到了石头新生的边界,在那里沉积下新的矿物质,形成初具雏形、纤弱微小的钟乳石,它们就是新鲜出炉的思想。

当柯咗利人用锻炉制造下一代时,最后一道程序是将自己的石头大脑的一小片送给孩子,里面有上一代长年积累的智慧和现成的思想,足以帮助这个孩子开始自己的人生。当一个孩子阅历日深后,在上一代赠予的脑核周围,孩子自己的石头也会逐渐发育,变得日益复杂精密,直至最后,祂又能把自己的大脑的一部分送给自己的孩子。

因此,柯咗利人自身就是一本书。每个人的石头大脑里都有历代先祖积累的智慧——那是历经数百万年时间的销蚀,留存下来的最坚不可摧的思想。每一个大脑都发育自一颗有上千年底蕴的种子,而且每一个思想都留下了可供阅读浏览的记号。

宇宙中有一些更暴虐的种族,例如赫斯珀罗人,一度热衷于攫取并收集柯咗利人的石头大脑。这些石头仍然陈列在赫斯珀罗人的博物馆和图书馆里,它们只被标注为"古书"。对大多数参观者来说,它们已经没有多大意义。

由于这些征服者能将思想和书写分割开来,它们得以书写了一部漂白过的历史,删去了那些会让后人不寒而栗的想法。

但是,这些石头大脑仍然留在玻璃橱窗里,等待着有水流经那些干涸的孔道,这样它们就能再次被阅读、获得重生。

赫斯珀罗人

赫斯珀罗人曾经用连串的书写符号代表它们话语的发音,但是现在它们不再书写了。

赫斯珀罗人对待写作的态度一直很复杂。它们那些伟大的哲学家不信任书本。它们认为:一本书明明不是活生生的思维,却偏要冒充；书本充斥说教的言辞,爱做道德评判,描述所谓的历史事实,或是讲述一些刺激的故事,诸如此类。但是,它不能像真人那样接受质询、没法应对批评家,也不能为自己辩论、自圆其说。

只有当赫斯珀罗人不相信变化莫测的记忆时,它们才会心不甘情不愿地写下自己的想法。与书写相比,它们更青睐短暂的演讲、雄辩和争论。

赫斯珀罗人曾经是一个凶残暴虐的族群。它们热衷于辩论,更沉迷战争带来的荣光。它们的哲学家以推动进步的名义为它们的军事征服和屠杀正名:要实现古往今来传承下来的图书中的理念,战争是唯一的手段;战争也能确保这些想法的真实性,并让它们得到改善,为未来服务。能带来胜利的理念才值得保留下来。

当它们最终发现大脑储存和制图的奥秘时,赫斯珀罗人终止了书写行为。

伟大的国王、将军和哲学家濒死之际,人们会从它们衰败的身体里取出思维。大脑里每一个带电离子、每一个飞逝而过的电子和每一个奇异而迷人的夸克,它们的运动轨迹都会被捕获、投射在晶状矩阵中。这些大人物的思维在与身躯分离的瞬间,就被永远冻结下来。

这时候,制图工作就开始了。一群制图大师在无数学徒的协助下,小心翼翼、一丝不苟,逐一追踪无数条细微的意识支流、印象溪涧、直觉山泉。它们与人们的思绪起伏交织在一起,最终混合融化为思想的潮汐,而恰恰就是这些认识涨落成就了它们发源者的伟大。

一旦制图工作结束,它们就开始计算,标出追踪到的路径的延伸轨迹,这样就可以模拟出下一个思想。绘制伟人的思想轨迹,令它们冻结的思维延伸至广袤未知的疆域,这项工作耗尽了最聪慧的赫斯珀罗学者的精力。为此,它们奉献了人生中最好的年华;而当它们逝去的时候,它们自己的思想也会被制成图表,无限地向未来延伸。

如此一来,赫斯珀罗人中最了不起的人物的思维就不会消亡。要与这些人物对话,只需从思想地图上找到对应的答案。因此,赫斯珀罗人不再需要以传统方式制成的书籍——那不过是些死去的符号罢了——因为先人的智慧一直都在它们身边,仍在思考,仍在指引,仍在探索。

由于赫斯珀罗人将越来越多的时间和精力用于模拟先人的思维,它们变得不再好斗,这让邻近的种族大大松了一口气。据说一些书籍有教化的功能,这也许是真的。

塔尔 - 托克人

塔尔 – 托克人阅读的书籍并非自己写的。

它们是以能量形式存在的生物,散布在宇宙群星之间,是一片闪烁、缥缈的场电位,就像飘忽不定的缎带一样。当其他宇宙生物的星际飞船经过的时候,这些飞船仅仅能感受到一点点引力。

塔尔 – 托克人声称,宇宙中所有东西都可以被阅读。每一颗恒星都是一篇鲜活的文章,其中炽热气体形成的巨大对流讲述着史诗传奇,恒星黑子是标点符号,冕环是修辞,耀斑则是在冰冷寂静的深空中回荡的重点篇章。每一颗行星都有一首诗,或是以裸露的岩核写就的节奏,荒凉、嶙峋、断断续续;或是以巨大的气流旋涡写就的旋律,热情奔放、回荡缠绵、刚柔并济。此外,有些行星之上还有生命,它们构造精密,如同镶有珠宝的钟表,内置着大量自我指涉的文学装置,在宇宙中回响、再回响,绵绵无绝期。

但是,塔尔 – 托克人认为,黑洞周围的事件视界[①]才出产最好的书籍。当塔尔 – 托克人厌倦了在浩如烟海的宇宙图书馆浏览书籍,它就会朝一个黑洞飘移。当它加速朝不可返回之点行进时,伽马射线流和 X 射线流会揭露越来越多的终极奥秘,这是其他所有书籍做不到的。黑洞视界之书的内容会愈来愈复杂精妙,而当它深深折服于这本书的博大精深时,它会突然意识到,时间已渐渐放缓、最终静止;而它自己正朝着一个永远无法抵达的中心坠去。它有永恒的时间来把这书读下去。

最终,一本书凌驾在了时间之上。

当然,从来没有塔尔 – 托克人能从这样的旅程返回,所以很

---

① 黑洞最外层的边界,任何光线都不可能从事件视界内部逃脱。

多人只当它们阅读黑洞之举纯属编造,不以为然。确实,许多人认为塔尔 – 托克人不过是文盲加骗子,它们故弄玄虚,以掩盖自己的无知。

但是,还是有人不断寻找塔尔 – 托克人来充当自然之书的诠释者——塔尔 – 托克人声称我们周围尽是自然之书。而它们的解读众说纷纭,自相矛盾,这也招致了对书的内容和作者身份的无休止的争论,尤其是对后者的争论。

卡鲁伊人

与塔尔 – 托克人宏观大气的阅读形式不同,卡鲁伊人是微观的阅读者和写作者。

卡鲁伊人身量很小,每一个个体不会超过这句话末尾的句号大小。它们外出游走,就是跟别的种族要一些书籍,那些书籍已丧失意义,作者的后辈再不能阅读了。

由于卡鲁伊人体型不起眼,很少有族群会把它们视作威胁,因此它们能毫不费力地获取自己想要的东西。举个例子,应卡鲁伊人的请求,地球人给了它们刻有"线性文字 A"[①] 的泥板和花瓶,成捆的被唤作"奇普"[②]的打结绳子,还有一堆各种各样的古代磁盘和

---

① 古代克里特岛上使用的文字,至今未被破解。
② 古代印加人结绳记事,不同的绳结有不同的意义,至今未被完全破解。

方块——人们已不知如何破译它们。还有赫斯珀罗人,当它们结束四处征伐后,给了卡鲁伊人一些远古的石头,那是它们从柯咗利人那里劫掠而来的,它们相信那是后者制作的书籍。甚至还有离群索居的尤托人——它们用香味和香气写作,也给了卡鲁伊人一些年代久远到已经闻不出气味的书籍。

卡鲁伊人并不费神去破解书籍的秘密,它们只把这些已丧失意义的书籍当成空地,在上面建设它们精致复杂、风格怪异的城市。

泥板和花瓶上雕刻的线条成了大街,两边的墙上密密麻麻排满了蜂巢一样的房间,巧妙地布置在已有的框架之内,充满不规则的美感。结绳上的纤维被丝丝缕缕分解开来,重编成细小的绳子、打上结,直到每一个原先的绳结都变成了由成千上万细小绳结构成的拜占庭式复杂结构。一个细小的绳结可能是某个刚入行的卡鲁伊商贩的货摊,或是新成立的小家庭的蜗居之所。磁盘则被用作娱乐场所,那些大胆的年轻人白天猛冲着穿过磁盘表面,感受磁力的推推拉拉,并以此为乐。夜晚,沿磁力线而动的小小光源照亮了场地,死去已久的数据照耀着成千上万的年轻人翩翩起舞,它们追逐爱情,寻求交流。

可是,要说卡鲁伊人根本不去解读那些书籍也不确切。赠书给卡鲁伊人的那些种族来此参观时,这里的新建筑总会让它们产生一种熟悉感。

举个例子,当地球代表团被安排参观建在记事用的绳结上的大市场时,它们发现——用显微镜观察——那里熙熙攘攘,生意繁忙,人们低声讨论着数量、账目、价格和货币,声音不绝于耳。有一位地球代表为之深深震撼,因为那些绳结是祂的先祖亲手编织出来的。虽然祂看不懂这些"结绳文字",但是祂知道这是用来记录账目和数字、统计税收和总账的。

或者以柯咗利人为例。它们发现卡鲁伊人将一个柯咗利人失落的石头大脑改造成了研究基地:那些小小的空间和孔道曾经流淌过形成思维的古老水流,现在却变成了一个个实验室、图书馆、教室和大讲堂,新的思想活跃其间。柯咗利人代表团曾造访此地,试图复原它们祖先的思想,但是临走时它们深信,这才是祖先大脑的最佳归宿。

卡鲁伊人似乎能在不知不觉中收到过去的回声,仿佛它们在久被遗忘的古老书籍上建造城市时,碰巧撞到了书中意义的精华——不管时光如何消逝,这些意义都不会消失。

它们不知不觉地阅读了这些书籍。

装满感知的容器在冰冷、虚无的宇宙中发光,就像黑魆魆的茫茫大海中的水泡。它们翻滚、飘移,时而聚拢,时而破碎,浮浮沉沉之际漂向未知的海面,在身后留下了盘旋的、发着磷光的痕迹,形状各异,就像人们的签名一样独特。

人人都在书写自己的书。

思维的形状

The Shape of Thought

胡绍晏 译

2013 年首次收录于科幻短篇集《天空的另一半》（*The Other Half of the Sky*）

有差异，没有分歧，我希望这一刻能够永远存续下去。

在漫长的旅途中,人类的孩童出于无聊创造出"翻花绳两百例"。花绳的形状从彩绘手帕变成碗面,又从碗面变成马槽和渔网,而这些只是其中最初级的变化。

　　我曾经是他们中的一员。

　　年幼的凯特一边哼哼,一边抬起手,那绳子紧紧地缠绕在祂手指上。祂看了我一眼,我挥挥手作为回应。祂跟通洛吉一样,长着优雅的长脖子和圆滚滚的身体。看着祂,就像看着我爱人小时候的模样。

　　虽然已经过了那么多年,但我仍感觉这种生造的人称代词有点古怪,就像是一颗小石子堵在流畅的思维中。

　　绳子从一种形状变到另一种,就像记忆的互相融合,又像是故事场景的切换。然而在两种形状之间,绳子须经历成百上千种没有名称的中间状态:近乎成形的彩色手帕,尚未完成的碗面,略见雏形的马槽,等等。

许多年前,在"拉帕努伊号"飞船上,我和朋友们玩翻绳时动作迅速,欣赏绷紧的绳线构成一幅幅美妙的图案。当绳子仍处于松松垮垮的中间状态、尚未构成有名头的图案时,我们并不感兴趣。

此刻,我眼前的孩子们动作缓慢而从容,对绳子松紧间的每一种状态都十分着迷。祂们不在意绳子是松弛还是紧绷。对祂们而言,绳子松弛或是紧绷并没有区别,手是移动还是静止也没有区别。我教给祂们"翻花绳两百例",而在两百种图案之间,有着成千上万种不同的图案,祂们给每一种都取了一个名字。

机灵的伊罗凑过来,因为接下去该轮到祂翻绳了。祂是凯特一母同胞的兄弟,也是玩伴。我听到伊罗四条腿上套着的硬壳鞋在游乐场的沙地里磨蹭,祂正左右摇晃着,思索着如何下手。

卡拉兹人很喜爱这种来自人类的游戏。我母亲认为,祂们喜欢其中那精妙的仪式感:参与者轮流翻绳,在手指无声的操控与支撑下,紧绷的绳索构成一幅幅精巧的图形。

"也许祂们会把它看作对生活的隐喻,"她说道,"给予,接受,发言,观察,支配,服从。"

"你总是用大脑里早已成形的回路过滤眼中看到的一切,"我答道,"通洛吉说得没错,你无法看透祂们的天性。你无法感觉到——"我抬起双手,互相握住,然后紧紧地捂在胸口,仿佛是给伤口止血。这是卡拉兹手语中的一个词语——其实是一组相近的词语——我一直无法向她解释明白。

"促克。"她看着我的手,下意识地说。

母亲总是力图把卡拉兹语简化为一系列独立的手势,拆解出一个个可记录的最小语义单元,以适应我们的思维和语言模式。母亲靠这些语言元素强行构造出一种机制,用以描述难以言喻、无法名状的概念。

而我虽然很了解卡拉兹语,深知这并非良策,却也不得不使用她的方法,因为我的思维仍需要这类语义元素充当定型的楔子。

我的双手无力地垂下,耷拉在身体两侧,徒劳的努力令我感到疲惫。这是我最后一次试图与她理性地交谈。

童鞋的摩擦声越来越响,把我拉回现实。我发现凯特和伊罗身边围了一圈孩子。祂们的手指不断扭动,指尖的光亮越来越强,这是焦虑逐渐增长的迹象。哪里不太对劲。

我奔过去,孩子们让出一条路,直通人群的中心。凯特和伊罗面对着面,伊罗拼命地比画,凯特却一动不动,但我能看出祂的身体在颤抖,由于过度紧张,祂脑袋上的叶状体尖端有脱落的趋势。

镇静,我告诉凯特,并用双手吸引住祂的视线。我放慢手速,体现出关爱的语气,指尖随着心脏的律动震颤,力图让祂与我同步。我的指尖不能发出生物光,手指数也比较少,因此永远无法像卡拉兹人那样清晰地表达,但孩子们早已原谅我的语言缺陷,尽力去理解我的意思。

怎么回事？

我们没法继续下去了，伊罗告诉我。

凯特抬起双手，我看到绳子展示出降落伞图案。这是一个无法继续翻出新花样的图案，就像是死结。

我抱住那孩子。祂脑袋上的叶状体阵阵颤动，在落日的赤色余晖中微微泛光。祂注视着我的眼睛，祂那又大又圆的眼睛里没有虹膜，漆黑如夜。

随着黑夜降临，四周一片宁静，其他孩子争先恐后地给我们出主意，提建议。交谈中，祂们舞动的手指散发出淡淡的乳白色生物荧光。

"就像一群萤火虫。"父亲说。

我当时六岁，我和父亲看着大约二十米远处的一群卡拉兹儿童，祂们正在露天的院子里玩耍，发亮的指尖在夜色中划出一道道光痕。祂们的嬉戏寂静无声，感觉神秘古怪，不像我和我的朋友们玩耍时，空气中充满欢声笑语。

在孩子们身后，警卫的身影隐约可见，他们一动不动地笔直站着，身披华丽的礼仪盔甲，手中握着类似棍棒的武器。

我和父亲坐在敞开顶篷的穿梭机里，等待母亲从眼前这座巨硕而无窗的建筑中返回。

这算是什么宫殿？我心想。它就像一块实心的石头,或者是巨人雕塑的山丘,跟我在绘本中看到的宫殿完全不同。母亲解释说,"宫殿"只不过是我们为了方便而给这栋建筑取的名字。我们不清楚卡拉兹人中是否存在着国王甚至政府。

她还告诉我,她认为卡拉兹人喜欢厚厚的墙壁是为了保持建筑内的温热或凉爽。祂们不需要窗户,因为即使在黑暗中,发光的手指也很容易看到。

母亲独自进入那栋巨大而不透光的建筑,让我很担心。

"萨拉,"父亲低声对我说,"祂们像不像长着四条腿的鸵鸟?"

我咯咯地笑起来。父亲总是知道如何逗我高兴。

卡拉兹人的长脖子上顶着一个小脑袋,敦实的身体下面是四条又瘦又高的腿,看起来的确有点像祖辈们从佩莱星带上"拉帕努伊号"的鸵鸟。当年他们撑起太阳帆从佩莱星出发时,带着鸵鸟是为了将它们当作牲畜蓄养。

卡拉兹人还长着长长的手臂,末端分出灵巧的手指,仿佛鸟儿起飞时伸展的羽翼。我觉得祂们的动作很优美,犹如舞蹈,我也羡慕祂们轻巧的平衡感和流畅的运动感。

用整个身体来说话,我心中琢磨,那是什么感觉?

空气的味道潮湿而温暖,充满野性的生机,跟飞船上我所熟悉的滞涩气息完全不同。此刻,虽然父亲让我不再那么担心安全问题,但周围开阔的空间让我有点晕眩,视线也不像平时那样,数英尺开外就被阻断。头顶上方的天空中嵌满灿烂的群星——父亲告诉我,最亮的那颗就是"拉帕努伊号"。然而此处没有月亮,草原上一片漆黑。关于佩莱星的旧视频里有月亮,所以我也期待在这里看到月亮,尽管那并不合情理。

我们听到草丛里有小型野生动物窸窸窣窣的声响,远处偶尔传来飞行动物绵长的嚎叫。还有那些孩子:硬鞋底的摩擦声,费力的喘息声,树枝折断的噼啪声。但我耳中最响的是自己的心跳声。

"真是诡异,"父亲低语道,"祂们不说话。"

母亲曾向我和父亲解释过,卡拉兹人不用嘴和耳朵交谈。

我注视着那些孩子用手指划出的光痕,很想知道祂们在说什么。

去宫殿之前,母亲拿了两支应急光棒。她用力摇晃,直到它们散发出冷冷的绿光。

"现在这就是我的声带。"她说。她弯腰亲吻我和父亲,"祝我好运。"

到了最后一刻,父亲握住她的手,"不要去,我有不好的预感。"

母亲轻柔而坚定地回答道:"我是语言学家,这是我的工作。"

然后,为了让他好过一点,她指着站在距离飞船不远处的那群儿童,"祂们任由孩子们跑出来,是一种信任的表现。祂们没有伤害我们的意图。"

"你不知道祂们怎么想。"父亲说。

"我们对飞船负有责任，"母亲说，"对大家共同的未来负有责任。"她亲吻他，"你总是过度担心。"

父亲无奈地松开她的手，然后，母亲消失在那栋建筑里。

我看到他的手指不安地抽搐着。穿梭机地板上搁着几把枪，就在他的脚边。虽然父亲试图逗我开心，但我知道他也很害怕，很紧张。我知道，他必须努力控制自己，才能抵御举枪射击的本能。

父亲是飞船的安全官员，他的职责是防范旅途中的各种危险：从星云密度过高导致保护罩无法承受的风险，到船员面临深空抑郁症的威胁。他的警惕保障了所有人的安全，而他对未知总是感到不安。

"快点，快点。"父亲喃喃地说。他摩挲着自己的戒指，那上面刻有"拉帕努伊号"的守护神——"伟大雷鸟[①]"，一只爪子里握着一束箭，另一只握着橄榄枝。父亲告诉我，尽管我们一贯主张和平，但也必须时刻做好战斗的准备。这是确保生存的唯一方法。我握住他的手，让他平静下来。我觉得他的手特别宽大，就像是巨人的手。

接着，孩子们舞动的光亮停止下来，祂们分散向两边，留出一条黑乎乎的通道。黑暗中逐渐浮现出一对沉稳的绿色光点，上下晃动着朝我们移近，那韵律我再熟悉不过，因为她每次就是这样抱着我，在吵闹狭窄的飞船过道里来回走动，哄我入睡。看着那摇曳

[①] the great Thunderbird，源自美国印第安神话。

的光点,我仿佛感觉到轻柔的抚摸与安慰。

"妈妈!"我喊道,声音大得把自己都吓了一跳。我的喊声仿佛永远在空旷的平原上回荡,直到远处的飞行兽拍打着翅膀从草地上升起,似乎要把那声音带往更远处。听到我的叫声,孩子们兴奋地挥舞着发亮的手指。

转眼间,母亲便来到穿梭机旁,把我搂在怀里。她的脸上带着灿烂的笑容,"我想祂们同意了,答应分给我们一块土地。欢迎来到新家,萨拉!"

我们搬进新家时,父亲对母亲说:"我们应该让其他家庭也搬过来住,充当人类学家的角色。在这里,我一个人很难保证你和萨拉的安全。"

他宁愿我们留在租界里。租界是卡拉兹人赠予我们的礼物,一块临海的土地,面积大约一百平方公里。我们把宫殿周围的卡拉兹人定居点称作"首都",租界距离那儿不远。

在这颗星球着陆之后,移民们曾经就是否要在租界外围筑墙展开过辩论。母亲坚持说墙可能会传达错误的信息,议会最终同意了她的意见。卡拉兹儿童常常在租界里闲逛,好奇地四处张望。

母亲也很好奇,她有个计划,"我们得学习东道主的语言和文化。最好的方法就是让萨拉在祂们中间长大。"她看着我,露出鼓励的微笑。我点点头,感觉责任重大。

父亲不太乐意,但议会支持母亲的计划。许多年后,我才明白他勉强同意这一计划的真正原因。

我们的新家是首都内部的一栋小屋。母亲曾经跟卡拉兹首领们谈判过租界的事,这一回,她再次试图征得祂们的允许,但她不太确定祂们是否真正理解她的要求。总之,当我们把折叠式房屋搬来,并像纸盒一样展开时,没人阻止我们。搭好的房子就像我小时候看的绘本里那种住着女巫和熊的童话小屋:中间一扇门,两侧各有一扇窗,还有个三角形的尖屋顶。

"我猜我们也可以教祂们人类的文化。"母亲说道,眼神里带着俏皮。我一辈子都生活在"拉帕努伊号"四四方方的金属舱室和弯曲的过道里,关于佩莱星上璀璨的大都市和无边无际的海洋,我都是从那些充斥着难以理解的画面和音响的旧视频里了解到的。但这间小屋的出处更为古老,它来自神秘的地球,而地球作为人类最初的家园,一百个世代以来,都不曾有人再见过。

我想问的是,为什么要重建一个我们未曾住过的家?母亲也不喜欢那房子,但飞船上没有别的。她说,我们的天性中就喜欢把熟悉的旧事物强加于陌生的新事物之上。比如说移民们一落地,便立刻开始种植小麦,圈养鸵鸟,而不是去了解卡拉兹人如何生活。

"别太乐观,"父亲说,"当两个技术上差距太大的种族相遇时,很少有好结果。"卡拉兹人没有太空航行的能力。事实上,祂们甚至没有火药武器。祂们最先进的武器似乎是吹箭筒。

"往往是技术领先的种族吃亏,因为他们倾向于在想象中将另一方浪漫化,而良知与细腻的感情最终也会妨碍他们寻求自身的利益。"

父亲深沉的嗓音令人安心,总是能让儿时的我平静下来。他的嗓音意味着安全与保障。他总能提前预见到危险,只要他在,我就相信自己是安全的。

"在飞船上,我们变得软弱起来,"父亲说,"那么多世代没有经历战争,我们很容易高估自己理解外星种族和不依靠暴力解决冲突的能力。

"但我们应该警惕。来了这么久,你究竟了解到了什么呢?没错,你给我们争取到一块租界,但都是基于模糊的猜测,祂们怎么想,怎么说,你并不是很清楚。你仍然无法弄清我们是否能够掌握祂们的语言,祂们的思维模式是否跟我们类似。生活在祂们中间却没有防备,那太鲁莽了。"

六个月前,母亲独自一人降落,展开与祂们的第一次接触。最初的震惊过后,她遇到的那群卡拉兹人与她建立起一定程度的交流,祂们足以掌握基本的数学概念,包括计数、质数和遥远的距离,也足以理解我们是来自群星之间的生物。

接着,她带我们一起前往那座宫殿,"我要让祂们祂们看看你,萨拉,让祂们确信,我们跟祂们一样,也有儿童。"

父亲不喜欢这一计划，因为他不想让我们显得跟卡拉兹人太相像，以免让祂们产生我们很好欺负的感觉。他宁可展示一下武力，让卡拉兹人认为我们是不可战胜的，是强大到无法理解的外星种族。但议会还是支持母亲的意见，就像支持她搬家到首都时一样。

"如果我是卡拉兹人，第一个目标就是尽可能多地获取人类的技术，"父亲说，"只要有巨大的实力差距存在，平等的谈判就不可能实现。然而一旦技术差距缩小到一定程度，我就会先发制人，攻击人类。"

"也许卡拉兹人并不这样想。"

"考虑最坏情况是我的职责。"父亲说道，语气中充满疲倦。

"啊，但是祂们有五亿人口，而我们只有两千人，"母亲欢快地说，"这是祂们压倒性的优势。我不想再回到那金属罐子里，在群星之间流浪。我想要在开阔的天空下度过余生。"

"但祂们分散成上千个互相争斗的部落。如果我们愿意斗争，完全可以轻松地建立一个安全的家园。"

我走到窗口，仰望着首都的一栋栋大厦。这里的太阳非常大，但温度凉爽，在金红色的日光下，那些建筑排列在我们周围，犹如刺向百米高空的石刃一般，我感觉我们的房子在它们边上就像是玩具。

"玩具"是我学到的第一个卡拉兹语词语。

我们搬进新房子的第二天早上,我打开门,发现有个年幼的卡拉兹人站在外面。

那孩子跟我差不多高,按照我六岁的逻辑,这孩子的年龄也应该跟我差不多。据我判断,眼前的是个男孩,因为他带着一把小型的棍状武器,我曾看到宫殿的卫士带着这种武器。

"你好。"我说道,然后立刻觉得自己很傻。在那孩子眼里,我大概就像一条吐泡泡的鱼,完全不知所云。我很清楚,卡拉兹人不会说话,而那正是我来这里的原因。

在他那张皱巴巴的脸上,一双又黑又大、没有瞳孔的眼睛正注视着我,而脸的上方是数以百计柔软多肉的叶状体,它们不断扭动,仿佛细小的触手——我当时还不知道,这说明他很紧张——男孩慢腾腾地挪过来,把武器递给我。

我想都没想就接了过来。它很轻。

"小心,"父亲在我背后说道,"可能有毒。"

我恐惧地看了一眼父亲。他试图让我安心,"我猜他是想要争取你的信任,让你知道他没有恶意"。

我小心翼翼地握着它,避开两端,因为我不确定哪一端是用来发动致命攻击的。我的手汗津津的,武器滑落到地上。我大喊一声,跳了起来。

那男孩的叶状体突然开始颤抖,仿佛风中瑟瑟作响的草丛。

我担忧地瞥了他一眼。

男孩退后一步,叶状体的摇摆更加急促狂乱。

"艾伦,你得过来一下!"父亲对着屋里喊道。母亲很快就来到我身后。

"别动,"母亲说,"我们不知道你有没有触犯什么禁忌。"她仔细打量着那名儿童,然后低声补充道,"这孩子应该是跟我谈判的某个首领的孩子。"

男孩的叶状体停止了摆动。他看着我的眼睛,然后指了指我俩之间地面上的武器。他非常缓慢地抬起双手,我注意到他的手指特别灵巧,仿佛柔软纤细的树枝。他展开所有十六根手指,将左手叠到右手上方,一边逆时针转动,一边扭动手指。

"我从没见过这个手势。"母亲说。

但我并没留意她的话。我注视着男孩的手在空中上下来回地比画,感觉那似乎是个玩耍嬉戏的动作,有一种纯粹的快乐感。

男孩看着我们困惑的脸——他知道我们无法理解吗?然后他试图改变策略,用食指在空中画出一个"Z"字。

"这手势我认识,"母亲说,她的语声兴奋而急促,"这是否定助词。"

然后,男孩合拢双手,贴向长腿上方那敦实的躯体。

"这我也见过,"母亲说,"不过我搞不懂确切的意思。也许是'真实''真相''事实'的意思,让我看一看——"

母亲取来电脑。她设计出了一种方法,用来书写卡拉兹人的手语。她把每个手势分解成若干元素——位置、形状、动作、方向、亮度以及语境——并用自创的字母表记录下来。这能让辨识手势更加容易,也便于她给手势取名。"对,这手势叫作'促克',经常在谈判中出现。"

不是真的,我心想。然后我再次望向地上的武器。我把它捡起来,对着两头查看。

"萨拉!"父亲试图阻止我,但母亲拦住了他。

棍状武器的两端没有开口。这是所谓的"武器"是个玩具,由类似实木的材料制成。

我试图重复男孩刚做过的第一个手势,一边交叠双手画圆,一边扭动手指,就好像模仿蜘蛛沿着钟面边缘爬行。

"'艾斯勒斯',"我听到母亲在身后低语,"'艾斯勒斯'是什么意思?"

我指了指那箭筒,然后推开父母,跑进屋里,找出小时候父亲用废弃的隔热泡沫为我雕刻的"拉帕努伊号"模型。

我把模型递给那男孩,再次比画"艾斯勒斯"的手势。我大声说给父母听:"玩具,他说这是玩具。不是'促克'。"

男孩头顶的叶状体又开始颤动,就像是系在飞船通风口的飘带。他将交叉双手放在脑后,然后又松开,把手移到面前,伸开手指在空中舞动,就像是弹奏看不见的钢琴。

"这些手势看起来很复杂,"母亲低声说,"但一定是由一个个互相独立但又能够组合的微手势组合而成。"

我不太明白她的意思,但那孩子舞动的手指令我着迷。我感觉自己的手仿佛也在跟着一起舞动,就好像这些动作正凝聚成某种语义。

"他在一遍遍重复同样的手势,"母亲说,"'通洛吉'。"

通洛吉,通洛吉,通洛吉。就在那一刻,我忽然觉得通洛吉是女孩,而不是男孩。也许是因为她看着我的眼神好奇却不咄咄逼人。也许是她脸上的皱纹忽然显得很美,仿佛精心蚀刻的妆容。我凝视着她的眼睛,其中似乎有一丝理解闪过。

我把双手放在脑后,然后说道:"萨拉,萨拉,萨拉。"

通洛吉口中吐气,试图模仿我的语声。

我笑了起来,通洛吉的叶状体阵阵颤动。

于是,我成了两个种族之间的桥梁。

小时候,母亲让我把飞船想象为连接世界之间的桥梁。

"拉帕努伊号"的名字来自古地球上一个神秘的种族,那是一群英勇的男男女女,敢于用小小的独木舟挑战广阔的海洋,他们凭着不屈不挠的意志跨越了不可思议的距离,散布到大洋里星星点点的小岛上,就好像人类跨越虚空前往分布于太空中的宜居行星。

我是在飞船上出生的第十四代人。成长过程中,供孩子奔跑玩耍的空间并不多。当我看到旧视频档案里不受约束的运动和无限的空间时,感到十分羡慕:芭蕾舞者,海葵挥舞的触须,摇曳的树木和平原上成群奔跑的动物。那个星球是我从未造访过的故乡。

飞船上噪声不断:机械的摩擦声,空气循环系统的嗡嗡声,许多个家庭挤在过于狭窄的空间里不停地喃喃低语。但在卡拉兹星,你可以探索无穷的空间,也可以沉浸于无尽的宁静中:即便是争论也没有声音。只要闭上眼,你就能躲进自己的世界。

"你喜欢这种反差吗?"母亲问道。我点点头。我喜爱这里的新生活,尽管父亲总是充满焦虑与担忧,觉得和平不会持久。

"留意反差是我们的天性。"母亲说。她一直在学习档案里那些早已灭绝的古地球语言,以寻求灵感。她解释说,一种语言的发音并非连续的变化谱系,而是通过感知归类为独立且差别悬殊的元素,亦即音素。声音可以有无数种变化,但仅有某些差异是有意义的。有些语言注重音调,有些则不在乎;有些语言区分送气爆破音和非送气爆破音,有些则不加区分;有些语言中对响音不发声赋予特殊的含义,有些则没有这类规则。想要学说一门语言,必须了解哪些发音差异是有意义的,可用于区别音素,这一点非常重要。

卡拉兹人使用手语,但基于与人类手语的比对,母亲相信,其中一定也存在音素的等效物——手语素——以对应动作、位置、形状和光亮等方面的明显差异。

"来帮帮我,萨拉。"她说,"你的头脑更灵活可塑,还没陷入人类在漫长的历史进程中所形成的固定思维。你与卡拉兹人交朋友,与祂们一同玩耍,就可以学会祂们的思考方式。让我们来不断完善字母表,直到找出完整的手语素集合,并在字典中加入更多新条目,直到解锁卡拉兹人的思维。"

"小心点,到时候你可能会失望,"父亲说,"食物链顶端的所有物种想要的东西都一样:支配异类,寻求生存。"

"我希望我们早已超越了这一阶段,"母亲说,"我相信我们跟卡拉兹人有许多方面可以互相学习。"

然后她转向我,"你将成为一块棱镜,为我们投射出一个多彩多姿的外星社会。"

西方的天空挂着一条彩虹。雨很快就停了,空气的味道清新而充满活力。

我试图与通洛吉互相交流学习代表彩虹颜色的词汇,但不太顺利。

"红。"我指着彩虹说。我又指向附近一朵五边形的花,它的颜色仿佛落日旁的云彩,又仿佛彩虹边缘渗出的血色。

通洛吉凝视着那朵花,然后比了个手势,她的手指——今天的她平静而沉着,又让我觉得她是女孩——在空中比画出类似流水的运动,仿佛抚摸着身侧的某种大型动物。

　　我试图模仿她的动作,然后又指向那朵花。通洛吉看看我,垂下她的脑袋,根据我的理解,这一动作相当于不置可否的耸肩。

　　我再次指向彩虹,又指向周围的草。"绿。"我说道。湿润的青草让我想起"拉帕努伊号"上水耕区的橄榄,它们是保留给特殊场合用的。

　　通洛吉看着草地,又做了跟之前同样的手势。

　　"不。"我摇摇头,心中升起一股挫败感。卡拉兹人是色盲?数天来,我试图找出代表颜色的词汇,但毫无进展。关于卡拉兹人的已知生理特性,母亲曾咨询过租界里的生物学家。根据祂们衣服和建筑上的装饰图纹推断,卡拉兹人的色彩视觉跟我们类似。如此简单的概念,我竟无法与祂们沟通,这很难解释。

　　通洛吉弯着脖子,垂下头。这说明她也很沮丧。她示意我靠近,然后弯曲多个关节的腿部,蹲坐到地上。

　　她指着一片草叶,并确认我明白是哪一片,然后又比了比那个已经重复一百遍的手势。

　　"对,我知道。"我不耐烦地说,"红,绿,黄——世界上所有的颜色你们就只有一个词。"我漫不经心地重复这一手势。

　　通洛吉抓住我的手。她的皮肤有种凉凉的皮革质感,就像是蜥蜴。我倒吸一口气。这是第一次有卡拉兹人触碰我。

　　但通洛吉的触摸很轻柔,我克制住想要尖叫的冲动。她引导我的手在空气中移动,轻轻地重复她的手势,画出一个微妙的波纹,直到确认我对手势速度、位置和运动轨迹都已准确掌握,她才松开手。

接着,她指向另一片草叶,又做了同样的手势。

我还没来得及重复,她便握住我的手,加以引导。我的手在空中摆动,再次画出柔和的波纹。但此刻通洛吉拉着我的手,我可以感觉到运动轨迹跟先前有稍许不同:一部分波纹更加突出,另一些则比较平缓。

我再次望向那两片草叶。两种绿色稍有不同,但我无法用语言描述这种色调的差别。

我再次指向彩虹,然后捡起一根树枝,在沙地里勾画出彩虹的轮廓,将它分解成七条色带。我指着每一条色带,念出其颜色:"红,橙,黄,绿,蓝,靛,紫。"

通洛吉完全被搞糊涂了。她看看彩虹,看看我画的图,又看看我。然后她开始用双手缓慢地画圈,时不时停下来重复那个她一直在比画的手势,并依次指向各处的花朵、岩石以及被阳光照亮的云团。

我已经对这一手势很熟悉,因此能看出她每次比画都有些微妙的区别。我和母亲从来没觉得卡拉兹手语中的这些细小差别有什么重要性,我们以为那就跟口语一样,每个音素的发音不可避免地会产生各种变异。但我终于明白了,她在对色盘上的不同色调逐一给出名字:枣红色(就像那朵花),浅靛色(就像那片叶子),亮黄色(就像那块云),闪紫色(就像那只虫子)。

　　单单彩虹的颜色就有无数单词,卡拉兹人要怎么讲话呢? 这些念头把我的脑袋搞得胀鼓鼓的。难道卡拉兹人不会把颜色分门别类,却只看到无穷无尽的渐变色调?

　　"各种语言之间最有趣的差异不是词汇,"母亲说,"要真正了解语言之间的区别,就必须留意它们是针对世界的哪些特质进行编码。"

　　她解释说,有的语言用分类词对名词加以分类。比如说,扁而平的物体和硬而圆的物体是不同的。因此,当你想要提及某样东西时,就先得对它予以分类。另一些语言中,动词有不同的形态,包括时态、情绪、语气和人称的变化,因此你在讲话时,必须用这些元素进行编码,不能让它们处于不确定的状态。

　　"卡拉兹语旨在利用语境和比较,对所有微小的差别进行编码。"母亲说,"它需要细节和具体指代,但这跟精确不是一回事。用卡拉兹语表达,需提供一定程度的明确特指,这可能会让抽象思维变得很困难。"

　　"这只是暂时的困难和误解。"母亲说。

　　我看出父亲忍住没说他早就猜到会有这种状况发生。相反,他尽量温和地跟她理论,"大家很害怕,希望确保安全。人人都希望安全。实验不成功不是你的错。"

我们挤在屋子里,父亲又紧紧地攥着枪。他要求我们都搬回租界,但母亲坚决拒绝离开。

"祂们吃人,艾伦。"

两名移民因衰老而死亡,埋葬在租界边缘的新墓地。半夜里,卡拉兹人把尸体挖出来切开,然后在其他移民恐惧的注视之下,就着拂晓的曙光把他们给吃了。有些卡拉兹人甚至提出跟移民们一起分食。在接下来的冲突中,有人开枪射击。尽管没人被杀,但有一名移民和两名卡拉兹人身负重伤。

"我看到祂们的阵型和战斗能力。祂们也许没有我们的武器,但动作迅捷而致命,而且组织有序。祂们懂得如何利用数量上的优势。三个卡拉兹人互相配合,斩断了乔丹的腿。"

祂们撤退回去,但很快又抬着自己的死者回来了。祂们开始吃,还要把肉块分给移民。

"祂们送上自己的死者,就好像分享动物的尸体,就好像那只是食物而已。我感觉祂们甚至都分不清有意识和无意识的生命。一切就都只是肉而已。我们怎么能指望理解祂们呢?祂们野蛮残暴,不尊重生命,没有一点点基本的道德。"

"祂们这样做也许是为了寻求和平,"母亲用颤抖的语声说道,显得不太确定,"祂们也许跟我们一样困惑。我们不该放弃尝试。"

"我一直喜欢你的理想主义。"父亲说。我能看出,用伤害母亲的方式说话让他感到痛苦,然而短暂的停顿之后,他继续道:"但有时候,我们承受不起理想主义的代价。租界里的人都绷紧了神经。下次如果再发生冲突,将会有人丧生。我不能阻止你用自己的生命和我们孩子的生命去冒险,但我们有责任避免让其他孩子的生命受到威胁。"

议会最终采纳了父亲的建议,在租界周围建起一道墙,并配以瞭望塔和枪架。

卡拉兹人看着围墙逐渐筑起,头顶的叶状体纹丝不动。

通洛吉指着远处的墙问了我一个问题。我耸耸肩,不知如何解释。

分开一个月后,我们又在一起玩耍。母亲对于理解卡拉兹语不再抱太大希望,但她认为我和通洛吉的交流有很大进展。

我掏出一团绳子,我俩隔着少许距离坐下,开始翻花绳,看着我们的思维演化出不同的形状。

当无话可说时,这是一种很好的消遣。

关于导致建墙的那次事件,外交上没有进一步说辞,但议会要求包括我母亲在内的科学家们继续研究卡拉兹人的生活习惯,寻找潜在危险的迹象。

租界里的生物学家发现,卡拉兹人是无性生物。

"哦,其实并不是无性,"母亲补充说,"祂们更像是单性。"

在"拉帕努伊号"上,大家从未向孩子们隐瞒生活的真相,也无处可以隐藏。"生物学家一直在暗中观察卡拉兹人——"

"试图拍摄外星人性爱视频。"父亲偷笑着说。

"——他们发现卡拉兹人没有基于两性或多性的生殖方式。我们看到的所谓两性性状其实是种假象:事实上,卡拉兹人的身体特征只是在一定范围内渐变。每个卡拉兹人的出生都是源自单亲无性生殖,但孩子并非上一代的完全克隆。成年卡拉兹人在一生中会互相交换少许遗传物质。我们还不清楚其具体机制,但可能涉及某种形式的亲密接触,类似于人类的交配。"

"男人不是男人,女人不是女人,"父亲说,"这其实解释了为什么祂们如此难以理解。这个种族内部没有性竞争,没有追求伟大成就的动力。"

"更奇怪的是,"母亲说,"卡拉兹人显然也会跟非智慧物种交换基因,只不过规模要小得多。事实上,考虑到祂们的生物学特征,'物种'这一概念本身并不是很明确。这也许在一定程度上也解释了为什么祂们难以理解各种各样的边界划分问题。比如说,祂们的亲属关系十分繁杂,包括许多种不同程度、不同类别的血缘关联。我们研究过的各种语言和方言并没有明显的差异,而是互相交错融合。"

"这么说来,祂们是否真的分成诸多部落和国家也值得怀疑,"

父亲一边摇头,一边喃喃地说,"我们要如何才能充分了解祂们的想法,预测祂们的行动?"

"必须改换一下视角才可能了解祂们," 母亲承认道,"即便是吃死人的习俗,也可能跟基因交换有一定关联。由于祂们普遍缺乏抽象能力,因此没有往生的意愿,也无法理解我们内在的禁忌。"

但我只关注一件事:通洛吉既不是男孩,也不是女孩,既不是"他",也不是"她"。通洛吉也不是"它",因为通洛吉是我的朋友。

我的语言和思维方式要求对通洛吉予以分类,然而合适的类别并不存在。

这些年来,我和通洛吉循序渐进地经历了友谊的各个阶段。一开始,我们就像两只手,小心翼翼地合拢,捧住中间的空气。接着,这两只手继续靠近,仿佛被看不见的绳子牵引着,就像是翻花绳,直到手指近乎相触。

无论母亲如何调整她的手语字母表,都难以囊括卡拉兹语的无穷变化。她添加了许多强度标记,用以表示亮度、速度和弧度。但这是一项难以达成的任务。正如卡拉兹人只看到无穷多的渐变色调,看不到清楚界定的颜色,祂们的语言也无法对观察对象的特性予以量化分级。

父亲在我们首都的家里待得越来越少。他几乎一直都在租界的围墙内。我很想念他,因为他的嗓音让我感到安全。

而当他真的回到家时,却经常跟母亲争吵。

由于卡拉兹人的意图难以琢磨,他和议会越来越担忧。我尝试向他解释自己对卡拉兹人的了解,却以失败告终。

"萨拉,我不知道如何把你告诉我的事转化成有用的策略,守护我们的安全,确保我们的未来。"他说道。由于一切缺乏进展,他感到很失望,也对自己很恼火。

有一天,他告诉母亲,他提出一项计划,让一批卡拉兹儿童到租界生活,并去租界的学校上课,接触人类文化。

一开始,母亲很高兴,以为父亲意图消除隔阂。这似乎跟我们的做法互为补充,是在两个种族之间搭建桥梁的又一个方法。她去跟卡拉兹首领们商量,由我和通洛吉担任翻译。除了假期回到租界,我一直都住在首都。如今,我和通洛吉已经能够流畅地对话,我开始用卡拉兹手语思考,甚至还会在梦中使用。

卡拉兹人同意了,十名卡拉兹儿童被送去租界的学校。

大约一个月后,母亲去学校参观,那里的状况令她愤怒。

"这不是学校,"她直截了当地对父亲说,"没错,祂们吃得很好,也有电脑娱乐,但实质上就是囚犯。没人尝试教祂们什么东西,也没人尝试与祂们沟通。你们究竟要干什么?"

"祂们是一种保障。"父亲简洁地说道。

"什么保障?"

父亲叹了口气。"你觉得卡拉兹人为什么同意我们住在这儿,住在祂们的首都？"

"因为祂们有兴趣了解我们，就像我们想要了解祂们？"

父亲摇摇头，"听你说的，就好像祂们还是你梦想中那种高尚的原始人。祂们毕竟也是会战略性思考的！把你、我和萨拉留在这里，祂们就相当于有了三个人质，一旦跟殖民地产生敌对，很容易就能把我们抓起来。反过来说，殖民地允许卡拉兹人把我们留在这里，其实是对东道主表示信任，并承诺不采取敌对行为。这就是为什么我最终只能同意让你和萨拉住在这里：为了殖民地的利益。但外交对等只有在平衡时才稳定：我们也需要卡拉兹人质。"

母亲眯缝起眼睛，"你就是这么看待我和萨拉的？只是某个大赌局里用来讨价还价的筹码？你把孩子当作人质？"

"我只是试图让大家在一个充满敌意的星球上存活下去。"父亲说。

"你为什么坚持认为祂们怀有敌意？为什么不能把祂们看作邻居或者善意的东道主，允许我们共享这个星球？"

父亲的声音变得沉静而悲哀，"我希望你是对的，我是错的，但宇宙中的进化规律是恒定不变的。智慧种族必须对外来者具备敌意才能成功主宰一个星球。智能与侵略性是硬币的两面。如果有谁坚持认为存在例外，那只是自欺欺人而已。"

"继续谈判是不现实的，"父亲嘀咕道，"祂们正在酝酿某种计划。"

"祂们跟我们不一样。"母亲说,"虽然祂们是异族,但也可以讲道理。"

距离租界建立已经有十年,在此期间,卡拉兹人只是变得更加难以琢磨。除了父亲的"学校",以及我和母亲,两个世界之间几乎没有往来。

但现在殖民地需要扩展,需要更多空间,议会被迫与卡拉兹人展开新一轮谈判,却没有任何进展。作为谈判的翻译,我知道问题大概出在哪里,并试图向议会解释。但祂们只愿听自己想听的,对我的话置之不理。

租界里有传言说,卡拉兹人对人类数量的增长感到不安。还有人愤怒地窃窃低语,我们花了那么大力气,还给卡拉兹儿童提供特殊学校,这些外星人却丝毫没有表现出向我们学习的兴趣,也不愿接受我们所理解的教育。

父亲苦涩地笑了,"这个种族仍然无法理解书写的概念,祂们的语言似乎从设计上就不可能书写。祂们永远活在一片迷雾之中,祂们的意图就像是在幽暗海水里穿梭的鱼,让人捉摸不透。跟祂们讲理是不可能的。"

母亲一言不发,这说明她既反对又同意父亲的话。多年来,她始终无法真正理解卡拉兹语,因此,早先的希望破灭了。但我并不认为她持有跟父亲相同的信念。

不过像这样细微的差别,大概已经不重要了。如今,按照父亲和其他议会成员的论调,每个人都必须选边站:要么支持,要么反对。

我在飞船的资料库里读过古地球人的历史。人类曾经分成数以千计的部落,有着数以千计的语言,而每一种都包括一系列互相竞争的方言和书面文字,对世界进行观察和分类的方法也各不相同。但随着时间的推移,每种语言里的方言都消失了,最后只剩下其中之一。然后,除了一种语言和文字之外,其他的也都消失了——全人类都用相同的语言说和写。

"为什么会这样?"我问母亲。

"这是个发展问题。"她说道。每一种语言都会影响使用者对世界的思考方式。所以语言就像基因,而使用者就像物种,在世界上互相竞争,求取生存。从竞争中胜出并存活下来的语言,必然是最具启发性的语言,最适合有效的思考和推理,并赋予使用者发展技术和聚集财富的最佳机会。这就是"萨丕尔-沃尔夫-迈尔假说",由古代伟大的哲学家迈尔将军提出,他综合了前人思想家的见解,顺理成章地推导出这一结论。

"通过探索和殖民,语言经历了竞争和支配的过程,也起到教导和启蒙的作用。我们最终选择了一种最好的语言,能给予我们最佳的思维方式。在此过程中,我们剔除了那些相比之下不那么优秀的字符、语素和分隔系统。这就是人类统一的过程。即便是我们飞船名字所代表的民族,也已经不再使用自己的语言。"

这其中的道理似乎很明显,甚至是必然的。最好的语言带来最好的思维,而最好的思维带来最好的武器,从而带来胜利与主宰。

然而我无法完全信服。我一定程度上学会了使用卡拉兹人的语言,并用祂们的方式思考。在卡拉兹语中,你必须始终考虑连续渐变的含义,而且从来都没有简单明确的表达方式。一切问题都跟程度有关,一切度量都需要细致入微地解析与描绘。我并不认为以此种方式看待世界是没有前途的。

这也是谈判失败的原因。卡拉兹人不拒绝,也不承诺。祂们提出各种问题:人类为什么如此抗拒分享技术,为什么如此执着建墙。但其中微妙的含义在翻译过程中丢失了,这些问题听起来就像是拒绝议会的要求,像是战争的前奏。

这是一种抗拒抽象和分类的语言,母亲写道,因此,卡拉兹人一直没有发展出系统而完整的书面语言也就不足为奇了。除了一套正规的数学符号,以及代表工程 / 建筑的特殊图例,卡拉兹人基本上不通文字。

"世界就是这样,"父亲说,"卡拉兹人面对一个更发达的文明,祂们要么学习适应,要么灭亡,但无论如何,战争都不可避免。"

我和通洛吉坐在覆满草地的斜坡上,通洛吉正在跟我学"翻花绳两百例"中的最后几种变化。我们一边把绳子递来递去,一边看着远处的租界。

你们喜欢建墙,祂说道。

我只能尽力把祂的话翻译成意思最接近的英语。实际上,通洛吉并没说"你们",而是指"跟你有不同程度亲缘关系的人们"。通洛吉也没说"喜欢",而是类似"甚于饥饿者期望食物、不及孤独者期望陪伴"的程度。

假如每句话都要经过如此细微繁复的剖析,那可就太费劲了。试图完全忠实地还原语义会让翻译后的语句变得十分笨拙,就像我不得已而使用的合成代词。我喜欢用卡拉兹语思考,远甚于用英语。

那让他们感到安全,我尽量避免让语气听上去像在辩解。

你是想说"我们"?

通洛吉用的是英语单词。卡拉兹人发声很困难,但我可以听明白。

卡拉兹语的代词跟其他词汇一样,也有着无穷无尽的层次。人类所说的"我们"(既可包含,也可排除交谈对象)"你们"(可能是单数也可能是复数[1])"他们"(也许包含,也许不含交谈对象)等等,只不过是一系列细微渐变的语义中几个大致的坐标。我的手势把自己排除在租界里的移民之外,但通洛吉坚持使用人类的

---

[1] 英文中单词 you 既可表示"你"也可表示"你们"。

"我们"。

我愣了一下。

他们总是这样，通洛吉说。在祂的手势中，我也包含在"他们"之中，但并不完全等同于说"你们"。在他们看来，一切都要区分"我们"和"他们"。

我无法反驳。就像我喜欢用卡拉兹语思考，祂也已学会人类的思考方式。

他们谈到了战争，我说道。我有些犹豫，差点就用了代表"我们"的手势，但最终还是没有。

通洛吉的叶状体愤怒地颤动起来。你们说要做和平的访客，要学习，要互相帮助，但又总是想着战争，想着使用你们的先进武器。你们总是有正反两张脸，用两种声音说话。你们缺少"促克"。

握着箭和橄榄枝的雷鸟。我父母之间的争论。

母亲命名为"促克"的手势并非一个独立的词语，而是一组代表不同真实程度的词语。这一次，通洛吉使尽了全力拍打自己的胸脯。

但即便是很生气，祂依然措辞谨慎，对于我是否包含在"你们"当中，并未使用确定的表达方式。我羞愧地坐在那里，忘记了膝盖上的翻花绳。

稍后，通洛吉说，祂们中间也谈到了战争。我很惊讶。祂不是指租界，而是说我们身后的首都。

为什么？我问道。

在你们那里生活的儿童学到的东西比你父亲想象的要多，通洛吉说，大家都在谈论你们的武器有多厉害，你们的飞船有多强大，而你们的界线划分又有多清晰。

自我与他者，阴与阳，男与女。

我不喜欢祂们的言论，通洛吉说，祂们说的这些都是幻想，不是"促克"。

通洛吉说到"促克"时，再次用力猛捶胸膛，仿佛是在殴打自己。

我握住祂的手，用自己温热的手指包裹住祂皮革质地的手指。片刻之后，祂用胳膊搂住我。我和通洛吉一起长大，我俩的高度也差不多。

我们互相抱住，既不像卡拉兹人四肢纠缠地拥抱，也不像人类那样把脑袋倚在对方肩头。我俩双手环抱着对方，额头互相抵住，通洛吉的叶状体轻轻摩擦我的脑袋。

接着，我还来不及反应，祂的胳膊便伸进我的衬衫，灵巧的手指贴着我胸口裸露的肌肤。我的心怦怦直跳。

我倒吸一口气。我给通洛吉看过"拉帕努伊号"上的性教育视频，通洛吉也告诉过我卡拉兹人如何通过亲密行为交换基因物质，那是租界的科学家们从没见过的秘密。

然后，我放松下来，并将手指放在祂嘴唇上。不一会儿，祂张开嘴,我把颤抖的手指伸进去,探索触摸其内部温热而细腻的膜状皱褶。

你确定? 通洛吉停下来问道。

是的。我在袘嘴里比画,手指轻轻摩挲着一层层敏感而柔韧的内膜,这对我来说是一个全新的世界。

袘闭上眼睛,让表达语义的器官进入体内,接纳爱人的话语——不再有误解——只有信任、亲密与"促克"。

天黑之后,我们仍在星光下持续长久地互动。与此同时,租界和首都渐行渐远,关于战争的言论越来越真实,跨越了梦境与现实之间诸多无法言状的层级。

战争打响时,我在租界内。

因为这是父亲的计划。在他看来,我和母亲作为人质,是卡拉兹人唯一的筹码。

他轻而易举地就把我们带回租界,卡拉兹人并没有反对,这让他简直难以相信。多年来,他一直精心计划,每当我或者母亲去租界时,另一个就留在首都,因为他认为这样能向卡拉兹人显示我们有多信任袘们。

原来这些表演都是浪费。

同时,租界里有二十多名卡拉兹幼童,议会在父亲的指示下,把袘们抓了起来,带到墙头上,向卡拉兹人展示,殖民地的态度是认真的。

除非卡拉兹人同意立即腾出租界周围一百万平方公里的土地,否则殖民者将处死这些卡拉兹儿童。

我试图离开租界,但父亲狠狠扇了我一耳光,"不要忘记你是谁,萨拉。你是人类的一员。"

"别担心,"母亲试图安慰我,"这只是谈判策略。我们绝不会真的杀人。"我听着,试图判断出她的话里有多少"促克"。

过了好几个小时,卡拉兹人才终于弄明白,殖民地已经向祂们宣战。作为回应,祂们聚集起一支庞大的军队,朝着租界的围墙进发。

看到集结的卡拉兹人,押守卡拉兹儿童的警卫慌了神,两名儿童被杀死,也不知是故意的还是意外。

"停下!"父亲朝着卡拉兹军队喊道。我跟他并排站在墙头,被迫担任翻译。我的手被投影到墙的上方,巨大的影像仿佛传说中的怪物在雾气中舞动,"不要再继续靠近!"

数以千计排列致密的军队无声无息地朝着围墙推进,距离越来越近。卡拉兹人身披祂们最坚固的铠甲,手持祂们最强力的武器,但在人类的防御面前,那只是玩具而已。

"没用的,"我对父亲说,"祂们——我们——不这样思考。"但他听不进去。

他用枪指着又一名卡拉兹儿童,那儿童面无表情地望着他。

"你们是怎么回事？"他嘶哑地说，"难道不怕死吗？"

父亲不知道，他离真相其实很近。他如此惧怕的这个种族，对生命价值的理解与他并不相同。

我想要向他解释，卡拉兹人不会把生命和死亡看作截然不同的状态。死亡并非最糟糕的命运，必须不惜一切代价避免。生与死之间，甚至死亡之后，都有着许多渐次递变的层级：自由地活着，恐惧地活着，很少或没有"促克"地活着，在奴役和压迫中死亡，死亡的同时获得了自由，直至升华。

这也是许多年前卡拉兹人试图分食人类死者的原因：为了充分探索一个陌生新种族在生死之间的幽暗领域，并尝试逐步将新事物吸纳进现有的体系。这颗星球上的卡拉兹人也将自己的死者提供给人类移民分食，以便让人类也能看透对死亡的恐惧。

"停下，你们这些该死的混蛋！为什么不停下！"他走上前，朝着身边的一名卡拉兹幼童开枪，然后把祂推下围墙。

但军队没有止步，也没有减速。

"我们绝不会停下。"我告诉父亲。他的脸在愤怒与恐惧之下扭曲变形，就像是个陌生的异族，让我难以辨认。

"这些野蛮人。"他说道，"祂们宁愿看着自己的孩子死去也不愿让步，不愿承认无可避免的失败，不愿接受先进种族的统治。跟这些人没法讲理。"他的语调越来越悲哀，也越来越决绝。

他下令杀死更多卡拉兹人质，并扔到墙下。母亲捂着眼睛离开围墙。

军队继续朝我们推进。

父亲命令人们向卡拉兹人开火。通过谈判达成和平的希望彻底破灭了。他寻求的不再是胜败。

"必须把祂们全部消灭。"他说道。他的语气中没有了责任感，也没有了我一直喜爱的象征着安全与保障的低沉声线。我只听到恐惧与绝望。

靠近前方的卡拉兹人死去之后，更多同伴踏上前填补空缺。

我永远无法忘记那令人毛骨悚然的场景。卡拉兹人沉默地死去，祂们没有在生命的最后时刻发出叫喊的习惯。伴随着能量武器的轻微呼啸，只有卡拉兹人砰然倒地的声响。卡拉兹吹箭的射程够不到墙头，所以祂们根本没有还击。

祂们没有火器和能量武器，在面对我们时只能用彼此的身体作为掩护。这是因为祂们的语言有缺陷吗？

"萨丕尔－沃尔夫－迈尔假说"也是一种对鲜血、暴力和死亡的信仰，有着正反两面。

我也不知道卡拉兹人有什么计划。祂们只是朝着死亡前进，让尸体堆积起来，以便爬上围墙，进入租界？

然后呢？祂们要杀死遇到的每一个人类吗？祂们是否认为这是一种仁慈的行为，因为死亡要好过只会分门别类地看待世界，让清晰的界线把一切割得支离破碎？

眼前的景象比我在飞船档案库里看过的所有大屠杀都要可怕。

天渐渐黑了，卡拉兹人的手指有节律地摇摆，让我想起太空中星辰的运转。

我不想选边站。我厌倦了对立。

我的脑袋越来越晕眩，舞动的星光也越来越明亮。

我不记得接下来发生了什么，只记得自己跳进星辰的海洋，就像一艘加速驶向群星的飞船。

祂们说，当我跌落下去时，是通洛吉接住了我，但这几乎可以肯定是事后添笔润色的情节。告诉我这件事的人在手势当中掺入代表"促克"程度的元素，表示祂们并不相信这种道听途说。事实上，祂们的手势还有神话、传奇、故事和歌谣的意味。

后来呢？我问道。

你父亲，祂们告诉我，他松口了，于是"我们"和"你们"之间的界线消失了。

"你是唯一能理解祂们的人，"母亲说，"我想看看余生中我能不能理解你。"

我最后一次轻轻亲吻她的脸颊。

"为什么？"父亲问我。此刻，最后一批移民正要乘坐穿梭机升空，返回"拉帕努伊号"，准备再次踏上一段跨越世代的星空之旅,寻找新的家园。"为什么你要留在这儿?"

我搂住通洛吉,父亲愣了一下。他拒绝望向通洛吉的眼睛。我和通洛吉之间的关系令他厌恶难忍。

尽管卡拉兹人允许殖民者离开,没有加以干扰,尽管卡拉兹人决定不打算为数百名被屠杀的同胞复仇,我父亲依然确信,卡拉兹人没有道德和理智,因为当祂们的孩子被杀时,祂们仍拒绝投降。

"我当初真不该同意让你在祂们中间长大。"他喃喃地说。

我正要开口,母亲抢先说道:"不要对他太苛刻。"

"他的笨脑壳无可理喻。"我说道,"他是个蠢货。"

"当你从墙头跳下去加入卡拉兹人时,也是他命令大家停止射击。因为你,他放弃了对殖民地的责任,放弃了他的灵魂。他对你的爱,你无法理解。"

我无言以对。他把我的生命看得比十万卡拉兹人的生命更重。他宁愿输掉战争,把殖民地交给卡拉兹人处置,也不愿让我有受到伤害的危险。对他来说,"人类"和"卡拉兹人"之间,"家人"和"陌生人"之间,"我们"和"祂们"之间有着难以逾越的鸿沟。他正是在这道鸿沟的基础上构筑起道德理念的大厦。

这是一种卡拉兹人永远无法理解的思维方式,而我也只能有个模糊的概念。

"你更像祂们,而不像我们。"父亲说。

你说得对,我说道。然后,我将双拳抵在自己心口,促克。但我的动作很轻。我超越一切地希望,他能明白我语义表达中的微妙之处,希望他能理解,我想尽量减少对他的伤害,我仍把自己看作他的女儿。

我仍然以自己的方式爱着他。

我解开缠在凯特手指上的绳线,然后用绳线翻出一个自创花式——"思维的形状"。

"思维的形状"可以依次转变为彩虹、星斗、双轨,以及"新翻花绳两百例"中的各种图案。卡拉兹儿童常常在无聊时想象曾经在此居住的人类,于是创造出"新翻花绳两百例"。

我凝视着凯特的眼睛,就只用眼神示意祂接手翻出新图案的绳,并继续翻绳。

一系列决定环环相扣,有些路径被打通,另一些则被关闭。

人类在卡拉兹人中间只居住了很短一段时间,卡拉兹人却因此而被改变,而我在卡拉兹人中间也发生了转变。

我现在明白,母亲搞错了。世界上绝不可能只有一种语言,一种思维方式。"拉帕努伊号"上的移民使用的语言已经跟祖辈们踏上飞船时有所不同。随着飞船穿越广阔的星际空间,语素也发生迁移与变异,旧的差异逐渐淡化,新的差异不断诞生。散布于群星之间的人类又开始讲成千上万种语言,每一种都能适应并塑造出新的思维和看待世界的方式。

　　我已经发现,年幼的卡拉兹人更容易看到界线而不是渐变的层次,更容易看到分类而不是融合的谱系。卡拉兹语正在发生变化,语义变得不那么连续,而是更倾向于阶梯式的差异。也许有一天,祂们会看到彩虹有区隔的颜色,并把世界更明确地划分为"我们"和"祂们"。

　　凯特从我手中接过绳线,祂的叶状体平静安稳,祂的身体放松而愉悦。我用力抱住那孩子,并把绳线紧紧缠绕在祂手指上。于是,我和祂都安静下来。其他儿童以为这是某种新游戏,也跟我们紧紧地抱在一起。

　　有差异,但没有分歧,我希望这一刻能够永远存续下去。

贝利星人

The People of Pele

苏宁宁 译

2012 年首次发表于《阿西莫夫科幻杂志》（ *Asimov's Science Fiction* ）

时间阻断了我们，
带走了从前所有的义务和责任，给了我们新的开始。

对外层空间的探测和利用（包括月球及其他天体），必须是为了所有国家的利益与福祉，不论其经济发展程度与科学水平高低如何，成果最终属于全人类。

　　各国不得通过主权要求、使用或占领等方法，以及其他任何措施，将外层空间（包括月球和其他天体）据为己有。

　　——《关于各国探测和利用包括月球及其他天体在内的外层
空间活动的原则条约》，1967

　　凯利·谢尔曼，"哥伦比亚号"船长，正以缓慢的动作小心翼翼地作业。在失重状态下，对动量、质量和惯性都要格外留意。这些悬浮的生命舱每个差不多有一百千克，如果他移动过快，很可能会产生攻城木一样的撞击效果，把某个舱体撞碎，而最近的维修点是 27.8 光年以外的地球。

　　他把第一个生命舱送到医疗室的复活台,将解冻舱内人体这一精细而复杂的工作交由计算机处理。

　　计算机开始工作,谢尔曼一蹬腿,飘回到前面的驾驶舱。"哥伦比亚号"正处在高轨道上,底下的星球在他眼前一览无遗。只见蓝蓝绿绿的椭圆形水域星罗棋布地点缀在一片棕褐色的背景中,上面还飘浮着一层白色的涡流——就像地球,但比地球干旱得多。同真正的海洋相比,那些水域只能算是大湖。恒星——室女座 M61——处在飞船背后,从面积不大的极地雪峰上可以看见它的反光。围绕星球的山脉当中有一些火山,向着天空喷出滚滚浓烟,但从如此遥远的地方望去,感觉就像呵出的气体一般。由于理论上显示该星球有火山存在,飞船发射前的新闻发布便以夏威夷火山女神的名字为其命名——"贝利"。如今这一理论也得到了证实。

　　背后传来一阵响声,一号生命舱里的"房客"起床了。

　　"睡得还香吧?"谢尔曼问,他的眼睛始终没有离开屏幕。

　　"和婴儿一样香。"达伦·克罗塞回答。这位副船长兼首席地质工程师从谢尔曼身边飘向环形大屏幕的另一侧,扯出墙上的尼龙扣固定住大腿和上身。他与谢尔曼头脚相对,这样一来,谢尔曼是低头往下看屏幕,而克罗塞则是抬头朝上看屏幕。克罗塞总是喜欢与众不同的视角。

　　"要咖啡吗?"

谢尔曼点点头,颇有些惊讶。克罗塞抛出一个银色的小包,小包在空中慢慢地翻着跟头。谢尔曼一把接住,揭开底下的拉环,等待里面的化学物质进行放热反应。过了一会儿,他拔出底部的吸管放进嘴里,试探性地挤了一下包装袋。速溶咖啡的滋味令他感慨万千,此时此刻,这味道赛过以往喝过的任何咖啡。

凯利·谢尔曼身材修长。飞船发射前他刚满四十五岁,尽管如此,那一头棕发依然繁盛茂密。他嗓音低沉,讲话不快不慢,从容不迫,有时候被克罗塞形容成电影配音。而克罗塞恰恰相反,他个头矮胖,头上谢顶,讲起话来像心不在焉的老教授。在船员们眼里,他比谢尔曼更平易近人,更容易相处,不过两人对此并不计较。他们凑在一起,组成了一支高效率的指挥团队。

谢尔曼望着对面倒立的克罗塞,时不时地吸一口银色袋子,"你居然把私人配重省出来带这玩意儿? 一共带了多少?"

"四袋而已。剩下的两袋我打算留下来,等你开那又臭又长的动员大会时用。我一定要冲进昏暗的角落抢把舒服的椅子。"

谢尔曼笑了笑,继续吸他的咖啡。

虽然"哥伦比亚号"堪称美国设计史上的巅峰之作,但以850 : 1的燃料载荷比计算,它远远算不上一艘高效率的飞船。从地球到贝利星之旅既是它的处女航程,也是它唯一的一次航行: 旅途往返所需的反物质量简直就是个天文数字。为了以最少的燃料确保飞行,悬浮生命舱必须在飞行期间减少消耗,而每位船员在发射前都要强制减肥。作为副船长，克罗塞能携带的私人物品为十千克。虽然用四袋速溶咖啡挤占配额也许不是最明智的选择，但这一刻谢尔曼真的很感激他的决定。

"是不是让人回想起威尔德？"克罗塞指着顶上旋转的星球说。

谢尔曼笑了。四分之一个世纪之前——若按地球时间计算，相当于近六十年前——因为两人都在寝室登记表上注明自己有失眠的症状，所以新生办把他们分到了同一寝室。他们俩常常一大早就坐进公共休息室里，一边喝着用违规咖啡机煮出来的廉价咖啡，一边看窗外的院子渐渐苏醒。

"绑住自己然后入睡，就好像昨天的事一样。"克罗塞说道。

"我们穿越了三十年多一点，按飞船上的相对时间计算大概是六年半。我们的精准率达到了 99.79%，明显破了俄国人的纪录。"

克罗塞听完吹了声口哨，"但愿我妈这会儿能在电视上看到我——我都成闪电侠了。还有萨莉——"

此话一出，克罗塞便后悔了。这时候，不管采用何种惯性坐标系[①]，克罗塞的母亲都早已作古，而萨莉，谢尔曼的妻子——前妻——如果没死的话，也已是耄耋之年。谢尔曼感觉从胸口涌起一阵迷惘和绝望，拼命压抑着才没有哽咽出声。

任务组的心理专家多次给船上的每位成员做辅导，就为了让他们能面对这样的时刻：膨胀休克。"专注于使命。"他们反复地

[①] 相对于以地球静止或做匀速直线运动的物体作为参考系。

告诫船员们，"你们，把注意力集中在任务上。从接受使命的那一刻起，你们就已经与所有人告别了。"

然而，预料到一件事发生，与现实的体验决然不同。

谢尔曼装作克罗塞什么也没说过。两人一齐合上眼睛，开始做任务组心理专家所教授的深呼吸训练，以驱赶心底的恐慌。可是，一梦三十年，往事的影子哪能被轻易抹去。

"好消息是，这里没有其他地球飞船造访的痕迹。"等到声音不再受情绪影响，谢尔曼才开口道，"由此得知，咱们已知的物理法则没有被推翻，什么也快不过光速。"

而且，我们再也回不去了。他心里默默地想。

"要是我们一觉醒来发现有人已经赶在了前面，那才无地自容呢。休斯敦那边有没有消息？"

谢尔曼摇摇头，"以他们的参考标准，大概会在我们出发后两年开始广播，所以信号应该刚刚到达。但目前室女座 M61 正处于活跃期，耀斑特别嘈杂，计算机需要时间过滤信息。"

"咱们不妨开始准备着陆。"

专注于使命。

谢尔曼将太空梭降落在一片坚实平坦的冲积平原上，落地的过程无懈可击。平原挨着一片翠绿色的大湖，根据湖的形状，谢尔曼将其命名为"加利福尼亚新星湖"。

登陆小组的成员们还待在气密舱里,出于谨慎,大家都换上了太空服。贝利星的磁场和大气层滤掉了有害的太阳辐射,氧气在大气中的体积比为百分之十五,可以直接呼吸,但适应环境前,人们可能会感觉头晕。尽管探测机器人未在星球上发现有机生命体存在,但最好还是让船员——还有他们携带的各种微生物——暂时与环境隔离。

"准备好演讲词了吗?"克罗塞手里拿着一部摄像机问。

谢尔曼笑而不语。克罗塞打开气密舱。

谢尔曼手持旗杆,动身走下楼梯。迎面刮来一股强风,他身体一晃,努力稳住脚跟。外面的气温在五十华氏度左右,穿薄毛衣的天气。

他落到地面,在太阳系外的天体上留下了人类最初的足迹。身后传来登陆小组的雀跃欢呼声。他肃立了一秒钟,而后开始放眼四周。

现在是当地时间的清晨。室女座 M61 才刚刚升起,金灿灿的光线笼罩着万物,甚是清新。眼前是"加利福尼亚新星湖"那一望无际的翠绿色水面,大风掀起数尺高的波浪,有节奏地拍打着湖岸。

远离岸边的平原上到处都是岩石,在远处闪烁着光芒,像一片片玻璃散落其间。仰望头顶,长条形的卷云横在蔚蓝的天空中,宛如战斗机群返航的尾迹。

谢尔曼展开旗帜,旗子迎风猎猎作响。他用力将旗杆深深插入脚下的土地。松开手,印有五十四颗星的红白条纹旗帜在外星的土地上飘了起来。

"我们来了!"他向着摄像机挥手道。虽然比不上尼尔·阿姆斯特朗那样震撼人心,但也符合此情此景。

登陆小组分头行动,开始了贝利星的探索之旅。芭芭拉·普拉特,生物学家,前往"加利福尼亚新星湖"采集水样;T.J. 布拉克曼和奥克·阿切贝,两位随行工程师,动手建设营地。阳光下,记忆金属墙和结构件像折纸一样展开,拼接组合成房间、大厅、穹顶、塔楼以及太阳能电池板。

谢尔曼则和克罗塞一起,朝之前看到的湖岸远处岩石间那些闪光点进发。

"土壤不太肥沃呀。"克罗塞一边走,一边踢着地上的土说,"完成隔离程序后,咱们要在这里种地还真是个挑战。"

"那你们得想办法,我可不愿意今后四十年全靠再生糊糊过日子。我需要新鲜的蔬菜,否则人会发疯的。"

两人走了将近一公里,来到近前,才发现那些闪光原来是一些水晶块。这些水晶有的夹在岩石的缝隙间,有的躺在地表,大的宽达数米,小的只有指甲盖大。水晶有浅黑色的,也奶白色的,还有近乎赤黑的深紫色,它们将室女座 M61 那明亮的光线散射成无数光点。

"真像是炸开的晶洞。"克罗塞说。

"也像是被打劫后的新时代商店。"谢尔曼道。

不过,这个比喻不太恰当。再走近点儿,他们发现这些水晶的形状很特别。与常见的天然水晶不同,这些水晶既不是奇形怪状的晶块,也不是规则的多面棱柱体,面前这些东西有加工过的痕迹:那种一片片发光片中心相连的晶体,状如桨轮;碗状或球状的空心晶体,上面有几百个细微平坦的几何面,挨在一起组成一个近乎光滑的表面;而地表上随处镶嵌的管状晶体,上面有形状规则的小突起。这些晶体看上去更像是多余的零件,用在某台奇妙的机器上。

一度停下的风再次猛烈地刮起来,把一些轮子、管子、球体、杯碗吹得在平地上四处翻滚。随着这些水晶的移动,散射的光线也跟着跳跃起舞,仿佛水晶里飞满了萤火虫。

克罗塞继续留在地表探测这些水晶器物,同时监督基地的建设;而谢尔曼则返回"哥伦比亚号"察看余下船员的解冻过程。最新醒来的人五个一组,乘坐太空梭下到地表。能够探索一个崭新的世界,大家都兴奋不已。

一切都照着计划顺利进行,直到抵达贝利星后的第十天。

最后一位醒来的船员名叫欧阳珍妮,初级生物研究员,是个二十出头的纤弱的中国女孩。她各项生命指标正常,但身体刚刚能下地走动时,她看了一眼屏幕上旋转的贝利星图,便立即躲进医疗室,再也不肯出来。

膨胀休克,谢尔曼心想。他和克罗塞刚醒来的时候,也差点因此而出问题。每到夜深人静时,他总能感觉这种情绪在他意识边缘徘徊。这不是什么科学上的诊断,但谢尔曼会迫切地想把自己裹住藏起来。

膨胀休克、孤独症和社交障碍一样,对小团体中微妙的情绪平衡具有潜在的危害,会扩散并影响到其他成员。他必须立刻展开行动。

珍妮萎靡不振地飘浮在复活台边,面无表情,一动不动,中间身体只默默地抽动了一下。

当你把政治需求置于一切使命之上时便会这样,谢尔曼愤愤地想。

在所有船员当中,他对珍妮的了解应该是最少的。发射前一个月,俄罗斯和中国指出"哥伦比亚号"上缺少华裔,为了维护"哥伦比亚号"作为希望的象征与宣传美国普世观的价值,华盛顿在最后一刻决定,从中国香港特别行政区选拔一人加入飞船小组。此人便是珍妮。

谢尔曼反对这一变动,他有他的道理。他说,要怪就怪国会和总统自己,不该在过去几十年间将美国的华裔科学家排挤得一干二净。凭什么让他来做表面文章,承担这种历史问题? 但反对最终还是被驳回。

其他船员在发射前都有一个适应期,珍妮却基本没有,她来不及同别人建立真正意义上的友谊,也来不及让自己融入这个团队。有些船员对她取代了自己喜欢的同事而愤愤不平。这件事会招来祸端,他必须立刻扼住这个苗头。

他用力一蹬,飘到她身旁,抓住一个把手。她没有抬头。

"珍妮,"他开口道,"我真的需要你现在马上从过去走出来。"

她背过脸去,散开的头发慢慢地从空中扫过。借助惯性她蜷起身子,把头埋进膝盖。

谢尔曼心里激起一阵愧疚的苦痛,回忆一触即发。当他告诉萨莉自己已通过最终的体格测试,打算接受任务时,她也是这样蜷缩在床上,藏起脸背对着他。

也许,萨莉从始至终都清楚,这一刻到来时他必然会选择前往,正因如此,他才一直不肯要小孩,也总是拒绝讨论未来。她希望时间能改变他的想法,就像其他人那样。

他真心地爱着她,这一点毫无疑问,但有些事情对他来说意义不同。他已经懒得向她解释,当自己凝望星空时,胸中涌起的那股悸动和想要扑入虚空的渴望。有些人为了踏入处女地、一览异域风光而离开生命中的女人,像富兰克林^①、安德烈^②、斯科特^③ 和阿蒙森^④,对这些人他一向满怀同情。他认为自己未曾向她隐瞒,然而一切证据表明,爱情总会让人寄予希望。

那一刻,他很想伸出手去抚摸她,可是他没有。他默默地带上房门,离开了卧室。

谢尔曼伸出手臂,把手搭在中国女孩的肩膀上。她没有动。

"你离开家几十光年,认识的人要么已经死了,要么也相当于死了,因为在没有你的日子里他们生活了三十年,你不可能再见到他们。"

珍妮还是没有动,但看得出她在听。

"这种事不是你能够忘记的。有时候早上醒来,我会对梦里的东西恋恋不舍,希望那是真的。但你必须做出决定,是这样继续沉湎于过去,还是把时间用在别的事上。你应该知道,这艘船上的另外一百五十个人才是这个宇宙中仅存的人类。你可以选择为了活着的人光荣地履行使命,也可以选择同记忆的幽灵共度余生。只要你愿意,我们可以重新让你冬眠,不过当你再次醒来的时候,你就真正成了孤身一人。"

---

① 约翰·富兰克林爵士(John Franklin,1786—1848),英国北极探险家。

② 萨洛蒙·安德烈(Salomon August Andrée,1854—1897),瑞典北极探险家。

③ 罗伯特·斯科特(Robert Falcon Scott,1868—1912),英国探险家,两次探险南极失败。

④ 罗尔德·阿蒙森(Roald Amundsen,1872—1928),挪威极地探险家,第一个到达南极点的人。

谢尔曼一直在扫描从休斯敦传来的信号。幸好有几颗发射过来的人造卫星避开了室女座 M61 周围的电磁暴,他希望通过这几颗人造卫星,能够让计算机最终穿透噪声。谢尔曼在脑海中勾画着那台巨大无比的广播塔,它位于亚利桑那州和澳大利亚的荒漠,为与"哥伦比亚号"保持联系而专门建造。即使有那么强大的天线,想在这样遥远的距离外接收他们的信号,依然好比身在台北,却要接住一只从洛杉矶扔来的棒球。

计算机发出"哔哔哔"的声音,开始显示一段重复的文字信息。谢尔曼不由得心跳加速,他赶紧深吸一口气。这是从指挥部传来的第一条消息,按地球时间计算,发送自二十八年前。

仅供指挥官查收:巴西加入北太平洋联合组织,印度同墨西哥的冲突局势出现失控。所有选择都摆在台面上。总统正式宣布美国退出《外太空条约》。命令你们立即宣称在室女座 M61 发现的所有行星及其他星体的主权一律归属于美国,并回传相应证据。

谢尔曼发现克罗塞正坐在实验台边,全神贯注地盯着显微镜。台面上摆满了水晶轮和水晶管,有些已被砸碎了。

"有何进展?"

克罗塞抬起目光,摇摇头道:"进展不大。这些东西主要由硅晶体或准晶体构成,另外基质中还夹杂了其他一些金属,如钾、铁、钪和一些镧系金属,但我完全猜不透它们的功能和制作过程。如果要用它们来组成其他结构,我也想不出组合起来会是什么样子。"

他挪到一边,把位置腾给谢尔曼。谢尔曼将眼睛凑到接目镜前,从显微镜下观察,只见水晶的表面上蚀刻着迷宫般错综复杂的小凹槽,其中有些凹槽里还沉积着一些金属微粒。

"不知道这些凹槽是干吗的,可能是研磨的痕迹。槽口不是按统一尺寸制造的,形状也不一样,所以我觉得它们应该不是批量生产。"克罗塞说。

"那滚动时的闪光是怎么回事?"

"压电效应。水晶滚动时撞到别的东西发生物理变形,释放出电荷。刚才你看到的这些槽口应该和闪光现象有关,另外还有温差电效应和热电效应的影响。有些金属粒可能起着电容的作用。但要我解释这些东西是干吗的,我还真说不上来。"

谢尔曼拿起一个比他拇指还小的乳白色"桨轮",对着光线举起。"桨轮"表面蚀刻的细纹反射出令人眼花缭乱的光彩。他把水晶放回台面,轻轻一推,轮子发出闪烁的光芒,滚了几圈停下了。

"芭芭拉还没有发现复杂有机化合物的痕迹,也没有发现其他生命迹象。我们在行星上做了大量细致的勘察,从各地采集了上百块标本。不管是谁制造了这些东西——我猜他们早已不在了。"

"是件好事,贝利星上不存在需要我们去打交道的本地生物。"

谢尔曼说。他把从休斯敦接到的命令转告给克罗塞,"估计咱们拍摄的录像达不到要求。我竖了国旗,但没有就贝利星的主权问题发表任何正式讲话。咱们出发的时候,本来是要让美国在此事上的表态显得模糊一点,看来咱们得重新拍一段录像。"

克罗塞若有所思地摸着下巴,"你觉得现在谁是总统?"

"估计是德林格,不过得看对方扶持的候选人是谁。"

"不,我说的不是咱们走后的那届选举,不是说谁发的那条消息,我是指现在。"

谢尔曼扑哧一笑,"同时性问题①在相对距离下很微妙。如果你说的东西我理解得没错,不管谁当总统,当我们离开地球的时候,这个人还在学怎么骑自行车呢。只有等咱们都老了,才有可能听到他的讲话。"

克罗塞点点头,"咱们这么想吧。前往葛利斯581②的中俄代表团比咱们早两年发射,印欧代表团早一年。就算那颗星离地球近点儿,但他们的飞船速度比我们慢,除非他们背地里留了一手,否则这两艘飞船现在应该还在途中。他们不可能已经宣称过主

---

①相对论中的概念,即某观察者若测得两个事件同时发生,则称这两个事件"对于这个观察者"具有同时性。不过对于其他观测者而言,这两个事件却不一定同时发生。

②一颗位于天秤座 β 星以北约2度的红矮星,距离地球约20.4光年(1 939亿千米)。在所有已知的恒星系统中,这颗星球是第87颗最接近地球的。它的质量约为1/3个太阳质量。它的一颗行星位于行星系的适宜居住区域,拥有稳定的大气层,表面可维持液态湖泊、河流。

权——即便是现在——那二十八年前休斯敦发出命令时就更不可能了。另外,就算他们宣告了什么,现在地球也没办法知道。"

"说得对,所以咱们得先下手为强,想办法宣告贝利星的主权归属。如果室女座 M61 整个都归了咱们,那对俄罗斯和中国的心理优势和舆论优势就大了。整个星系将成为为美国殖民而保留的终极战略资产,令他们望尘莫及。"

"但按地球时间计算,这条消息是二十八年前发出的。等我们宣告的内容传回地球的那一天,距他们发出命令总共经过了五十六年。我们现在收到的消息来自过去,而我们的消息传到后,也只相当于对他们往事的一个提醒。谁知道现在还有没有打仗,更别说将来了。"

"咱们有命在身,"谢尔曼说,"任务一开始我们就知道如果战势升温,情况有可能会变成这样。美国及其盟国连续三年将 GDP 总值的十分之一投在'哥伦比亚号'上,终于让我们在星际航行的比赛中力拔头筹,这么做可不是光为了争面子。"

克罗塞点头道,"这个我理解。我只是不想让'哥伦比亚号'变得像联盟突击舰'谢南多厄号'那样,因为多年失去沟通而陷在时间里——战争早已结束,它还一直在打。我们要对活着的人负责,而不是对死去的人负责。"

随后传到的是为船员们准备的精神补给,包括家乡传来的好消息、私人信件、录音以及相片。计算机花了很长时间才将所有的资料完整接收下来。

谢尔曼收到一封邮件：一张像素模糊的萨莉的照片。画面上净是颗粒，颜色也不均匀，还有数码加工的条纹。照片上，她站在他们家门口，正对着相机微笑，乌黑的头发遮住半边眼睛。随相片一同发来的还有一条短信："坚持到底。"

这是个简单的老招数。当他接受预审、关在训练基地一连几个月回不了家时，两人就曾经用过。为了通过审查，他们会以处理个别像素值的方式，把真正想说的话隐藏在低质量的照片里。

凯利：

我原谅你。

很抱歉我没有去发射现场。我觉得看着你随火柱升空，永远地离去，像是在参加你的葬礼。

给你写信就像写给未来。我小的时候，根本想不到有一天我们会飞往外面的星球。太空和我毫不相干，地球上的问题就够我受的了。

但这一天还是来了，借助反物质爆炸，你乘风而去，驶向茫茫宇宙。战争的威胁以及战争本身又一次驱动我们前进，为什么我们总是注定要在自相残杀中取得进步呢？

可是，给你写信等于是写给未来。等你收到这封信的时候，我可能已经住进了临终救济院,曾经承载记忆的大脑被蚕食成瑞士奶酪,跟我的父亲一样。如今我生活在永恒之中,每一天的日出都是永恒的日出。

也可能我太乐观了。这场战争有可能结束一切战争。也许当你接到这封信的时候,这里只剩下一片充满辐射的废墟。战争总有自己的一套理由,每个人都认为自己所做的事情是非做不可的。你和你的船员们或许将成为宇宙中唯一幸存的人类群体。

所以我理解你为什么选择离开。可能你不是这么想的,但也许你内心已预见到这一天到来,所以想摆脱这套旧模式,这些陈腐的历史轨迹,这些我们无法打破的常规。

我想象着你处在外星的蓝天下,想象着你再度出发,想象着你还是两年前离开的那个人,一个要继续活下去的生命。

我原谅你,凯利。好好享受你的自由。

食堂是营地里最大的一片区域,能一次性容纳"哥伦比亚号"全体一百五十一名船员,尽管大部分人可能没位置坐。除了举行每周一次的全员大会外,这里还是朋友相聚、玩棋牌游戏和打发时间的最佳场所。

不过到了半夜三更,这地方照样会空下来。贝利星的一天要比地球长四个多小时,但一个月后,船员们的生物钟基本上都已经调整过来。可是因为患有失眠,谢尔曼的睡眠时间还有待固定。

他习惯了一个人醒着。

他抓起一杯热咖啡水——这玩意儿喝起来根本不像咖啡——坐到靠窗的一张餐桌前。贝利星的阿尔法卫星挂在半空中，看起来有地球月亮的三倍大。皎洁的光线倾洒在"加利福尼亚新星湖"两岸的平原上，银光闪烁，魅如幽灵。贝塔卫星体积更大，呈浅黄色，再过一小时也会冉冉升起。风声鼓动，他看到远处平原上亮晶晶一片，与头上闪耀的星空遥相呼应。

一阵脚步声传来，有人在餐桌对面的椅子上坐下来。他抬头一看，是欧阳珍妮。

"工作呢，还是睡不着？"他问。

"都有一点。"她说着把手搁在桌上，紧张地摆弄着手指，"谢谢您，船长。您的话……对我帮助很大。"

"我只是告诉你我醒来时的感受而已。有时候明明自己知道，但就是要借别人的嘴说出来。你并不孤独。嗯，准确地说，我们大家虽然在一起，但同时又都很孤独。这种事之前谁也没有经历过。"

她点点头，眼睛一直盯着双手。

"话说回来，你为什么志愿加入'哥伦比亚号'？"

她闻言一惊，抬起头看着他道："我父母和我都是美国人。我很小的时候流行中国间谍威胁论，我们被剥夺了公民权，还遭到驱逐。"她目光锐利地盯着他，语气也跟着强硬起来，"他俩不是间谍。"

"那当然。"谢尔曼说。她通过了"哥伦比亚号"的背景审查,这本身便说明联邦政府那帮家伙承认了——不过是拐弯抹角的——当年对她父母的问题处理得不对。用人民的生命来试错,政府和国家付出了巨大的代价。

"他们一直希望时局好转后,有一天我能回到美国。他们鼓励我申请,因为要是我表现好,就可以帮他们挽回声誉。我从没想过自己会被选上。"

"你不确定这是不是自己想要的?"

"我还没来得及想清楚。"

谢尔曼抿了一口"咖啡"。芭芭拉跟他说,珍妮工作起来比组里的其他员工都努力。他自认为很了解这一类型的人:勤奋刻苦的好学生,门门得优,成绩突出,师长怎么说她便怎么做,但是缺乏创造力。

"你现在做什么工作?"

"我还在寻找这里的生命迹象。有人造出了那些水晶。"

"有进展吗?"

"芭芭拉认为我在浪费时间。但我想探索每一种可能,包括她排除在外的那些。"

谢尔曼点点头,"就算你什么也没找到,咱们很快也得回隔离区了。大家都有些累了。晚安。"他起身要走。

"很高兴我来了这里。"她说。

谢尔曼有些惊讶,"为什么?"

她凝望着窗外异星的景色,说道:"这里谁都不认识我,过去的一切关系都变得没有意义。我刚醒来的时候,真感觉自己像落水了一样。我触摸不到我的家人,日子一天天过去,他们越来越不真实,渐渐地离我远去。

"我接到一封他们写来的信。信件被审查过,但我看得出他们对地球上的情况很担忧。我哭了,感觉自己好像在读一本小说的开头——他们将要经历的事情就算我还不知道,其实也早已发生。情节已经设定好,无论我干什么都改变不了。

"所以我把你的话好好想了一遍。地球已成为过去,那是回忆和虚幻之地。我可以选择窝在那里,也可以留在这里。

"结果并没有我想的那样痛苦。我感觉……我终于开始为自己而活。就像你说的那样,时间阻断了我们,带走了从前所有的义务和责任,给了我们新的开始。我感觉一下子解脱了。"

一些对材料科学感兴趣的工程师,围绕着水晶之谜一直在进行研究。但大部分船员都在从事其他更为优先的工作:在可控制的环境下,用贝利星的大气和土壤种植地球作物,绘制贝利星的地图及天气形态图,学习为将贝利星改造为人类宜居地所该掌握的一切知识——其中最大的成就是,船员们开始三三两两地窃窃私语,谈天说笑,有的还成双结对,一起进入私室。

贝利星上的第一例怀孕出现在着陆后的第三个月。克罗塞特意开了一瓶香槟——这也是他个人重量配额的一部分——酒瓶挨个儿传递，你喝完了我喝，最后全体一百五十一名船员——包括那位准妈妈——全都喝了一口。

"这名新生儿不会有任何关于地球的记忆。"克罗塞说。他跟谢尔曼站在离人群稍远的地方，靠着食堂的墙壁，"也不会有膨胀休克，贝利星是他唯一认识的故乡。"

谢尔曼跟着说道："地球对他而言只是个传说。"

"你有按休斯敦的要求重拍录像吗？"

谢尔曼没吭声。

过了一会儿，克罗塞嘿嘿地笑起来。

"你笑什么？"

"哈，"克罗塞说，"我刚刚想到要是我们宣告了主权，那这个孩子就是出生在美国国土上的美国人了。那有什么意义呢？他怎么去为几十光年外的总统投票？美国能对他做什么样的要求？他既是生活在美国的过去，也是生活在这个国家的未来，而不是她的当下。"

仅供指挥官查收：鉴于中国香港特别行政区出现动荡，有骚乱的可能，因此命令你们在危机解决期间继续或重新冷冻欧阳珍妮。

谢尔曼凝视着屏幕。

珍妮并非唯一一个出于国际公共关系目的而加入的船员。下一个会是谁呢?

他摇摇头,转而阅读起今天的调查综述来。

"想不到她竟然会越级汇报。"芭芭拉·普拉特在谢尔曼的办公室里刚一落座便说道。房间里额外塞了两把椅子,感觉格外幽闭。

"她一再坚持,"谢尔曼道,"说必须马上见我和达伦。我跟她说了,要把你叫来。"

"纯粹是浪费时间。我听她说了,但她偏要固执己见。"

"其实,我觉得她说得有点道理。"克罗塞笑道。普拉特瞪了他一眼。

有人敲门,接着珍妮挤了进来。她抱歉地冲普拉特一笑,"对不起,芭芭拉,我觉得你没有认真听我讲。"

普拉特耸了下肩膀。谢尔曼示意欧阳继续。

"是关于那些水晶的。我猜出它们是怎么形成的了。"

她放下手中的平板电脑,电脑在天花板上投影出一张张图片。说实在的,她也只能这样将就,因为在这间狭小的办公室里,四面墙壁都被屏幕、即时贴、地图和表格占得满满的。三位听众背靠椅子扬起头,欧阳开始浏览起照片来。

"我们发现这些水晶有一个共同特征,就是呈各式各样的圆形,有管状、轮状、球状还有碗状,因此,它们能够在贝利星的风力、引力、洪水等自然力作用下滚动。它们的设计就是为了移动——请注意,动得不是很快,最多一年一百米。"

她又点出一张图片:一张贝利星地图,上面标注着醒目的箭头。

"我突然想到要查看贝利星的气流模式。贝利星的主要地理特征是赤道和极地分布着高山,中间纬度上是相对平坦的平原。贝利星的天气系统基本上是由西往东经过平原,而这些水晶也正依此规律移动。

"贝利星的一些大湖也集中在这些纬度上。随着时间的推移,水晶跟着风向走,大部分被吹进湖里,最终沉入湖底。

"它们在那里被淤泥包裹,一段时间后,水晶周围的淤泥收紧、变硬,形成多孔的软性岩石。"

"这种事在地球死去的动物身上也会遇到,化石就是这么来的。"克罗塞说。

"这么说,你弄清了水晶的去向。"谢尔曼道,"那它们的来历呢?"

"嗯,"欧阳又打开一张图片,"我前面也卡在了这个问题上。不过后来我向克罗塞船长请教了贝利星的一些地质问题,他告诉我,贝利星的潮汐模式受两个巨大卫星及其偏心轨道的影响,会周期性地达到峰值。不仅湖泊涨潮遵循这一模式,就连地心的岩浆也受之影响。当卫星排列到某个位置时,会导致周期性的火山频发。"

"贝利星上也有火山时期和冰川时期。"克罗塞说。

"当贝利星经历这样一个猛烈的火山喷发期时,喷出的气体会转化为雨水及河水中的碳酸、硫酸和盐酸。带腐蚀性的水注入湖里,渗入到多孔的沉积岩中,然后侵蚀到水晶,直到这些地方变为一个个空洞。"

天花板上展示出一些岩心剖面图,露出一个个水晶洞。

"最后,随着卫星的移动变化,火山作用逐渐减弱,水中悬浮的矿物质又开始在空洞处再度结晶,慢慢填充之前留下的空隙。"

"听起来像脱蜡法[①]。"谢尔曼道。

"没错,正是这样。这些水晶在之前的模子里生长,不会受杂质、矿物质成分变化、地质变形等因素影响——尽管还不能算是精确的复制品。之后,到了贝利星的冰川时期,全球水平面下降,这些水晶便在冻融循环下露出地表。"

"之后它们在星球上被风吹得到处跑,再次进入下一个循环。"谢尔曼总结道。

"所以说这些水晶不是人造的,而是纯天然的啰?"克罗塞问。

"不仅如此,"欧阳道,"这些水晶还是活的。"

"这正是我不敢苟同的地方。"普拉特说。

[①] 一种用于青铜器等金属器物的精密熔模铸造方法。

"什么意思?"谢尔曼问。

"每一块水晶都是一个无比复杂的组织结构。它会生长,会移动,会通过压电、温差电和热电效应消耗及转化能量。它会繁殖——泥模就相当于 DNA 的功能,中间还会突变。这一切它在地质时期几乎全部经历过。"

"但这些都是理所当然的呀。"谢尔曼说,"你说的是一块岩石被风吹跑,从山上滚下来。"

"讲句公道话,"克罗塞说,"一切化学过程和物理过程都是理所当然。我们每个人都是确定过程的结合体,比一块被风追着跑的水晶好不到哪儿去。"

"这些水晶也有进化,船长,圆形构造就是证明。那些不方便移动的水晶沉积不下来,于是平静地死在湖床上,当熔岩流出、酸洪经过的时候便彻底消失了。活下来的那些则在漫长的岁月中进化其构造,让自己能随风逐流进入产卵池。"

谢尔曼刮着自己鼻梁说道:"芭芭拉,我总算明白你的意思了。"

"这或许算是一个巧妙的论据,但还是诡辩,不是科学。"芭芭拉说,"无论如何我也不可能把这些石头当作生命。生命不是这样定义的。"

"为什么不行?"欧阳问,"这是一个全新的世界,我们要打破过去的条条框框。一切都应该被重新审视。"

　　有时候明明自己知道,但就是要借别人的嘴说出来。谢尔曼暗自思忖。

　　"好吧,就算我把这些水晶当成活的又怎样?我还是会把它们归为有趣的地质现象。管它叫什么,没有任何区别。"克罗塞说。

　　"有区别。"欧阳道,"我演示给你们看。"

　　他们把一间小生物实验室的中央腾出来,将一架闲置的小型无线电天文望远镜的抛面镜取下,重新安装到一台旋转搅拌机顶上,搅拌机碗呈倾斜状。当搅拌机低速旋转时,上面的抛面镜像陀螺一样摇晃,在圆周运动中改变了倾斜的角度。

　　欧阳小心翼翼地将一个轮盘赌钢球大小的小水晶球放到抛面镜中央。小球滚到镜面边缘,开始沿边框滚动,在镜面摇摇晃晃的圆周运动下越滚越快。它叮叮当当地撞击着边框,水晶里面开始发光。

　　"船长,能把灯灭掉吗?"

　　黑暗中,这块水晶看上去就像一个悬浮的火球,撞击边缘所发出的叮当声就是一首缓慢延续、清脆悦耳的铃音。

　　天籁之声。谢尔曼心想。

　　黑暗中,欧阳拾起一把叉子,对准从她面前经过的水晶球快速地连续戳了两下。猛然爆发的两道火星汇成一股格外耀眼的闪光,充斥于水晶内部,而后渐渐地暗淡下去。

水晶再次从欧阳面前经过。这一回她戳了三下。

接着是五下、七下、十一下。这时,欧阳只能围着镜面跑才能赶上水晶。

后来她停下道:"看。"

水晶继续滚动。突然间,它开始快速迸发出亮光,越来越耀眼。大家都在默默地数数:一、二、三……十三。

"我们可以把这些电路模式单纯地视为地质奇观和物理奇观,视作一种偶然的机械计数。"欧阳说,"这都是确定的,能由此产生出电势和电子。但我们大脑的电路模式也一样,生命和意识的火花其实就是复杂的机械运动。"

她真是艳惊四座。谢尔曼心想。那个胆怯羞涩、缺乏自信的女孩不见了。她好像变了个人。

"表面的细槽有可能是侵蚀摩擦的结果。"克罗塞说,这种可能性的存在让他兴奋不已,"如果是的话,它们会改变水晶的电路模式,由此生成一种记忆。它们和其他水晶一样在泥模中复制。对这些生物而言,记忆和基因其实是一回事。"

"当然,旋转的抛面镜不等于自然测试,"欧阳说道,"在自然的环境下,它们几乎不可能像这样连续移动,唯一接近的就是从一道很长的山坡上滚下来。有些水晶也许能存活五千年,每天晃动几次,滚动几回,一年下来只能移动五十米。它们的意识——如果有的话——是和地质时间同步的。它们对世界的体验不是一个持续的当下，而是长期静止过程中的一些不连贯的激闪。不过，要是克罗塞船长想的没错，它们能从过去的世世代代中获取记忆，有可能延续上百万年。

"它们是单单记录下岁月的痕迹，还是依照自身必须遵循的思维——不管是哪种思维——生成这些沟槽的呢？它们是拥有自由意志，还是记录历史的奴仆？我们的到来会对它们产生什么影响？

"虽然我们穿越了几十光年才找到它们，但还有一条更大的鸿沟阻隔着我们，那就是时间。对它们而言，我们只是转瞬即逝的火光。我们太快，而它们太慢，就像短暂的蜉蝣和长存的橡树。或许一辈子下来我们也不可能彼此认识。但有了这个发现，我想咱们就架起了一座桥梁。"

"你确定要这样吗？"克罗塞举着摄像机问。

"我怎么能够确定？"谢尔曼说，"头一天行走时你还踢着路上的石头，第二天便发现它们原来是个新物种。这是一个全新的世界，处处有惊喜。

"休斯敦和华盛顿那边以为——现在也是这么想的——我们是远方战略性资源的开路先锋，但是同地球在时间上的隔阂相比，搭建一座桥梁来弥补我们同贝利星生物之间的鸿沟要容易得多。

我们可以不被过去的流毒控制,地球上的冲突也不再是我们的冲突。我们是独立的,是自由的。这不正是美国一向的追求吗?"

"他们会管你叫叛徒,"克罗塞说,"但我们全体船员都支持你。这就是人类的一大步。"

克罗塞举起摄像机,画面一半留给谢尔曼,一半留给仍在抛面镜上旋转的水晶球。清脆的撞击声穿过空气传入麦克风。船长开始发话——

"嗨,我们是贝利星人。"

信 息

The Message

Totoro 译

2012 年首次发表于《中间地带》（*Interzone*）杂志

即使自身在走向灭亡，
但他们仍然考虑着自身以外的事物，想向未来发出警告。

这座外星城市圆得近乎完美,它是一个直径差不多十公里的大圆圈。从上空俯瞰,方形的房子环绕在城市边缘,圆锥形、金字塔形、四面体形的楼宇则在城市中部,每一座建筑都是令人望而生畏的尖状物。环带状的街道将整个城市分割成了许多同心圆。

　　詹姆斯·贝尔降低两人座的"阿瑟·埃文斯号"太空梭一侧的机翼,操控着倾斜的机身掉了个头,再一次从那片废墟上空掠过。这个身材消瘦却精力旺盛的男人已步入不惑之年,头发刚刚开始变得稀疏,胡子也开始斑白。他向前推动操纵杆,把机身降低了一些,用一双碧蓝的眼睛专心致志地注视着座舱外的景象。

　　坐在詹姆斯旁边的是十三岁的麦吉,她看上去纤瘦而笨拙,就像一匹刚出生的小马驹。在舱体突然下沉的时候,她倒抽了一口气,赶紧抓住座位上方的扶手。

　　"对不起。"詹姆斯说道。麦吉的妈妈劳伦过去就很讨厌他驾驶飞行器的方式,他总是突然地沉降、急促地转弯。一些往日情景浮现在他眼前——他把劳伦拖去坐过山车,劳伦吓得紧紧抓住他的胳膊。有那么一瞬间,他露出了微笑,但随即一种混合着遗憾与怨怼的情绪便占据了他的心。

他甩甩头,赶走了那些情绪,将太空梭机身拉至与地面水平。"茱莉亚,"他对机舱的 AI 说,"现在由你接管驾驶程序。保持平稳,慢速行进。"AI 发出表示明白的哔哔声。

"在磁场跟大气环境运转正常的行星上,我飞行起来就有点儿鲁莽。"他东拉西扯道,更多是为了填补此刻的寂静,"因为磁场和大气本身就具有过滤有害的太阳射线和宇宙辐射的作用,太空梭外面那个用来监控和屏蔽辐射的厚重护壳就显得多余了,所以我把它留在了空间轨道上,只带了太空梭的核心部分下来。在这种情况下,机舱的机动效能更加优秀。"

麦吉拨开一缕搭在脸上的红色发丝,坚决地不去看他,只把目光锁定在从机舱下掠过的外星建筑上。

从两天前登上太空梭起,麦吉就一直这副样子,要么给他一两句简短的回应,要么一言不发。他们没有一起生活过,因此詹姆斯没有任何经验可以解释麦吉的一举一动,也没有任何头绪可以推测她这么默不作声是什么意思。他在她面前感到尴尬,对于该怎么与她交谈毫无头绪。对他而言,相比他研究过的那些已经消亡的宇宙文明,他的女儿更加神秘莫测。

六个月前,他正匆匆赶往匹拜欧。星球地貌改造师已经做好了计划,要让小行星和彗星风暴撞击这颗星球,把匹拜欧地表的遗迹给清除掉,因此他想赶在此前完成研究调查。即将出发前,他收到了劳伦的消息,这是十年来她第一次和他联系。她说,自己得了重病,时日无多。他们的女儿麦吉需要他。

麦吉是在他和劳伦离婚以后出生的。事实上,直到劳伦寄给他一张一岁小姑娘的照片时,他才知道这个孩子的存在。他盯着照片上那个粉嘟嘟的小肉团儿,不知道该做出怎样的反应。他完全没有做父亲的心理准备,劳伦一定对此早已心知肚明,所以她才在他们离婚时对怀孕的事只字未提。他提出要支付孩子的抚养金,她接受了,之后就再也没有更进一步对他要求什么,他感到如释重负。

劳伦突如其来的消息让他不得不放下匹拜欧的所有事务,赶去她所在的星球。在真实时间里,这趟旅程足有三个月之久,不过在相对论的时间膨胀效应作用下,太空梭内只过了短短两天。当他最终到达劳伦那里时,劳伦已经去世了,只剩下独自待了两个月的麦吉,而那段时间里,她能做的就是一边哀悼母亲,一边想象自己缥缈的未来,因为她今后要和素未谋面的父亲一起生活了。

没什么客套,也没什么嘱咐,他就这样被授权抚养这个闷闷不乐、满心伤悲的少女了。在返回匹拜欧的短短两天时间里,*我该怎么去学习做一个父亲呢?*

詹姆斯叹了口气,他一向讨厌生活里这些复杂纠结的事。他们返回匹拜欧后,在小行星和彗星风暴撞击到来之前,他只有不到一周的时间来完成自己的调查。

"那儿有一些字迹。"麦吉低声说。那些外星建筑看上去像是由坚硬的巨石雕刻出来的,上面布满了铭文与图案,却既没有门,也没有窗。

麦吉似乎对这片废墟挺感兴趣,这使得詹姆斯惊讶又高兴。他喜欢给充满好奇心的学生讲课。

"那正是我对这地方感兴趣的原因之一。大部分文明越过'库尼－麦克林边界'后都突然进入了数字黑暗时代,不再创造模拟化的文字。它们的一切信息都被封锁在了脆弱的数码产品里,后者失去生命后,信息就难以破译。这个地方的文明也已经数字化了,不过这些样本——"

太空梭突然加速冲了出去,开始倾斜并急剧下降。麦吉吓得尖叫起来。

"詹姆斯,"茱莉亚的声音听上去很焦急,"稳定程序似乎出了一些故障,那是我的能力难以纠正的。必须要靠你用模拟控制来接管了。"

詹姆斯赶紧抓住操纵杆猛然后拉。发动机发出了"吱嘎"一声响。但一切已经来不及,机舱下降的速度太快了。

"做好撞击的准备。"茱莉亚的声音传来。

　　詹姆斯本能地抱住了麦吉,把她护在座位上,仿佛他的手臂有足够的力量保护她不受撞上地面带来的伤害。

　　机器人和家猫大小的机械蜘蛛在"阿瑟·埃文斯号"表面穿梭奔忙,检查舱体表面的受损情况。在他们焊接损坏部位和修补密封的时候,这艘太空梭外火花四溅。

　　"嗯,这样就行了。"詹姆斯包扎好麦吉额头上的伤口后说道,"我们坠落时,茱莉亚令舱体的外壳解体,吸收了撞击时产生的大部分能量,这样才救了我们一条命。修好太空船得花掉机器人好几天时间,但我们依然有足够时间在第一波彗星撞击到来前离开这儿。"

　　麦吉坐直身体,摸了摸额头上的绷带。她伸缩一下腿,又察看了自己的胳膊。

　　"那你工作时我该干什么呢? 就呆坐在这儿吗?"

　　好歹她肯开口说话了,詹姆斯想道。

　　"你可以跟我一起出去。不过我得工作,不能随时照看你。"

　　麦吉撇了撇嘴,"我能照顾好自己。我又不是五岁的小孩子。"

　　"我不是那意思——"

　　"我多希望自己是一个人待在妈妈的旧房子里,而不是跟你一起差点丢了小命。"泪水从她的蓝眼睛里夺眶而出,"都是那个笨法官! 他根本不知道——"

"够了!"好吧,也许她还是不说话的时候容易对付些。机舱里一下子静下来,只剩故障检验控制台断断续续发出的嘀嘀声,那是茱莉亚在继续进行测试。麦吉不服气地瞪着父亲。

詹姆斯压低声音,"如果我不承担抚养权的话,法院会给你选个收养家庭。你明白了?我之所以这么做,是因为你妈妈写了——"

麦吉隐藏在心底已久的怒气与悲伤再也压抑不住了。既然她现在开口说了出来,她就要他也尝尝那种难受的滋味,"哦,你是多么高尚啊,竟然担起了照顾自己孩子的重任呢!我恨你——"

"闭嘴,乖乖听着!"詹姆斯咆哮着。他觉得她看上去就像个气鼓鼓的球,里面充满了怒气与恨意,不可理喻。"是,我知道在你成长的过程中我都没在你身边。你妈妈和我——"他怀疑她能否理解。他也很怀疑自己是否有搞明白一切是怎么变成了如今的模样,"这一切很复杂。"

"是的,'复杂'。比起照料活生生的家人,你更喜欢跟那些死掉的外星人交流。这的确很难解释。"

这些话给了他重重一击,他仿佛听到了过世前妻的声音在回响。

詹姆斯没有作声,直到他的情绪再次平复下来。

"你不一定要喜欢我。但在你成年之前,我对你有监护责任。我会尽可能让你有独处的空间,你甚至没必要跟我说话。但你至少得表现得礼貌些,这样才能让我们都更好过。"

故障检验控制台嘟嘟大叫。茱莉亚说道:"我发现了失事的原因。在低空飞行期间,由于一系列不寻常的硬件存储单比特错误,航行系统受到了损坏。事实上,整个系统都存在类似的硬件错误。"

"存储芯片坏了?"

"有可能。最后一次改装时,你试图改用便宜的组件来节省开支,我怀疑这次故障与此有关。"

麦吉夸张地摇了摇头,"好吧,估计你会像照顾你的飞行器那样照顾我。"

匹拜欧的大气氧气稀少,缺乏水分。在这样的环境里虽然没必要全副武装,但詹姆斯和麦吉还是得戴着氧气面罩,穿好维持身体水分的工作服。

他们凝望着眼前庞大的废墟。尽管相比城市中心那些巨石建筑,外围一圈方块状的房子要小很多,但它们也差不多有五十米,高耸入空。他们两人就像在巨人的游乐场中爬行的蚂蚁。

为了信守承诺让麦吉自己待着,詹姆斯看也没看她一眼,就径直朝城市里走去。过了一小会儿,她也跟了过来,在他身后保持着几米的距离。

私下里,詹姆斯感到如释重负,他不用再费力去装一个理想父亲了。他没法做那样的父亲,他一直知道自己做不到。劳伦对他的判断一点儿没错,他也不想再演戏了。

那一圈方块状的建筑组成了一堵密实的墙。詹姆斯瞄准了一个突破口,那儿正好有栋方块建筑裂开了一个缺口。通过近距离的观察,他们发现构造这些房屋的是一些小石块,它们被复杂的榫卯结构靠重力和摩擦力组合在了一起。

他们爬过碎石堆。攀登这些碎石时,麦吉表现得矫健又敏捷,像是一只野山羊。詹姆斯克制住自己,不去对她施以援手。

翻越过缺口,巨大的金字塔赫然矗立在平坦的地面上,犹如高耸的山峰,投下长长的、充满压迫感的影子。虽然金字塔之间有许多宽阔的空地,但这座城市依然显得幽闭而恐怖。

金字塔光滑的表面上有大片的铭文,詹姆斯用相机拍下它们。那是一些独特的字迹,从中能看到多种语言的迹象。不过,每个可见表面上的铭文看上去都是完全相同的,仿佛是把同样的字句重复了一遍又一遍。

"这里找不到多少可供研究的语言学数据呀。"詹姆斯低声自言自语。

由于之前冲爸爸大喊大叫了一番,外加一通费力的跋涉,麦吉的怒火现在消耗得差不多了,好奇心和表现欲开始占了上风。

"他们一定是觉得自己要说的话特别重要,所以才重复了这么多次。"她说,"简单粗暴但切实有效的数据冗余。"

麦吉听上去就像是在引经据典。詹姆斯被逗乐了,他更喜欢麦吉的这一面。谈论工作上的事情让他感到更加愉悦,"你喜欢信息理论之类的东西?"

"是啊。我擅长跟电脑打交道,而且……很小的时候,我就求妈妈给我买了外星考古学和数据保存的书。我还参加过考古夏令营。你说的那些关于数字黑暗时代的东西,我都懂。"

詹姆斯想象着小小的麦吉读着外星考古学书籍的画面。那一定让劳伦抓狂。他不禁露出了微笑。然后他想,一个从没见过父亲的孩子,为什么会想学她认为父亲在研究的东西呢?他皱了皱鼻子,有些发酸。

他尽量让这对话进行下去,"那你觉得这些图案代表什么呢?"他冲那些铭文中夹杂的许多图形努了努嘴,那些图案虽然经过了多年的风霜侵蚀,但大部分依旧清晰。

"城市的地图?"

那些图案描绘了许多同心圆,圆与圆之间有小小的方形、三角形、五边形和圆形。麦吉皱了皱眉,"不过这说不通啊。每幅图看上去都不一样。"

詹姆斯拍了一些图的照片,放大后把它们与航拍的建筑布局对比了一下。麦吉说得没错。那一幅幅图跟实际建筑布局并不匹配,彼此间也不相同。

"还有这些人——外星人——在一座只有环形街道的城市里该怎么生活呢?我好像没有看到任何从中心延伸到外面的路。"

詹姆斯看着她，有些动容，"你很有洞察力。"

麦吉翻了个白眼。她歪着头的样子俨然是和劳伦一个模子刻出来的。他心里涌起一阵柔情。

"实际上，我认为匹拜欧的人们并不住在这里。航空摄影测量显示，这附近完全没有墓地和垃圾堆的存在。我还用透地雷达扫描过这些建筑。它们完全是实心的，里面没有一点儿空间。准确地讲，这地方恐怕不能叫作'城市'。"

"那它是什么？"

"我也没有头绪。但愿我能在一周内找到答案，不然它就永远消失了。"

"它存在了多少年？"

"我最多能告诉你，匹拜欧在差不多两万年前失去了几近全部的水。尽管我不太清楚到底发生了什么，但这个过程看上去只用了几个世纪。随着水的流失，居民们为越来越少的供给而争斗不休。我发现的每一处文明聚居地几乎都是毁于战争。战争造成的毁灭往往极其彻底，以至于机器人几乎无法将古文明器物修复完整。"

"但这地方看起来没遭到破坏呀。"

"是啊，这地方距离最近的人口聚居处有数千公里。匹拜欧毁灭了，这地方却保留了下来。我想知道这是为什么。"

"但他们是外星人。你为什么这么在乎他们呢？他们甚至都不知道我们的存在。"愤怒又慢慢从麦吉的声音里爬了出来。她又记起了父亲是怎么对她的,他从来没有想要联系她,对她几乎一无所知。

"没错。"詹姆斯说。麦吉语调的变化让他紧张起来,他可不希望她又变回那个愤怒且不可理喻的孩子。她的问题也让他觉得伤心。他从不擅长明确有力地表达为什么工作对他如此重要,不过他想试着跟麦吉阐明这件事。

也许他女儿能够在他妻子无法理解的方面理解他。

"人类对外星的探索已经持续了很多年,然而我们依旧孤独。我们所发现的一切外星文明都已经消亡了。

"大部分的宇宙文明都是极度自我的,并且只关注眼前利益。他们从没想过为他们消亡之后的后来者保存一些遗产。他们的艺术与诗歌,他们的兴起与衰落,他们在宇宙里存在过的短暂时间,大多数都没法复原了。而一周之后,地貌改造师就会往这里发送结满冰的彗星和小行星,它们的碰撞会给这里重新带来水源。这些外星人存在过的最后一丝痕迹也将从此被抹去。

"可我总觉得我研究的这些外星人有一些信息想传递给后来者。我发现的东西会是匹拜欧人最后的低语和遗言。通过研究他们,我渐渐与他们心意相通。而通过帮他们把信息传递下去,人类也就不会那么孤独了。"

麦吉看起来陷入了沉思,轻轻地咬着嘴唇。

看到女儿极其轻微地点了一下头,詹姆斯舒了一口气,一种莫名的喜悦渐渐在心中弥漫开。

太阳一点点地沉入了方块建筑组成的围墙之后。"天晚了,"詹姆斯说,"我们明天再来吧。"

詹姆斯在机上厨房准备晚餐的时候,由茱莉亚来负责辅导麦吉的学习。依照一个飘浮在半空的元素周期表全息投影,AI沉闷单调地讲解着镧系元素的特性。跟詹姆斯·贝尔一起这么多年了,AI讲起课来也形成了跟他差不多的风格,一种学究气的滔滔不绝。渐渐地,麦吉的眼皮开始打架,头也一下一下地向下垂。

茱莉亚停了下来,"你根本没在努力!你都两个月没去学校了。你怎么可能不下苦功就赶上学习进度呢?"

"别冲我大喊大叫!好像不是我想离开学校的吧。"

茱莉亚把语气调整得温柔了一些,"对不起。那段时间你一定过得很艰难吧,小小年纪就失去了母亲。"

"你能知道什么?"麦吉生气地说。

"我也许只是台机器,但是我跟贝尔博士一起度过了很多年……我也认识你的母亲。"

麦吉的头一下抬了起来,"跟我说说我的父母……他们之间到底发生了什么?"

"噢,不行,那是他们的私事。"

麦吉看了看父亲在厨房里来来去去的身影。看来她还得等等。

"那你不能说些比化学有趣的话题吗？"

"你觉得什么比较有趣呢？"

"考古学怎么样？我们能试着破译一下今天在金字塔上找到的字句吗？"

那不在推荐的标准课程内，不过茱莉亚决定小小宠溺一下这个小姑娘，"好吧。如你所知，这里不可能有个罗塞塔石碑①来对照各种语言版本。要猜测那些字句的意义，只能依照非语言的——"

"是的，是的，我知道。你以前发现的字迹照片呢？有和我们在金字塔上看见的相匹配的吧，给我瞧瞧。"

茱莉亚因为被打断而发出懊恼的"哔哔"声。不过，她还是让周期表消失了，然后投射上了在匹拜欧其他废墟上找到的铭文照片，"这些符号好像可以和金字塔铭文的子字符串匹配。"

麦吉审视着这些照片，"拉远一点呢。我想看看你们在哪儿发现它们的。"

茱莉亚照做了。麦吉困惑得眉头打结，比起考古学书籍上那些齐整的图示来说，这些照片要难破译得多。她说不清自己看到的都是什么，一切看着都像是成堆的瓦砾。

茱莉亚保持着沉默，依然对麦吉有点儿恼意。

①Rosetta Stone，刻有古埃及国王托勒密五世登基诏书的石碑，石碑上用希腊文、古埃及文和当时的通俗体文字刻了同样的内容，使得考古学家有机会对照不同语言文字内容破译埃及象形文字。

"看 3D 复原图会容易一些。"詹姆斯一边说,一边从机上厨房走出来,"茱莉亚,显示模型,让麦吉看看这些符号是在哪儿找到的吧。"

全息投影投射出高大优雅的外星建筑,上面如蜂巢般布满了门窗。茱莉亚将找到匹配符号的地方做了个高亮标记。

"看出什么规律了吗?"詹姆斯问。

"它们一般都在门口附近出现。"麦吉说。

"可能代表的意思是?"

"入口?"

"或者出口。"

"所以,费了这么大劲儿,我们还是没办法理解这条信息最核心的意思?"麦吉笑着说,"我们还是没法搞清楚这个铭文是要说'请进。欢迎!'还是'出去!待在外面!'。"

这是詹姆斯第一次听见她的笑声。他惊讶地发现,从麦吉的笑声里,他不仅能听到劳伦的声音在回响,还能听到他自己的声音。一股夹杂着遗憾的爱意席卷了他。

麦吉蹑手蹑脚经过父亲的卧舱,溜进了驾驶舱。透过窗户,她看到东边的天空有成百上千条明亮的光带,这片外星土地沐浴在彗星的银色光辉之中,预示这里将在毁灭中重生。

她四处摸索,找到父亲的耳机戴上后,轻声地向静默的黑暗中唤道:"茱莉亚。"

AI 的声音在耳机里响起,"有什么事吗?"

"跟我说说我的父母。"

茱莉亚没吭声。

"好吧。看来我们只能避易就难了。"麦吉向前挪了挪身体,从控制台下拉出键盘。她敲击了几个键,然后看到驾驶舱窗户上的显示器一下子被激活了。一个闪烁的光标出现在左上角。

她在提示符处输入:

>(DEFINE ACKERMANN–HEAP–FILL (LAMBDA ( ) (

"好了!"茱莉亚打破了沉默。麦吉听出了 AI 声音里的恼意,她露出了笑容。"没必要用代码这种低级手段了。我允许你访问,但我会告知贝尔博士——"

"你不会做那种事的。"麦吉向前倾身,又开始输入代码。

"好吧!好吧!"

"别这么闷闷不乐嘛。这又不会真的危害安全。他发现了也不会真的生气。你可以把这些都归咎于那些引发了所有硬件错误的廉价记忆芯片。"

茱莉亚发出了麦吉没法听清的咕哝声。

麦吉觉得,挖掘父亲的电子档案就跟考古差不多。她学这门学科这么多年就是为了感觉离父亲近一些,与他保持某种联系。

这么久以来，麦吉一直渴望去揭秘这个母亲绝口不提的男人，去挖掘这个在她出生以前就抛弃了她的男人。

照片、电子信息、录音和录像都是一段对失落过往的历史记录，创造这些记录的两个人没有想过将来会有人翻阅它们，他们只是沉浸在二人世界里，写着，笑着，看着相机镜头。可是，不知何故，麦吉感觉自己是他们预期的观众。他们要传达给她一些信息，而他们甚至没意识到他们希望传达这些信息。

麦吉把这些片段放进文档，按年月次序排列好。她在发掘和修复着一个叫作"父亲"的谜。

录像是在一个小小的单人公寓里拍摄的。麦吉盯着那个年轻的、脸上没有一点胡须的父亲，他在对着镜头说话。他有些紧张地摆弄着手里的一个小盒子。

"茱莉亚，你能再算一次账吗？"

AI听起来有些恼火，"再怎么算，钱的数目也不会变。我可以给你再找找差不多款式的戒指，价格便宜一些的——"

"不！我不想要便宜的戒指。这一枚才配得上她。"

"那你只能放弃那艘太空梭了。你无法同时承担两者的费用。"

通过这段珍贵的录像，麦吉看到年轻的妈妈独自一人出现在同一个公寓房间里。年轻的劳伦身上充满了希望与青春的光芒。

麦吉放声哭泣。她太想念妈妈了。

"谢谢你让我知道,茱莉亚。"劳伦说,"有时候我们得拦着点詹姆斯。"

("看来你有向他身边女性泄密的前科嘛。"麦吉冲耳机里轻声地说。茱莉亚发出抗议的"哔哔"声,然后就沉默了。)

劳伦端详着手上的戒指,"真美。"她将戒指在手指上转了转,"但它太重了。"

"我之前试着阻止他把你拖去坐过山车,"茱莉亚说,"我知道你讨厌那东西。可他认为,在你害怕得紧紧贴着他的时候向你求婚,成功的概率最大。"

"他的机会永远是百分之百。"

"将来有一天,这对孩子们来说会是个美好的故事。"

劳伦摘下戒指,"我会告诉他我的皮肤对这戒指过敏,这样他只能把戒指拿去退掉了。我更乐意看他买下那艘太空梭,然后我们可以携手在星际间翱翔,没有什么比这更有分量了。"

录像现在显示出两人太空梭的驾驶舱,麦吉认出了那是"阿瑟·埃文斯号",当然,它看上去比如今的样子要干净得多、新得多。詹姆斯和劳伦坐在驾驶位上。

詹姆斯叹了口气,"我以为这是你想要的。"

"曾经是的。"

"那现在有什么不同？"

劳伦咬了咬嘴唇，"我们绕着银河系飞了五年。可我们手里有什么东西可以作为这段时间的见证呢？二十箱破破烂烂的古董。一些没人会读的专著。那些死去的外星人并没有留下后裔，也就没人会为了文化保护而奔走呼号。而我们研究的所有文明都在他们逃离母星之前就已经毁灭了，因此，我们也无法得到任何技术性的回报。面对这些现实，没人在意那些死去的外星人。"

"可我在意。他们能被后来者铭记和理解，对我来讲很重要。人活了一世会想要身后留名，文明也一样，即便逝去也会希望留下它的故事。在它们的存在与湮灭之间，我是唯一的阻隔。"

"詹姆斯，我们都已不再年轻。我们不能在星际间漫游一辈子。我们必须为将来、为我们自己考虑。"

詹姆斯的脸僵住了，嘴唇紧紧抿成一条线，"成天待在办公室的桌子后面，就为了能在新开发的星球上买一所带尖桩篱栅的屋子，然后不断地生孩子，这种日子我可过不了。地貌改造师们行动迅速，在他们永远抹掉这些遗迹之前，我要尽可能地挽救一些能挽救的东西。"

"等孩子们大一些了，我们随时可以回归这种生活，重新开始流浪。"

"可是一旦我们在什么地方驻足，就很难离开了。一重负担会带来另一重负担。"

"你甚至不肯尝试一下吗？试着过几年安稳的生活？"

"我还是不明白现在到底哪里与之前不一样了。"

"对那些销声匿迹的外星人，你如此深刻地感同身受，却没法感受到我想要什么吗？"

"这种争论到此为止。"詹姆斯起身离开了驾驶舱。

劳伦静静地坐着，形单影只。过了一会儿，她叹了口气，轻轻抚着小腹。

"你为什么不告诉他呢？"茱莉亚问。

劳伦摇了摇头，"如果告诉他，他会放弃现在的生活，但那么做只是为了承担责任。那样的话，他一定会在心里时时埋怨我和孩子。如果他觉得我们是负累，那么比起拥有这样的他，我宁愿失去他。"

"我会努力试试看，你知道的。"

录像里，父亲好些天没有刮过胡子了。驾驶舱脏兮兮乱糟糟的，四处散落着食物包装纸，脏衣服搭在座椅上。他也一直醉醺醺的。

"她是不想逼你在想做的事与该做的事之间做选择。"茱莉亚说。

"她认为我没准备好。"詹姆斯反击道，"她不相信我。也许她是对的。"

早餐后,詹姆斯准备好了飞行摩托。

他看着麦吉,眼神里充满关切,"你有黑眼圈呢。没睡好,对吗?今天你最好还是待在机舱里好好休息一下吧。"

但麦吉可不是那么容易被劝阻的。她爬上摩托,坐在父亲的身后,用胳膊圈住了他的腰,接着又倾身向前,把脸贴在了他背上。

詹姆斯一时僵住了,这个信任的姿势让他受宠若惊。他的思绪一下子闪回到了麦吉婴儿时期的画面,襁褓里那粉嘟嘟的无助小人儿,紧紧攥着的小拳头,紧紧闭着的小眼睛,瞬间令他感到一种刻骨铭心的柔情。

他们骑着飞行摩托飞快地掠过大地,向着废墟的心脏位置跃升而去。

"这是开玩笑吧。"詹姆斯说。他一个急刹停下了车。

他们面前,是在空中看到的同心圆街道的第一条。直到现在它才清晰可见,可那圆圈根本不是街道。那是一道鸿沟,足有五十米深、近百米宽,光滑的沟壁垂直于地面。

"城市内的壕沟吗?"麦吉兴味盎然。

"我开始觉得这里留下的信息无比简单了:我们不想让你进入到中心地带。"

"那么我们真的不得不去了。"麦吉的表情里满是顽皮的孩子气,"那秘密一定棒极了。"

詹姆斯暗自好笑,却也被麦吉的兴奋感染了。他把飞行摩托收叠成了紧缩的便携状态——就像一个老式手提箱一样。詹姆斯将它扔向深沟的底部,那东西一路哗哗滚动,直到最后停了下来。接着他拿出沉降缆索和挂钩,教麦吉怎么使用。她学得很快,于是两人快速地到达深沟的底部,走到对面,从另一侧沟壁爬了上去。

几分钟以后,他们在一座巨大的五角锥建筑脚下再次停了下来。

"看那里。"詹姆斯说,"有新的图案。"

在他们熟悉的反复出现的铭文旁边,沿着金字塔底部,有一些刻画着新图案的石板,看上去像连环画一样。

"我们从哪一头开始呢?"麦吉问。

詹姆斯耸耸肩,"没头绪。你也知道,我迄今为止能做的也只是对符号组进行模式匹配,跟处理象形文字一样。我不知道他们的阅读习惯是从左往右,还是从右往左,抑或根本是非线性的。"

麦吉决定先试着从左向右看看。

这里总共有五块带图案的石板。第一块上包含了他们熟悉的城市"地图"。接下来的一块上增加了两个鸡蛋形状的图形,每一个都有八条向四周伸开的腿:一个怪蛋在城市的中心,蜷缩着腿,身体上纵横交错地画着细细的线条;而另一个怪蛋则远在城市之外。

"这些看起来像蜘蛛的东西象征着匹拜欧的居民。"詹姆斯说。

"为什么其中一个被完全划花了？"

"我不确定。不过这可能是表示那家伙死了，病了，或者非真实存在。它一定出了什么问题。"

在第三块板子上，两个怪蛋的外沿都很平滑，腿部笔直。先前在城市中心的那个怪蛋朝着城市边缘移动了一些，而另一个则朝城市靠近了一些。

"可能是个复活或重生的神话。"詹姆斯说。

第四块板子上，两个怪蛋彼此间又更近了些。而最后一块上，它们在城市的边缘处结合在了一起，它们的腿相互缠绕着。

麦吉兴高采烈地接过了这个话题，"所以这个地方就像一个魔法山洞，你爱过的人死而复生，而你能来这里见他们。"她笑起来。

詹姆斯与她一起放声大笑。他都没有意识到他多么期盼这种感觉：有他爱着的人陪他一起探索这些荒无人烟的废墟。

他从最后一块石板处掉头走回来，眉头紧锁，"可如果从右看到左，故事就截然不同了：两个朋友到了一个城市，一个决定进去，另一个决定离开。而去探险的那一个死在了城市中心。"

"那么你这个版本的名字应该叫作'匹拜欧法老的诅咒'。寻宝者和未来的考古学家当心！如果你不立刻离开，等待你的将是可怕的命运！"麦吉拍拍她父亲的背，"这太好笑了。我们一定要去证实这诅咒有多荒谬。"

她跟我真像哪，詹姆斯想，好奇，无畏。那笑容，也很像她。

　　有那么一瞬间,他仿佛在麦吉站着的地方看见了劳伦,她那么年轻,和当初他们道别时一模一样。

　　"你很幸运。没赶上换尿布、耳部感染、睡觉发脾气,和令人头疼的二、三、五岁这些时候。"劳伦说。她对他露出一个微笑,"可你不得不应付麻烦的青春期。"

　　"对不起。"他说,"我希望——"他没能说完。

　　"她真了不起,不是吗?"劳伦抬手理了理头发。她的手指上仍戴着一枚普普通通的塑料戒指,她用它替代了他以前送的那枚。詹姆斯的心脏好像漏跳了一拍,眼睛模糊了起来,然后他就再也看不到她了。

　　"爸爸! 爸爸! 怎么了?"

　　詹姆斯小心翼翼地擦了擦眼睛。这是她第一次叫他爸爸。他看着麦吉,觉得对她负责其实完全不是一件沉重的事。他就像是有了一双翅膀。"没事儿,风吹的。"

　　"那我们去城市中心吧。"

　　他用手臂搂住她的肩膀,"在匹拜欧的其他遗址,我见到过一些使用过强大武器的痕迹。这个地方的建造者掌握了先进的技术,我不认为这些警告只是迷信。我想,他们是想警告闯入者远离一些真正危险的东西。"

　　"什么危险能持续存在两万年呢?"

　　"我不知道。不过我相信是一种需要警示后人的东西。"

麦吉端详着父亲,眼睛睁得大大的,"我还以为你想要了解他们的信息。"

詹姆斯感受到了来自城市中心的秘密在吸引着他。危险的征兆往往只会让他更感兴趣。他有种屈从这种召唤的渴望,他想照着麦吉的建议去做。

他又忆起了在摩托车上麦吉将头靠在他背上的那种感觉。比起死去的外星人和他们的信息,还有更重要的东西。

"现在……情况不一样了。"詹姆斯说。他缓慢地、有些不情愿地掉转了车头,"太冒险了。"

"我不明白。哪里变得不一样了?"

他看着她,没有应答,而是将她拉入怀中紧紧拥抱。起初的一刹那麦吉有些僵硬,然后就顺从地待在他的怀抱里了。

麦吉翻来覆去,无法入眠。

她提议差遣一些机器人去查探城市的中心地带。这比他们亲力亲为要安全一些。可詹姆斯说不行,机器人要赶在彗星撞击到来前,完成对"阿瑟·埃文斯号"的修理工作。

麦吉越思索,越确信这里并没有真正的危险。她父亲说这儿的文明达到了很高的技术水平,但这个地方是用岩石建造的,上面还刻着简笔画!那听起来更像一个迷信时期的庙宇,而不是一个高级军事装置,上面不可能还安装了历经两万年依然有效的陷阱。

现在……情况不一样了,他这么说。麦吉记得,他放弃探索时脸上写满了不舍和渴望。

父亲相信那些死去的外星人有值得讲述的故事。不过他也爱她的母亲,而他也会,并且已经开始,爱她。

如果他觉得我们是负累,那么比起拥有这样的他,我宁愿失去他。

她穿好了衣服。

"茱莉亚。"詹姆斯在床上呼唤。

"你失眠了?"

"我似乎无法放开那个谜。"

"我也这么想。"

茱莉亚打开灯,詹姆斯坐了起来。

"扫描一遍那些城市'地图'。它们中一定有什么规律。"

几分钟之后,茱莉亚开口说:"我想我有所发现了。七道深沟将城市分成了七条同心的环状地带,在它们中间是一块小小的圆形场地。虽然每张照片里金字塔的位置有所变化,但每一个条状地带里金字塔的数量和形状都是不变的。"

茱莉亚将一张表格投射在了詹姆斯卧舱的墙壁上——

环带	四面体	四角锥	五角锥	圆锥	总计
1	2	0	0	0	2
2	2	6	0	0	8
3	2	6	10	0	18
4	2	6	10	14	32
5	2	6	10	3	21
6	2	6	1	0	9
7	2	0	0	0	2

"很好。但它们有什么含义呢?"詹姆斯问。

"我会就这些数据在数据库中进行一次穷尽搜索,看看会不会有什么发现。"

"好的。我也继续琢磨琢磨,看能不能找出什么线索。"

彗星现在更近了。在它们苍白的光照下,大地就像蒙上了一层霜。麦吉在驾驶飞行摩托方面有了很大进步。她哄得茱莉亚不仅同意她使用这个设备,还发誓对此保密。

"这就跟我妈妈那时一样。我不想他对我有什么怨恨。"她对茱莉亚说,"我会证明他不必因为我而改变。"

由于背上捆着飞行摩托,麦吉从第一道深沟底部往上爬时颇为费力。

"我不会拖累你的。"她喃喃着,从又一道深沟中攀爬出来。

接下来的每一道沟壑都比前一道更深更宽。没过多久,她浑身就被汗水浸透,深夜的空气似乎也不那么寒冷了。

终于,在穿越最后一道深沟后,她看到一根巨大的石柱矗立在城市中心点的位置上,笔直插入天空数百米,犹如一根责问的手指。

詹姆斯觉得有点儿眩晕和恶心。这一阵发生了太多事:太空梭失事,对劳伦的回忆,与麦吉相处。他既没吃好,也没睡好。

他试着理清思绪。九十二座金字塔排列在同心环状带上,如水晶护盾一般。

之前一个夜晚的场景——在茱莉亚滔滔不绝地讲授元素周期表的时候,麦吉无聊得直打瞌睡——不请自来地在脑海里浮现。詹姆斯笑了,想象着女儿在旁边的卧舱里熟睡。他想起身去瞧瞧她睡着了是什么样子……

"茱莉亚,我明白了!"

茱莉亚发出期待的吱吱声。

"这座城市的平面布局是一个原子模型,不过它并非我们熟知的样式。这些同心环状带是电子壳层,而那些建筑物象征着位于不同电子轨道的电子。来,打开一张照片我指给你看。"

茱莉亚将一个图标投射在卧舱的墙上。詹姆斯指着它继续道:"这些四面体是 s 轨道上的电子,四角锥是 p 轨道上的,五角锥是 d 轨道上的,圆锥是 f 轨道上的。这个地方是一个铀核,相对原子量为 92,有 92 个电子。"

"那么一切的硬件错误也就说得通了。"

一阵寒意沿着脊柱贯穿全身,刺破了詹姆斯的兴高采烈,"我以为那是廉价记忆芯片导致的。"

"那是我最初的推测,不过,附近存在阿尔法粒子更能说明为何会错误频出。由于辐射屏蔽装置和监视器还在轨道上,我也不能确定。但鉴于铀是最常见的自然发生裂变的材料,以抽象化的方式把它呈现出来确实是一个不错的标记,可以表明这里存在辐射。"

詹姆斯大吃一惊,"你觉得此处是一个巨大的辐射警告标志?我们还有多久才可以起飞?"

"我可以加快维修进度,在几小时内完成起飞准备。不过,我得告诉你关于麦吉的事情。"

最后一道沟壑与石柱之间的地面上,铺满了参差不齐的岩石和看起来像玻璃碎片一样的东西。麦吉很高兴自己骑着一辆飞行摩托。要是步行的话,这最后一段路会是一场噩梦。看来这里的建造者是真的不希望任何人到达城市中心。

麦吉来到直插天际的柱子脚下。就是这样。她会揭开废墟中心地带的秘密,向父亲证明她不会成为一个负担。

他们可以在这星际间拥有一个家。

巨柱的脚下有一处洞穴。麦吉打开头盔上的强光电筒走了进去。洞穴螺旋着向下延伸。她感到脸有些发红,只好停了一下,擦擦额头上滴下来的汗水。我终于要解开这个让人夜不能寐的谜团了,她想。

洞穴的底部是一层金属屏障。麦吉用多功能发掘工具上的火焰切割器将它弄出了一个洞。

她从洞里爬了进去。

在那里面,洞穴被一层层挤在一起的玻璃球塞得满满的。她拾起其中一个。它的直径大概有五十厘米,里面飘浮着微小的金属珠,挤成了一个密集的点阵。在电筒的照射下,金属珠映射出灿烂的七彩光线。

她感觉手上的玻璃球很重,很热。

在骑着飞行摩托朝外星人废墟狂奔的路上,詹姆斯咒骂着茱莉亚和自己。

"我以为让她去是最好的办法,"茱莉亚试着为自己辩解,"我想给她一个证明自己的机会,你和劳伦从来不给你们自己这样的机会。"

匹拜欧人拥有核能技术。因为知道需要经历万古永世,废燃料才能衰变到安全水平,所以他们就把废料埋在了这里,一个距离文明区域尽可能远的地方。

　　或许他们明白自己的星球正渐渐衰竭，又或许他们只是谨小慎微，无论是哪种情况，总之他们建造了这个地方来警告后代或者未来的星际访客。即使自身在走向灭亡，但他们仍然考虑着自身以外的事物，想向未来发出警告。

　　他们试着对这条信息进行不同层次、多种形式的编码。他们用石头建造了这个城，因为石头是唯一可以保存数百万年的材料。他们希望这信息能够被全宇宙理解：这里没有任何有价值的东西。危险！离远点！

　　只是他明白得太晚了。

　　他不顾一切匆匆地冲下深沟，又飞快地从另一侧爬上去。詹姆斯开始上气不接下气，于是打开了面罩的氧气补给。这期间，他想象着那些看不见的粒子向他飞速冲来，从他身体里流过，撕裂他的细胞与组织。

　　詹姆斯越过了最后一道沟壑。

　　"麦吉！"他大声叫道。

　　在中心点那巨大的石柱脚下，一个小小的身影在对他挥手。

　　他用力拧了一下飞行摩托的把手，不到一分钟就到了她身旁。

　　麦吉站在二三十个玻璃球旁边。她的脸红彤彤的，满是汗水。

　　"它们不漂亮吗？"她说，"爸爸，下面还有很大一堆呢。我做到了，我发现了他们的秘密。我们可以一起探秘了。"话刚说完，麦吉就瘫倒在地,扯下面罩,呕吐了起来。

詹姆斯一把抱起她,将她带到车上,然后骑得要多快有多快地远离那些玻璃球,直到沟壑使他不得不停了下来。

以麦吉虚弱的状况,是没办法自己垂降到谷底再从另一侧爬上去了。同样地,单用一根缆绳,詹姆斯也没法保证能背着她安全地行动。

他祈祷茉莉亚能及时地完成太空梭的修理,赶来接走他们。与此同时,他们被困在了这里,暴露于一个死去文明遗留的致命废料之下。

詹姆斯低头看着麦吉发热的小脸。她暴露在辐射下的时间比他要长得多,况且她的个头还小得多。她也许撑不到茉莉亚来的时候了。为了减少她受到的辐射,詹姆斯得把那些玻璃球重新掩埋起来。他必须走近那些致命的辐射源。

他轻轻把麦吉放在地上,骑上飞车,回到了那堆玻璃球旁,将它们一个接一个地搬回到洞穴里。他快速地行动着,尽量让自己不去想身体正在承受什么。还有希望,他想,过不了多久茉莉亚就会带着太空梭来到这里。在船上,我和麦吉都可以被置入休眠状态,直到我们抵达医院。

他回到麦吉身边,小姑娘正挣扎着坐起来。"爸爸,我觉得难受。"她用嘶哑的声音说。

"我知道,宝贝。是那些玻璃球让你生了病。再坚持一小会儿。"

詹姆斯挪动了一下,将自己的身体隔挡在她与中心柱子之间,就好像他的血肉之躯能够缓和高能粒子对她的冲击,就好像这么做有用一样。

推进器呼呼作响的巨大声音淹没了一切。探照灯照到了他们。茱莉亚带着"阿瑟·埃文斯号"赶到了。

詹姆斯抱起麦吉,将她送上了机舱,小姑娘无力地瘫软在他的臂弯里。他的皮肤感到灼热刺痛。

"茱莉亚,把休眠舱准备好。麦吉,别害怕。你只是需要睡一会儿。"

麦吉安全地躺进了休眠舱,她点点头,合上了眼睛。

詹姆斯觉得口干舌燥,头晕目眩,筋疲力尽。他最后看了一眼导航面板。准备给茱莉亚下达起飞的命令,然后自己也进入休眠舱。

红色指示灯在面板上闪烁了起来——硬件错误。

启动飞行器进入行星轨道是一项精细的操作。不能允许一丝一毫的错误。

一时之间,一阵狂怒席卷了他。他恨自己,恨建造了这个地方的人,恨逝去的匹拜欧文明,恨整个宇宙。他们快要死了,因为他没能及时地解开一个古老的谜。

"我不怕。"麦吉半梦半醒地用沙哑的声音呢喃着。

詹姆斯看着她。她的睡颜上浮现出浅浅的微笑。她彻底地信任他。

他知道自己必须要做什么。他早已准备好,尽管他过去一直没有意识到。

詹姆斯倾身靠近休眠舱。麦吉因为他的触碰醒了过来,他拂开挡在她眼睛上的发丝,吻了吻她的额头。

"听着,麦吉,一旦我把飞行器开进轨道,茱莉亚就会发出求救信号。地貌改造师会接收到它,然后在几个月内过来找到你。别担心。茱莉亚会让你陷入假死昏睡的状态,直到他们把你送去医院。他们会照顾好你的,让你恢复成和以前一模一样。"

"我真的非常抱歉,爸爸。"

"没关系的,甜心。你冲动莽撞,想知道答案,我也一样。"他顿了一顿,"不,你比我好得多,你一直知道什么是真正重要的。"

"等我睡醒了,我们可以一起去探索宇宙,然后告诉所有人逝去世界的那些故事。"

詹姆斯深吸了一口气,然后将呼吸屏住了一瞬间。她应该知道真相。

"我不会再和你相见了,宝贝。这是诀别。"

"什么?"麦吉挣扎着起身。他阻止了她。

"让茱莉亚来操控太空梭太冒险了。辐射造成了太多的硬件错误。我们一开始失事就是因为这一点。我必须在模拟控制模式下手动操控太空梭。等我把太空梭送上轨道,我的身体受到的辐射危害会非常严重,就算进入休眠状态也于事无补了。我没法挺过去的,麦吉。对不起。"

"不,让茱莉亚控制飞行器! 你和我一起待在这儿。我不能同时失去双——"

詹姆斯打断了她,"你是我研究过的最好的秘密。我爱你。"

在麦吉再度开口之前,詹姆斯关上了休眠舱的盖子。

他浑身发烫,神志不清。他想象着无情的射线切割着自己,那是一个死去文明的残余热量。但他没有担心,没有悲伤,没有愤怒。即使自身在走向死亡,匹拜欧人依然努力地去挽救那些跟随他们脚步而来的人。现在他在为女儿做同样的事。这是一个寓意悠长的故事,一条值得传承下去的信息,纵然这宇宙是那么冰冷、黑暗、死气沉沉。

天空中的彗星那么明亮。一切都将迎来一个崭新的开始。

詹姆斯向后拉下操纵杆,与身后的这颗行星渐行渐远。

先 知

The Oracle

Totoro 译

2013 年首次发表于《阿西莫夫科幻杂志》（*Asimov's Science Fiction*）

什么样的瞬间能定义我，要由我自己来选。

这座维多利亚式的旧宅孤零零地矗立在一片旷野上,和最近的市镇也隔着好几英里①的距离。它隶属于一家慈善机构,用来收容那些附近市镇避之不及的人物:强奸犯、刑满释放的重罪犯,以及佩恩·克拉夫利这样的"未来罪犯"。

　　佩恩在这里已经住了整整二十年。十九岁那年,为了还给父母一种看上去相对正常的生活,佩恩离开了家,来到这里。他是第一个在死囚区提前挂号的人,第一批看到未来画面的人,第一批登记入住的人。

　　他至今还没有杀过人。

　　响亮的敲门声将佩恩从冥想中惊醒。他皱了皱眉,瞪着这个独立单间的房门。他想不出谁会在这个时间登门叨扰。今天他已

---

① 1 英里约等于 1.6 千米。

经完成了分内的杂务,这会儿也没到每周警察例行盘查的时间。

佩恩很享受这种离群索居的生活。房子周围有一些可供居民耕种的土地。佩恩喜欢在田间耕作,因为这可以让他远离其他人。佩恩常把自己想象成一名苦行僧,因为在这里生活,物质上虽贫乏,却能拥有精神上的宁静。他喜欢这儿还有一个最重要的原因:身边都是罪人,没有无辜羔羊。

敲门声再次响起,而且持续不停。

佩恩只好走过去,打开房门。

"您好,克拉夫利先生。"

她是个动人的姑娘,一头黑色的长直发不仅恰到好处地修饰了她白皙的面庞,还衬托得她琥珀色的眼眸熠熠生辉。黑色西服套裙的上衣突显了她玲珑的曲线,同时也让她看起来大方得体。有那么一会儿,佩恩被她傲人的胸姿吸引得难以挪开目光。她的妆容淡雅而精致,看上去就像是从律政电视剧里走出来的。

"我叫莫妮卡·维尔德。我可以进去吗?"

佩恩打量着她。多年以来,常有一拨又一拨的女人,素未谋面,就给他写来热情洋溢的情书,甚至会像这样直接登门造访。

"来找我的女人通常没你年轻。"他说,"你多大了,二十五?"

一些男人聚坐在大厅另一端的公共休息室里,他们伸长了脖子,色眯眯地注视着莫妮卡。

"求您了,让我进去吧。"她看着他,祈求道。

佩恩心一软,退到了门边。她最有可能是从登记册上查到了他的名字找上门来,因为她也是那种爱慕杀手的女人。即便如此,想到大厅里那群对她虎视眈眈的饥渴男人,他还是无法将她拒之门外。

早在"先知"出现以前,获罪的杀人犯就异常受追捧。无论被判终身监禁,还是在牢里等待执行死刑,他们都能收获一打一打的情书,还有成百上千的女性求婚。那些女人会去监狱探望他们,不屈不挠地为他们争取获释,与他们共结连理,有些女人甚至会买通看守,在会见室就与杀人犯圆房,毫不避讳看守的目光。

而如今,像佩恩这样有罪犯潜质、将在未来犯案的人,也成了这些女人追求的对象。和他在一起,意味着拥有玩命冒险的机会,可以追逐危险、与狼共舞。

莫妮卡环视了一圈窄小的房间。一张单人床,一方小桌,一把折叠椅,是此屋屈指可数的几件家具。她小心翼翼地在床沿坐下。

"我想我有点儿紧张。"她把一缕头发挽到耳后,说,"您要不要来点啤酒? 我手袋里装了两罐,还是冰的呢。"

佩恩坐在了折叠椅上。

"不用了,谢谢。听我说。"他说道,语气温和却坚决。这些年来,他对许多女人说过同样的话,"我无意交女朋友或者娶妻。我只想种种菜。我能想象的最佳生活状态,就是独守这间斗室,等待不可避免的命运降临。我不希望自己喜欢上的人受到伤害。"

"先知"诞生自一次意外。在设计一款通过低剂量辐射来监测神经元活动的设备时,科学家们发现,有时候,当使用者戴上头盔,放射性粒子的随机衰变能让他们感应到生命中某一时刻的画面,仿佛做了一场白日梦。

生命就像一串珍珠,闪亮在暗无边际的宇宙时空里,它起源于虚空,最后又湮灭于虚空。我们的生命历程由一个个独立的时刻串联起来,每个特定时刻都由无数种可能性坍缩而成。有时候,某个时刻就像一颗特别有光泽的珍珠,在整个珠串中散发出耀眼的光,而这种"光"能被检测到。

"先知"呈现的画面往往是未来的某个场景,而且持续时间从未超过一分钟。每个使用者只能看到一个未来场景,它也只出现一次。使用者没法控制画面到来的时间,而有些人自始至终什么都看不到。

可一旦"先知"让他们看到了某件事,这事就一定会发生。

"您误会了。"莫妮卡说,"我是'反预判计划'的减刑专员。"

佩恩曾对这些人的存在有所耳闻。他们致力于一项不可能完成的事业:为那些注定会被定罪的人提供辩护。

举例来说,雷克斯·伍兹,一个戴眼镜的瘦弱男人,他是一位来自奥斯丁的会计。他通过"先知"预见了自己有一天会站在法庭上,并被判处终身监禁。

跟很多人一样,雷克斯尝试使用"先知"多年,但一无所获。当他终于看见自己的未来场景时,却被吓得不知所措了。他将看见的画面告诉了每一个愿意倾听的人。大多数"未来罪犯"都是这样被发现的:他们无法将自己看见的场景深藏心底。

朋友与家人都远远避开了他,他从此变得终日郁郁寡欢。

"反预判计划"的人出现在了他的面前,一个志愿者组织也用他们的努力来支持他,帮助他不向命运低头。

一些志愿者与他成了朋友。他们跟他分享自己通过"先知"预见的场景,想给予他勇气。一位女士向他讲述了自己预见的可怕景象,她看见一座房子在暗夜里熊熊燃烧,知道那正是她的家,还知道自己所有的财产和所爱的人都在房间里。一位男士给他讲了一个悲伤的未来场景:某个早晨他醒来后,发现他的孩子永远离开了自己,而一切错误都是自己造成的。另一位男士则对他说,他看到了自己怒火中烧的样子,原因是一个陌生人在路边开车撞了他的妻子后扬长而去,自己目睹了一切却无能为力。

后来,雷克斯在审讯中承认,是自己烧毁了那位女士的房屋,绑架并杀害了朋友的孩子,故意开车撞人并逃逸。他解释说,这么做是因为他相信自己必须让那些预言完美实现,他是在"执行上帝的任务"。

"他们希望预见的画面是真实的,你们不明白吗? 所以我是在帮他们。而且你们杀不了我，"他哈哈笑道，"我知道你们不会杀我！"

法庭认为他罪不至死，判处他终身监禁。

佩恩看着莫妮卡，"你们这些人还没尝够失败的滋味吗？"

"我的工作是整理出你一生的故事。"莫妮卡说，"'先知'呈现的只是一个人生命中的一瞬间，人不能这样简单地被定义。在那一瞬间之前、之后，还有数以万计、数以亿计的瞬间，它们都有各自的意义。"

"可对我而言，那一刻之后，生命就已经停滞了。"

"但你依然有过去，而且那段人生旅程让你成了今天的你。将来你面临审判时——如果真有一场审判的话——我们可以向陪审团陈述你一生的完整故事，这样他们就能更全面地了解你。"

"何必浪费那么多时间和精力，我们都明白审判注定会来临。我的罪责不会因为外力的介入而改变。无论检方在庭上表现得多么马虎，无论我的律师辩护得多么尽心尽力，无论我们最后上诉多少次——结局会怎样，我们早就心里有数。"

"就算我们无法说服陪审团，你的故事也可以在将来的类似审判中争取到陪审团的同情。如果收集到足够多的故事，我们就有希望废除野蛮的死刑。"

佩恩憧憬着莫妮卡描绘的未来：再也不会有人和他一样，从"先知"那里预见到这样的画面了——一个人躺在手术台上，手脚被紧紧捆住,一只麦克风从上方垂下,等着收录他面临无尽黑暗的恐惧时留下的最后遗言。

在那些未来罪犯的故事集里,他的故事将占据一席之地。故事将传诵下去,目的是未来不再有人和他一样,一生都要担心死刑降临。

"你怎么知道自己会喜欢我的故事?"

莫妮卡望着他的眼睛,"我读懂了你在门口看我的眼神。你对我有兴趣,如果我真是来投怀送抱的女人,你可以轻而易举地占有我。但你拒绝了我,因为怕我受到伤害。你一定有值得诉说的故事。"

十六岁生日那天,佩恩收到了四份礼物。

第一份礼物来自莎拉。午餐时间,她带他溜进戏剧社团的服装间。在一堆纸糊的盔甲和发霉的夸张衣裙中,她吻了他。之后,她在他耳畔用性感而羞涩的声音呢喃:"好了,我们可以再深入一步……如果你想的话。"

第二份礼物是世界的馈赠。离比赛结束还有三秒钟,克利维尔长角牛队以一分的差距落后于对手。球在此时传到了佩恩手中,他不假思索地跃起,看着球从他手中投出,在空中划出一道优雅的弧线,飞进了篮筐。

在被扑上来庆祝的队友淹没之前,他听见莎拉兴高采烈的尖叫,看见她将闪闪发光的加油彩球抛上了天空。长角牛队由此打进了州冠军赛。

他的父亲给了他第三份礼物,他家旧卡车的钥匙。"从今以后就得由你来照看它了。"父亲微笑着说。

佩恩给了父母一个拥抱。这是一项他乐于承担的责任。

最后一份大礼没有事先准备,算是临时追加的。

"今晚别忘了去试试'先知'。"妈妈说,"据说生日是特别的日子,这天可能会预见一些东西。"

"说不定你也能看见自己中了大奖呢。"爸爸大笑着说。新闻节目这两天都在争相报道一位加利福尼亚妇女用"先知"预见自己中了两千万美金的大奖。她那些失踪已久的亲朋好友这下突然都冒了出来;投资经理人找上门来,想提前用很少的金额购买她的未来奖金;怀疑论者则在电视上辩论她的话是否是谎言。

佩恩呵呵笑了。事实上,他并不太关心来自"先知"的预见,他已经四年没碰过它了。他也并不期待能看见些什么。他望着自己的卡车,仿佛看见了莎拉修长的腿——他想象他们驾车在高速公路上驰骋,她仰躺在座椅上,将脚伸出窗外,享受着夏日的凉风。

当下的时刻近乎完美,佩恩认为。而未来太虚无缥缈,像宇宙大爆炸一样遥不可及。

"我已经很久没回想过那天的情形了。"佩恩说。

"一生中有许多时刻都值得铭记。"莫妮卡回应道。这是她第二次来访。她的穿着比上一次随意了许多,牛仔裤搭配 T 恤,这打扮突显了她强健的双肩。佩恩正带她参观房子周围的农场。他之前提醒过她,西服套裙和高跟鞋不适合在泥泞的地方行走。

佩恩弯腰从地里的藤枝上摘下一个苹果大小的纯天然番茄,它表皮开裂,已经熟透了。他用衬衣的下摆将番茄擦了擦,递给了莫妮卡。她一口咬下去,在汁水喷进嘴里时笑了起来。

"真甜。"她说。

佩恩盯着她的红唇,压抑着想要亲吻她的冲动。这感觉让他既兴奋又恐惧。

"你也不是一直在找命中注定的杀人犯吧。"他说,"跟我聊聊你做这行以前的生活吧。"

苔丝——莫妮卡的姐姐,是一个有勇气的姑娘,她的生活几乎冲破了所有规矩。她常常将那些有着露骨封面的言情小说带回家,在父母以为她们入睡以后,和莫妮卡一起,打着电筒,屏气凝神地躲在毛毯下偷看。

"要是我们也过得像书里写得这么带劲儿就好了,你说是吧?"苔丝问道。

莫妮卡点点头。

时间流逝,直到"先知"向苔丝展现她未来的那一天。

十六岁的苔丝在黎明前的黑暗里叫醒了沉睡的莫妮卡,告诉她自己看到了什么:在一间布置简陋的卧室里,她靠在一张摇椅上晃来晃去。四壁上挂着一些照片,但她无法看清。她从预见的画面里感受到了一种安宁祥和,同时却有些疲倦,就像刚走完了漫漫长路。

"见鬼,我怎么会这样?"苔丝说着,陷入了彻底的困惑。

"原来我会活得这么失败。"她悲叹,"我会变得又老又无趣,而那一瞬间要代表我整个人生的意义?那我接下来该怎么生活?我干脆现在就去跳河算了!"

从那以后,苔丝变得无比放纵。她酗酒,抽烟,同最危险的男孩子约会——甚至还和比她大十岁的男人鬼混,那些家伙装作相信她已经十八岁了。她一时兴起,就逃学去搭车旅行。只要是冒险的事儿,她一概不拒绝。

"我不会因为开心而丧命的。"苔丝对父母咆哮,转而又哈哈大笑,"反正我会平安终老。"对这种无可辩驳的逻辑,父母无言以对。

"我要让我的每一刻都比下一刻更大胆。"苔丝对莫妮卡说,"什么样的瞬间能定义我,要由我自己来选。谁是最后的赢家,我,还是'先知'?你们拭目以待吧。"

莫妮卡向来崇拜苔丝,如今对她更是钦佩。她那么勇敢,那么有魅力!在面对命运时,苔丝绝不会放弃抵抗,俯首称臣。

"我的人生太乏味。"苔丝说。她嗑了药,心中充满倾诉的欲望。

在漆黑的房间里,莫妮卡听见苔丝在低声啜泣。

"你瞎说什么呢?"莫妮卡从床上坐起身来,"你能用五种不同的语言骂人,你会骑摩托车,你搭便车游历过加拿大和墨西哥。你这两年尝试过的事比妈妈一辈子做过的都多。我认识的人里没谁比你更有趣了。"

"我不能停下来。"苔丝说,"我永远不能停顿。只要我一停下奔跑的脚步,就会在心里质问自己:'我是不是很无聊?是不是我生命里的所有精彩都要在这一刻落幕了,下一刻就是衰落的开始?'然后,我只好继续飞奔。我就像一只转轮上的仓鼠,无论多么奋力狂奔,都只是原地打转,抵达不了任何目的地。因为我早就知道,做什么都改变不了故事的结局。"

莫妮卡因此恨透了"先知",不想跟它扯上一丁点儿的关系。

"我体会到干这事的乐趣了。"莫妮卡说。她擦了擦额头上的汗水,走出泥泞的小道。除草是件挺辛苦的事。

现在她每个周末都来找佩恩。为了解决开支问题,她在城里一家小公司里找了个职位。然后她告诉"反预判计划"的协调员,在完成佩恩这边的事务前,她不能再接手帮助其他人的工作。

"我在田间忙碌时,"佩恩说,"就会忘记过去和未来,独自一人却并不孤单。"

之后他们一起在门廊边坐下休息,这一次佩恩接过了莫妮卡从车载小冰箱里拿来的冰镇苏打水。

此时已近日暮,其他男人也纷纷回来了。一些人的目光在莫妮卡身上驻留过久,这让她坐立不安。佩恩冲他们狠狠地瞪了回去。那些人很快收回了目光。

"谢谢。"莫妮卡说。

"我预见的东西还是有些好处的,这就是其中一个。没人愿意招惹我。"

由于和他挨得很近,莫妮卡能看到他正咬牙切齿,手也在轻微颤抖。佩恩并不喜欢与人冲突,但为了她,他却做出了对抗的举动。她想要伸出手去触碰他。

"这些家伙中有些人很危险,"佩恩说,声音压得很低,"那边那个杀过三个人,但他只承认了一个。如今他坐完二十五年的牢,刑满释放了。他对我说,他还会再杀人。"他看着她,眼里充满了疑问,"你为什么不害怕?"

透过他的话,莫妮卡能想象过往岁月中他经历了多少来自他人的排斥、惧怕与疏远。她与他深深对视,将一缕滑落面庞的发丝挽到耳后,"我早知道自己身上会发生什么了。"

"我还是我啊,你知道的。"十六岁的佩恩对着摄像头说,另一边是莎拉模糊晃动的影像,"没有任何改变。"

这时,距离他最后一次去上学已经过了一周。

他的卧室里光线昏暗,窗帘拉得严丝合缝。外面是记者的长焦镜头和定向麦克风,他们蹲守在他家门外的人行道旁和街对面。佩恩不想给他们见缝插针的机会。

最开始,记者们把摄像机和帐篷架设到了他家的草坪上。他父亲带着枪冲出了家门,后来是警察局长出面,才平息了父亲的怒火,让他和那群蚂蟥般紧盯不放的记者达成了妥协。他们得从克拉夫利家的领地撤走,但可以驻留在外围地段。

"我不该跟你说话的。"莎拉小声地对着摄像头说,"我爸爸……"

那时,佩恩被"先知"展现的画面吓坏了,立刻给她打了电话,却因此在半夜里吵醒了她全家人。他将印在脑海里的东西一股脑儿都告诉了她,她也被吓得够呛。结果她父亲从她手中夺过电话,报了警。

"但那不能说明任何事。"他恳求她,"也许我根本就是无辜的,只是误入了杀人现场。也许我误解了我预见的东西。"

莎拉点了点头,但她在回避他的目光。

佩恩闭上了双眼。他耳边仍回响着广播里脱口秀主持人的话音:"'先知'从不出错。这男孩长大后会成为杀人犯,最终会被判处死刑。"

"他们也在我家外面安营扎寨了。"莎拉说,"他们围追堵截,我妈妈都没法出门采购日用品了。"

莎拉的父母不喜欢在公众面前曝光,他们甚至不想让别人知道自己为教会做了"十一奉献"①。她的父亲从未通过"先知"见过任何画面,而她母亲见到的未来是在一所房子里儿孙满堂。他们热爱平凡的生活。

他们曾经喜欢过佩恩,因为他是个成绩平平的学生,还是个不错的运动员。他不碰毒品,只在不会被发现时偷偷喝点酒。他懂礼貌,他有信仰,他爱自己的母亲。

但如今他再也不是平凡人了。一点也不平凡。

"谢谢你没跟他们说什么。"他勉强道。不是每个人都跟莎拉一样忠实。他的一些队友接受了媒体采访,编派了不少佩恩的奇闻逸事,什么他在赛场上就经常展露"杀手本性"、打法粗野、讨厌小动物之类的。他们的话是真是假没人在乎。新闻记者对这些故事来者不拒。

"地区检察官真的要把你关起来?"莎拉在一阵沉默之后开口问道。

对于这个问题,每个人都有不同意见。

我们能把那些命中注定要犯罪的人提前关进监牢吗?宪法该对此有所规定。

既然"先知"从不出错,那么监禁他有用吗?也许他会在狱中犯罪。

_____

① 指教徒出于自愿,向教会捐赠自己收入的十分之一。

争论反反复复,日益升温,辩论总是原地绕着圈子。

"我不知道。"佩恩说,"在奥斯丁的相关部门讨论出结果之前,我和家人不能去其他任何地方。"

莎拉咬着下唇,"佩恩,我真的得下线了。"

佩恩紧紧盯着屏幕,想象自己闻着她刚用过的洗发水的香气,那是一种淡淡的花香,仿佛在说清晨到来了。他多么希望能展开双臂,拥她入怀。

"我们能另外约个时间再聊聊吗?"

莎拉有些迟疑,但最终摇了摇头。

"你……害怕我了?"

他盼望着她的回答,可她垂下眼帘,起身离开了摄像头。

"佩恩,对不起。再见。"

莫妮卡一点也不想使用"先知"。像她这样的人也不少。"即使我们生而不自由,"她曾在一本书里读到这样的话,"我们也有必要沉浸在自由意志的幻梦中。"

然后有一天苔丝说服了她,"就戴一次试试吧。那样你才知道是什么感觉。像这样刻意地回避'先知',何尝不是另一种形式的不自由呢?"

于是莫妮卡就试了一下,然后马上看到了她的未来画面。

苔丝随即紧紧地抱住妹妹,"哦,我太抱歉了。"

直到这一刻,莫妮卡才真正领会到这个事实。她预见的景象实在太糟糕了,连苔丝都深表同情。

"好了,我要处理掉你那些言情小说,"苔丝说,"赶走那些诱惑。没有得到过,你就不会惦念。"

那个未来画面的细节渐渐从莫妮卡的记忆里消退,但肉体与精神遭受的痛楚却留存了下来。她见到自己倒在地上,眼看着死亡逼近,她还知道杀她的是自己深爱的男人。那是一瞬间的印象,没有来龙去脉,也没有一星半点的注解。

从此,莫妮卡不再参加舞会,每当有男孩紧张地询问她周末有什么计划时,她也不再做任何回应。

她想象着未来有什么在等着她。她不得不抗拒对男人产生好感。她逃避一切让她心跳的男性特征,不论是粗犷的面庞、宛如雕刻的下巴,还是瘦高挺拔的身姿。她只能成为一只生活在暗夜里的飞蛾,永远不能向往一点点的火光。

"你预见到的未来很糟糕。"佩恩说。

艾尔达贝拉餐厅在这个周六的夜晚特别热闹。人们悠闲地聚在一起,不少人举家出动。混在他们当中,佩恩的旧 T 恤和过时短裤倒并不显得突兀。莫妮卡为佩恩从警局争取到了进城的特别许可,条件是她对佩恩可能实施的犯罪行为负全责。她填了好些表格。

她抿了一口酒，"没你的糟。"

"像我们这样的人，自身都有问题，"佩恩放低了声音，"而我们只能带着这些问题走完一生，永远得不到真正意义上的工作、朋友、机会。人们惧怕我们。这一切改变了我们。"

"你不能让他人的恐惧定义你自己。"莫妮卡说。

佩恩注视着她的眼睛，"我害怕我自己。"

佩恩一家搬走了。地区检察官对此没有提出异议，乐得扔掉一个烫手山芋。他们举家搬到了马萨诸塞州，在那里没有死刑。

"他们不是不准我离开州境吗？"佩恩说，话里带着讽刺。他的父母只是叹了口气。

佩恩试着融入新学校，但不到一天时间，他就被人认了出来——铺天盖地都是关于他的新闻报道。

放学后，佩恩发现他被几个男孩子包围了。远处还有更多的人在围观。

"我们不怕你。"其中一个男孩说。他块头最大，是这群男孩的头目，"你这个小杀人犯。"

佩恩一言不发。他不愿意先动手。

"我敢打赌你以后会成为一个连环杀手，不是吗？"另一个男孩奚落道，"我敢打赌你从没有交过女朋友。"

这一架打得简单又粗暴。佩恩的鼻梁断了，但他打得这群男孩中的三个都进了医院。

学校开除了他。之后,也再没有别的学校愿意接收他。他太危险了。

"我该怎么做?"他问父亲。怒火由内而外将他点燃。他恨不得一拳砸进墙壁。他想象自己扛着一杆枪,穿过新学校的大厅,见人就开枪射杀。然后他抱头哀号。

他被自己的怒火吓得六神无主。那让他意识到"先知"的预见也许是对的,他真的会杀人。

父亲紧紧环抱住他。在他有印象的记忆里,这是他们父子第一次抱头哭泣。

苔丝躺在病床上,四肢被纱布固定着。

跳水前,她懒得检查崖下的水里有没有石块。("有什么关系?我知道我会安然无恙。")她确实活了下来,但这次悬崖跳水事故弄断了她六十多块骨头。

"这太荒谬了。"

莫妮卡在为苔丝念一本言情小说,她将书本拿高了些,好让苔丝看到它的封皮。封面上画着一个棕色皮肤的丰满女人,她戴着宇航玻璃头盔,身穿紧身宇航衣。一个强壮的男人搂抱着她,他赤裸着上身,金色长发倾泻而下。他们飘浮在一片星空中,热切地凝望着对方。令人费解的是,那位美男没戴宇航头盔。

"你还要我继续读下去吗？"

"是的。我太无聊了。"

"可你早就知道这类故事会怎么结束。你知道他会承认他在乎她，她会意识到她离不开他。你知道他们会热烈地长吻。你知道接下来会上演颠鸾倒凤的戏码，然后是皆大欢喜的求婚。你为什么还想读下去呢？"

苔丝翻了个白眼，"我读这种书不是为了从结局里找到惊喜。"

"那是为了什么？"

"因为我喜欢里面那些人物，可以吗？在第一页到第三百五十页之间，他们得让自己表现得有用又有趣，我想看他们如何办到。看完小说后，我能记住的也是这些。"

"没错，"莫妮卡说，"我们也许根本走错方向了，姐姐。"

苔丝注视着她，"你在说什么？"

"记得有些人在'先知'里看到了自己的真爱吗？那些人把梦中情人的模样画了下来，放到网上，希望能找到画中人，觉得这样就能令人生完满了。等他们真的见到了命中真爱，有些人在三天之后燃尽了爱火；有些人在十分钟内就彼此厌恶匆匆别过，不料十年后再次相见时又擦出了火花；还有些人确实相爱相守了一生。但现实中的爱情总与他们的想象千差万别。遇见真爱是一个重要的时刻，能令人铭记一生，但它仅是短短的一刻。一个人的生命远比一刻要长。"

"但我说的是我生命的终点。我预见的是我会怎么死去。"

"不。"莫妮卡站起来,开始踱步,"死亡也只是人生万千时刻中的一个,与其他时刻相比,它既没有重于泰山,也没有轻于鸿毛。有一天你会安然坐在一间屋子里,也许有点儿无聊,脑袋放空,但这没关系。你难以预料这一刻之前是快乐的一生,还是悲哀的一生。你生命历程的轨迹是个未知数。

"你对那一刻想得太多,以至于根本没有好好感受过生活。停下飞奔的脚步吧。打个盹儿,喝喝茶,同朋友坐坐闲聊八卦。跟我一起坐坐。你只需要关注这一刻,关注现在。"

苔丝深吸了几口气,"其实,那样好像不错。"

"好,"莫妮卡说,"那我继续把这本书给你读完吧。"

后来,苔丝问:"那么你呢?接下来打算怎么办?"

"我会去找他。"

"后来苔丝怎么样?"

"她住在加利福尼亚,生了两个孩子,都是男孩。她爱他们胜于一切。"莫妮卡一顿,又微笑补充道,"她也不觉得无聊了,现在还没有。"

"我不知道接下来会怎样。"佩恩说。他们正牵手漫步,他喜欢把莫妮卡的手握在手中的感觉。

"我也不知道。"莫妮卡说,"这说到点子上了,没人知道将来会怎样。"她捏了捏他的手。

"但我们知道——"

"我们知道的东西都没用。我们会不会经历一场热烈的爱恋，然后一个月就结束关系，永不再见？还是说我们会快乐地一起生活五十年？你会不会一时暴怒杀了我？又或者我会爱上另一个人，然后在若干年后的某天出现在你的审判现场，向陪审团讲述我们一起度过的时光？"

"有时候我觉得我对世界充满愤恨，以至于我害怕自己会做出失控的事。"他打了个冷战，停下来看着她的眼睛，"我不想伤害你。"

"我不知道你是否会伤害我，"她说着，摸了摸他的脸，"也没办法知道。但我知道你总有选择的余地。就像我们看到一本书的封面，知道书里会出现这样的情景，但这不代表我们就不想读下去了。"

"你一点儿也不害怕吗？"

她笑了，吻了吻他，"我见过许多跟你经历类似的人，也听过他们的故事。我从未感到恐惧。但从我遇见你的那一天起，我开始感到害怕了。"

片刻后，他才反应过来她的言外之意。被我所爱的男人杀死。

"我也爱你。"他说。他的心一阵绞痛，想到自己某天会以某种方式伤害她。他不知道从此刻到那一刻之间会发生些什么。

"没有'先知',我们也知道每个生命的终点是死亡。"她对他呢喃道,"所以我们只需要继续在黑暗中摸索前行,让每一个瞬间都过得有意义。"

他们相拥相吻,直到夜色深沉。

弧

Arc

萧傲然 译

2012 年首次发表于《奇幻与科幻杂志》（*The Magazine of Fantasy & Science Fiction*）

我的生命将会像一道弧，有始有终。

在那些风平浪静的仲夏日里，无事可写的年轻记者们来到我家。

我邀请他们坐在走廊上，街那边的海滩吹来阵阵怡人的海风，大卫取出一罐柠檬水、一盘富含反式脂肪的饼干（真正的饼干就该这样）——如果大卫认为客人喜欢的话，有时还会拿出一瓶酒——然后他露出一丝微笑，转身离开了。

我听见他返回屋内，让每个人收拾好，准备去海滩。每到夏天，我们家总是挤满了兴奋的孩子，吵着嚷着要去感受海滩的阳光和温暖的沙子。这些孩子继承了我对海的热爱。

访客们最初总是会盯着我看。当他们开始觉得盯着我的脸有些冒犯时，便将视线转至我的手上：老年斑，皱巴巴的皮肤，因罹患炎症而肿胀的关节。

我向他们保证，我没有痛苦。在"人体工厂"的帮助下，我衰老的过程很顺畅,一切皆在掌控之中。在大限之日到来时,我将平静地睡去,不会有冗长的残喘暮年。

在一阵礼节性的寒暄后,他们终于切入了正题——我后悔吗? 会不会回心转意? 我是否认为自己走上了不归路? 他们早已在心中将故事写好,只是希望能听到与之相符的内容。

我们喝着柠檬水,吃着饼干,开始聊到我的人生后,逐渐没人提问了。对话变得轻松,更重要的是,变得自由了。我们在走廊坐了很久,因为要聊的实在是太多了。

在离开前,他们向我表示谢意,然后发表了文章——列娜·奥珍妮于十六岁生下其长子,一百年后,她最小的女儿出世。

这倒是个吸引眼球的故事,但却省略了所有有趣的部分。

查得和我肩并肩走在海滩上。

我一直很喜欢海,它既古老又年轻。我在卧室的墙上画了暗红色和紫色的小海星,沟壑纵横的古老珊瑚闪着明亮的原色;还有一群群鱼儿,身上点缀着精妙夺目的图案,像极了我在教科书里找到的庞贝古城①的壁画。每当查得和我独自在家,我们便躺在床上,听着他带来的阿尼·迪弗朗科和涅槃乐队的卡带,他总会说我是一名艺术家。就连我记忆里的那些歌曲都是五颜六色的。

但是,十二月的长岛海湾的水却只显露出层层叠叠的灰黑色。

---

① 意大利古城,毁于火山大爆发。

像是一幅铅笔素描。

　　只穿着薄上衣的我瑟瑟发抖,查得没有把他的外套给我,而以往他都会这样做的。

　　沙子从我脚趾间渗出,冰冷而潮湿。时不时地,会有贝壳的碎片扎到我的脚底。可我依旧继续赤脚沿着水边行走,只因身后那排脚印让我着迷:一步一个浅浅的弧形洞,宛如新挖的坟墓。

　　"我不知道。"我咕哝道,"现在事情又有什么不同呢?"我不自觉地把手移到了肚子上。现在那里仍然很平坦,没什么动静。

　　"我被耶鲁录取了。"查得面向大海,逆着风,仿佛这话不是专门说给谁听的。他没有看着我。"哦,天哪!"他用两只宽大厚实的手捂住自己的脸,我总觉得他的手很像在沙子里休息的螃蟹的钳子,十分可爱。他摇着头,我以为那动作只有电影里才会出现。

　　我想笑,却没笑出声。我伸手去抓他的手。他一定冷极了,我想,手套都没有戴。我的手指也很冷,可我已经习惯了。我喜欢用手去触摸一切。

　　麻木的触感,我们都无法感觉到对方。

　　"我生日那天,你还会带我去米斯提克吗?"我问道。再有两周,我就十六岁了。

　　查得没有说话。

　　我这才知道身后那些脚印形状的坟墓里埋葬的是什么。

不论爸爸多少次质问我，我总是告诉他："我不知道。"

他威胁我，朝墙上砸东西，还说要叫来我的朋友拷问。但是他不知道我的朋友都有谁，直到现在他才开始关心这些事。查得很安全。

"你干吗要保护他？"妈妈问道，"你不想上大学了吗？你这是在抛弃自己的一切。"

查得是我这辈子遇见的最美好的事，或许很久以前我就预见到了这样的结局。他的父亲是一名远近闻名的律师，他的母亲管理着学校董事会。而我家呢，却截然相反，顿顿吃着袋装食品。

我喜欢他的床，很大，他的房间也很大。他带我去过很多地方，那些地方都很有趣，那里的人们打扮得像是从电视里走出来的。夜深人静的时候，我常梦到那些地方。

查得十分温柔。他喜欢将我的脸捧在手中，然后看着我。我会脸红，但却无法转头。"记住，你很美。"他会这样说。而我也总是相信他的话。

他已经有好几周没有和我说话了。

我不认为自己的沉默是在保护他。或许在我看来，这是我应受的惩罚，因为我竟然敢有梦想，竟然敢忘了自己是谁。

又或许我只是不想让他在这件事上有任何发言权。在我心里，参与这件既神圣古老而又新鲜的事情的权利，早已被他放弃了。我不会有其他的选择，我不做人流，也不会让别人收养，这是我自己的身体,我自己的生活,我自己的宝宝。

"你妈和我已经老了,没法儿再抚养一个孩子。"在意识到我不可能告诉他孩子父亲是谁后,爸爸表明了他的态度,"如果你要生下来,就得一个人承担。"

我听说查得邀请了另一个女孩去参加毕业舞会,我在年鉴里看到了那女孩的照片。"你很美。"我对照片轻声说道。不知她是否和我一样,为查得做了同样的事。

毕业舞会的那天晚上,我等到天黑,然后开车来到查得家门前,从塑料袋里取出一打腐烂的鸡蛋。看着他没有亮灯的卧室窗户,我迟疑了。他的双手在我脸上的感觉涌上心头:那么光滑,那么温暖,人们常说的真爱就是那样的感觉。

这时,肚里的孩子踢了一脚,这一脚很重,我不得不弯下身来喘口气。

在八月的一个炎炎夏日里,查得的父母将行李放进汽车,带着他驶向了纽黑文 ①。而我爸爸则提着运动包,把我送进了医院。

当我看见护士将他送到我面前后——这个被裹在毛巾里啜泣着的小东西湿漉漉的,浑身是血——我等待着心灵感应的出现,那种如苍穹一般澄澈的柔情,能让我的生活充满意义的感觉。

可这感觉一直没有出现。

---

① 耶鲁大学所在地,美国东部重要海港。

我只觉得筋疲力尽。"睡觉。"我声音沙哑地说，于是，护士将那个哭哭啼啼的小东西抱走了。也许等我醒来，会有不一样的感觉。

又或者孩子已经不见了。

这当然不可能，他还在哭，他需要我。每过一个钟头都会有不同的护士来到我面前，告诉我必须做哪些事，然后将完成的事项从写字夹板上勾掉。我不停地点头。我很想尖叫，因为孩子咬住我的乳头时实在是太疼了。

生孩子没什么特别的，也并没有多神圣。这事儿感觉很蠢，就像是一个错误。

"这是她自己的孩子。"爸爸一把将妈妈推开，说道，"你在这里帮了两周的忙，已经够久了。她还年轻，这些事应付得了。让她一个人来吧，否则她永远吸取不了教训。"

单人间实际上是为那些希望逃离自己丈夫的女人设立的，不过爸爸说服管事的人让我留了下来。他告诉我，在我十八岁以前，他每个月都会给我足够的钱供我和孩子生活。他并不残酷，我也不会饿死。但我必须学会承担自己做出的决定所带来的后果。

我恨尿布的味道，我恨奶粉的味道。我想一直睡下去，我恨这孩子。

可我最恨的是自己，因为我恨我的儿子，这让我变成了一个怪物。

"一直以来,我们都对你管教太松了。"爸爸说完,当着我的面关上了门,这扇曾是我家的门。在冬天刺骨的寒风里,我敲着门不停恳求,可是爸爸并没有回心转意。

我哭了。从此,这个世界上只有我孤零零的一个人,我能做的只有哭泣。

我将孩子命名为查理,这是个暗示。但爸爸已经对所有的暗示失去了兴趣。

有时候,当阳光温暖、心情愉悦时,我会推着婴儿车走上街,去到一个小小的游乐场。趁着查理打盹儿的间隙,我沐浴在阳光下,独自坐上一小会儿。那里还有其他的母亲,不过她们的年纪要大许多。她们会坐在一起盯着我,窃窃私语。

然后他出现了:穿着件旧皮夹克,身上弥漫着一股香烟的味道,在太阳底下他的双眼仿佛有着数百种不同的灰色,却没有一种会让人感到厌烦。他看上去兴许只有二十一岁,可是他的举止却让人觉得他已阅遍世间种种。

他弯下身,递给我一杯咖啡。"看上去你需要喝点这个。"我看见他的手,很大,结满了茧。我想象着他用手摩挲我的脸的感觉,就像砂纸。

他的关注与友好让我感激。我喝了一口这杯滚烫、苦涩的咖啡——有酒的味道——然后抬起头,惊讶地看着他。

"我有个孩子。"我说,转头傻傻地看着婴儿车,傻傻地看着小查理。但其实我想说的是,我被羁绊住了。

"没人能拥有一个孩子。"他说,然后坐到我身旁,看着我,仿佛觉得我很美,"没人可以拥有其他任何人。我叫詹姆斯。"

我看着他的眼睛,刹那间明白了他的意思。你永远不会被羁绊住,除非你让自己认为你别无选择。

尽管当时是夏季,清晨的空气仍略有些冷。我把紧紧包裹在干净褓褓中的查理放在父母家门前的台阶上。他小小的眼睛盯着我,眼神是那么清澈,宛如退潮后的潮池,双眉微蹙。

"再见。"我说道,"我并不拥有你,你也不拥有我。"

我按响父母家的门铃。在破晓的晨星照耀下,我转身跑过后院,打开詹姆斯的车的副驾车门,坐进温暖而明亮的座位。新英格兰的清晨万籁俱寂。

"我们去哪儿?"我问道,沾了露水的鞋湿漉漉的。我只有身上这套衣服,口袋里只剩下四十美元。

"不知道。"他说,"可这有什么关系呢?"

我俩都笑了。当我把第一段人生抛开后,终于尝到了自由的味道。

四年里,我和詹姆斯走遍了整个美国,每一个地方我们都只待数月,然后便朝着地图上任意一个吸引我们的地名驶去。在冬季,我们往南开到墨西哥,和度假区里的旅行者结交,而且常常从他们那儿顺点儿东西。而到了夏季,我们则一路往北开向阿拉斯加,在溪流边支起帐篷,在河里捕捞鲑鱼,好像熊一样。

某一天,我在旧金山的一家廉价汽车旅馆的床上醒来,发现詹姆斯不见了踪影。我并没有很惊讶。"宝贝,"他常这样说,"没人可以拥有其他任何人,你和我永远都是自由的。"

可我的心仍然很痛。他既不绅士,也不体贴,然而他给我展示了另一种生活,一种不必非得住在带草坪的房子里的生活,一种不必时时刻刻为钱烦忧的生活,一种没有充斥着责任、羁绊和按部就班的生活。这些道理男人似乎天生就明白,而女人则必须要后天才能学会。

尽管他向我灌输了那么多有关自由的见解,可我现在还是希望每天早晨能把脸靠在他宽阔的肩膀上,到了夜里,能感受到他的手在我的大腿间游弋。我觉得自己是属于他的,而他也是我的。我们从来都没有互致过爱意,但我现在意识到那并不重要。

自由不是件容易的事。

几日来我食不下咽,变得病恹恹。旅馆将我赶了出来,我只能睡在冰冷的海边,不光哆嗦还咳嗽。我再次醒来的时候,躺在一家医院的病床上,医生说我差点死了。

出院后,我一直在码头旁转悠,并没有在寻找什么特定的东西,只是为了填补心中的空洞。

我从詹姆斯身上学到了人生的一课,即光有自由是不够的,爱亦是如此。我不再期望别人的救赎。我像做几何证明题一样,列出了自己想要的东西。我需要一个容身之所,然后我需要收入来保住这个蜗牛壳,而我得用双手工作才能获得收入。

一栋楼前挤满了人,我走近后,被拥挤的人群推搡到了前面。

橱窗里坐着一个"人",姿势像是罗丹的"思想者",只不过皮肤被剥离,凸出的肌肉纤维和血管暴露在外。该作品的精细程度极高:我能看见每一根神经、每一块肌腱,和每一根在人体组织里忽隐忽现的毛细血管。

覆盖于五脏六腑之上那层薄薄的肉也被切开,将拼图般颜色各异的内脏展现在人们眼前。他两边的眼睑均被切除,一只眼直勾勾地盯着人群,另一只则被剜走了,只留下一个空空的眼窝。颅骨顶部被移除了,仿佛被摘了帽子。而其下的大脑像是新鲜的蛋奶酥。

"人体工厂:揭开人体机器的神秘面纱"——标牌上写着一句这样的话。而在下面,写着三个略小的字——"招聘中"。

我走了进去。

塑化程序的第一步是对尸体进行防腐处理。接下来是解剖,将皮肤与脂肪剥离,让隐藏其下的人体结构一览无余。然后尸体将陆续被浸泡在酒精与丙酮当中,直到组织中的所有水分与脂肪完全被丙酮代替。这时,尸体将被转移到盛满聚合物的缸中,四周空气被抽出形成真空。在真空环境下,位于组织内的丙酮会沸腾,随着它被煮干,液态聚合物便会融入每一块肌肉、每一根血管、每一条神经,直至塑料渗透进每一个细胞。

这套程序被称之为"注入"。

随后,就可以让尸体摆造型了。接下来,再用高热或是气体进行处理,使得聚合物分子链交联、硬化。此时的尸体俨然成了一尊塑料雕像,每一根毛细血管、神经和肌肉纤维均被保存了下来。

我正给尸体摆姿势的时候,艺术总监艾玛坐在了实验室工作台旁边的高脚凳上,观察着我。

摆尸体姿势这活儿有点像是在摆弄提线木偶。尸体上方的支架上悬挂着数百条不同长度的绳子,分别牵引着尸体的双臂、手指、双腿和头部,让尸体摆出需要的姿势。工作室里到处是摆好姿势的人体,像极了在强闪光灯下拍出的照片:这里是一具呈跳跃状悬停在空中的无皮男尸;那里又是一具一只乳房爆裂开来的裸体女尸,她抬起一条腿,犹如一名旋转的花样滑冰选手。

艾玛挪了挪身,凳腿与地面摩擦发出刺耳的声音。我知道她的背有点问题,坐在高脚凳上肯定不舒服。但她不喜欢别人对她嘘寒问暖,所以我继续着自己的工作。

艾玛不是个适合闲聊的对象。我那些关于塑化程序的知识都是她教的,而大部分的教学时间她都未曾开口说话,只是把事情做好,然后让我照葫芦画瓢。如果我没有做正确,她会再来一次,直到我的表现令她满意,她才开始下一步。

几年之后,我才意识到她原来喜欢我。每当她看见我忘记带午饭时,便会默默在工作台上留下一块糖;如果我带了午饭,她会坐下来和我一起吃,但仍旧一言不发。有时我会和她谈论自己正在读的一本书,或是看过的一部电影,她也只是默默地听着。几天后我会在工作台上发现她留下的字条,上面写着:"那本书不错。""你对那部电影的理解不太对,我推荐你看这一部。"

有一次她毫无理由地解聘了一名秘书,而就在前一天,那名女秘书曾在休息室里当着众人的面大声地议论我。列娜有什么见不得人的事?她这样问道,从来不去约会,也没有任何朋友。

随着时间的流逝,我意识到在艾玛眼中,语言是虚弱无力的。它只是思想的影子,狡猾、不可捉摸,而且虚假。人体可以被塑化、保存,成为永恒,可当丙酮与聚合物取代了血肉之躯之后,思想也随之永远逝去了。

"也许思想从来没有存在过。"艾玛曾这样对我说。她是个唯物论者,只相信眼见为实。

我喜欢她这一点。她不相信言语中流露出的虚情假意。我不想再要镜花水月般的亲昵,以及相守的虚假承诺。对艾玛来说,你的存在,你做的事情,每天在她左右的陪伴,才是最重要的。

我把尸体摆好满意的姿势后,退到工作台旁,站在艾玛身边。我们一起盯着眼前的这具女尸:她的头向后仰,仿佛在仰望天空;背部的肉被剥去,暴露在外的脊柱弯曲着,像是一把拉开的弓。

艾玛没说话。几分钟后,我用余光瞥见她几不可察地点了点头。我笑了。

"给我看看你的一些细节性工作。"她说。

十多年前,当我刚刚开始在这里工作时,我主要依照艾玛提供的草图来调整四肢与躯干的姿势。在空间感,以及对形状、重量和阴影的感知方面,我有了一些窍门。我喜欢双手脏兮兮的感觉,也不惧怕触碰尸体。

我们的一部分作品是为博物馆制作的,这些作品模仿各种著名雕塑,造型夸张。这工作很难,却让我很有满足感,而且与尸体打交道让我觉得自己很强大。

逐渐地,我开始接触更多的细节性工作。摆弄手指与脸部是最难的部分,针与泡沫乳胶的位置必须恰到好处,才能使嘴唇噘到刚刚好的高度,手指弯至必要的角度,手腕做出恰当的扭曲。

我走进储藏室,取出一个正在做的项目。我把它放到工作台上,从艾玛身边拉出一只高脚凳坐下,然后揭开了覆盖着的遮布。

在这里的头几年,我总是想象手头这些尸体背后的故事。在他们死前,他们是谁? 是什么原因促使他们或家人选择了这样的方式来处理他们的身后事？他们是不是来自那些法律如同一纸空文的国家？据说这些人均是自愿捐出自己的遗体给"人体工厂"用作科学用途的，但这种解释未免太空洞。我精心制作的大部分人体标本并没有提供给医学院或博物馆，而是被私人收藏了。我曾将死去的女人摆成芭蕾舞者的样子，也曾将死去的男人摆成裸体的拳击手。

"这是门艺术。"艾玛说。她看着我面前工作台上的那双手——收藏者只想要一双手，以及大约六英寸①长的与之相连的前臂。模仿的是埃舍尔那幅《绘画的手》②里两只互画的手的模样。不过在这里，铅笔被换成了手术刀，因此，看上去两只手似乎在互相解剖，梳理着对方的每一根血管、每一条肌肉纤维和各自的腕骨。

将另一个人的双手解剖、保存，然后自豪地展示在自家客厅的人到底是什么样的人？这么做是对神奇人体的沉思，还是像文艺复兴时期诗人的头骨那样，作为死亡的象征？

艾玛耸了耸肩，"大多数问题都毫无意义。得到的答案要么是谎言，要么是你不愿相信的真相。"

这次艾玛说的话比平时一周里说的还多。我看着她，想找出是不是哪里不对劲儿。

我向艾玛承认，摆手指的姿势对我来说挺困难。每次手术刀

———————————

① 1英寸等于2.54厘米。

② 荷兰艺术家埃舍尔的代表作。

划过尸体手指上的神经时,我的手指都会有种相应的刺痛感,以至于我不得不停下来歇口气。

"你的镜像神经元干扰了你。"艾玛说,"你会克服的,你也必须克服。就我而言,最难的莫过于脸部的操作,但最终我眼中所见的不再是脸部,而只是线条、阴影和色彩层次。别人用泥土雕塑,我们用血肉雕塑。"

艾玛的手在微微地颤抖。我回过头,只见她的嘴角闪过一丝抽搐。突然之间我才意识到,她的头发白了很多。她没再染发了吗?

"我老了。"艾玛说,"必须承认这点。我要退休了,今天是我最后一天工作。"

我转身拥抱她,那是我第一次尝试这么做,我们彼此都觉得十分尴尬。当拥抱结束后,我才明白自己是爱她的,像爱我母亲一样深深地爱着她。

"肉体终会消亡。"她说着,转身欲走,"死亡不可避免。我们的工作就是编造谎言,让亡者看上去似乎还活着。我厌倦了编造这样的谎言。"

我继续将神经塞进应有的位置,拨开纠结在一起的血管,尽量不去理会从手指尖传来的刺痛感。我的大型设计都很不错,但人们更仰慕我设计的那双手,可是我却觉得它们是那么令人不安。那双手仿佛会说话:有时伤感,有时开心,有时像在沉思。它们能诱惑你、召唤你,又能警告你、训诫你。它们能祷告,能唤醒人们。

我好像感觉到工作台上的那双手在微微地颤抖,那颤抖微弱得几乎注意不到。手术刀从我手中滑落,整个世界如同浸入了水中,幻化成一条条斑斓的色带。

一周后,我成了艺术总监。詹姆斯离开我已经十五年。那一年我三十五岁。

这位买家委托加工她儿子的遗体,孩子在出生当天就夭折了。他们告诉我,孩子的母亲不希望孩子弱小的躯体被埋葬或是火化,她希望能和他永远在一起。

这回不需要细致的操作,只要进行最低程度的必要塑化程序。母亲想让儿子呈现出熟睡的模样。在她配上的一幅画中,孩子那两只卷曲的小手放在下巴下方。

技术人员已经对尸体进行了防腐处理,一坨小小的肉体浸泡在福尔马林液中,正面朝下放在桌子上。我走过去将它翻转过来。

孩子的脸皱成一团,两只小手紧紧地握成拳头。看着他的样子,突然间,我又回到了十六岁那年,躺在医院的病床上,觉得自己像个怪物,无法给予自己儿子爱的怪物。

他需要你。妈妈的声音回响在耳边。

你这是什么毛病?这是爸爸的声音。

我可以向你推荐几位治疗抑郁症的心理医生。医生的声音。

我的手开始刺痛,疼痛如此强烈,仿佛双手不再属于我自己。手术刀掉到了地上。

我想象着小查理在黎明前的黑夜中呼唤着我,而詹姆斯和我却沿着高速公路驶向了远方。我想象着他那双紧紧捏成拳头的小手。

我还是和以前一样,孑然一身。也还是和以前一样,进退两难。

"对你的辞职我感到很遗憾。"这位年轻人对我说。

我一脸困惑地看着他。他站在门口,身材高大、肩膀宽阔,略微有些紧张,看上去不可能超过二十五岁。他穿着一件笔挺的衬衫,白得亮眼,我开始模糊地意识到自己已经一个星期没换衣服了,公寓的客厅里堆砌着成堆的外卖餐盒。我甚至不记得自己上一次出门是什么时候。

"我叫乔恩·沃勒。"

罗伯特·沃勒是"人体工厂"的创始人。我想起几年前曾在罗伯特的葬礼上见过眼前这位小伙子。

尽管乔恩现在是公司的老板,也是名义上的首席解剖师,我却很少在工作室里见到他。比起"人体工厂",他似乎对其他事情更感兴趣。

"谢谢你来看我。"我语气麻木地说,"不过我现在不太舒服。"我只想一个人待着。

"日复一日做这样的工作的确不太可能令人感到舒服。我父亲也许将这项工作称之为艺术,但是用亡者来模拟生者这件事,总有一天会让人尝到苦果。"

我想起最后一次见到艾玛的情形。她是那么瘦小,那么羸弱。她穿着病号服的样子显得那么不真实。"我想把自己饿死。"她在我耳边轻声说道,"如果我还有点力气的话,我会让这一切结束得更快。"

"我们的上一任艺术总监,你的前任,用令我羞愧的方式将生命献给了公司。我不想让悲剧重演。"

我没料到他会说这样的话,于是退到门边,让他进来了。

然后我们开始聊天。我感觉很好。

乔恩每天都会来看我。

我跟他说,有位母亲想要塑化自己新生儿的遗体。

"悲痛的力量很强大。"他说,"足以改变一个人对世界的看法。"

他说话的时候我盯着他的手:他的双手合拢,静静地放在膝上,像是一对在沉思的海星,看上去是那么地……善解人意。

"我父亲坚信,在当今世界,人们对于死亡的了解过于模糊。这也是他创办'人体工厂'的初衷。他想通过强迫人们直面死亡,让人们觉得眼前死去的躯体与一台关闭的机器无异,从而化解对死亡的恐惧。他想让死亡变得滑稽而深刻,不再令人害怕。"

我看到他的手在颤动。他抬起一只手移到胸前停下,在那里做着手势。

"但是对死亡的过度思考只会让生命冻结,就像是塑化本身。有时候我们会忘记这点。"

我的手不自觉地抬起,如飞翔的鸟儿一般触碰到了他悬停在半空中的手。我们十指相扣,宛如一对舞者,又像是在祷告。

和这十五年来我所雕刻的双手不同,他的手是那么温暖。

一个月后,当他问我是否愿意和他同居时,我的又一段人生随之开始了。

我拒绝了他。他很富有,本人也是个天才,二十一岁就完成了医学院的学业。

"我喜欢你。"我说,"可我连高中都没读完。我只知道怎么将筋膜从肌肉中剥离,怎么将一双手变成塑料。你我属于不同的世界。我们是没有未来的。"

如果二十年前用了避孕套的话,现在的一切会多么不同。我能拥有自己的生活,而不是一肚子的悔恨。

"并不是因为我们的年龄差距,是吗?"乔恩问道。

我看着他的眼睛,"也许以后你会想要孩子。"我说道。自从詹姆斯离我而去以后,这是我第一次告诉别人我的秘密,关于那个被我抛弃的孩子。

"我这人有问题。"我说,"我不知道如何做一位母亲。"

他没有对我灌输什么陈词滥调,只是抱住了我。这个温暖坚实的拥抱里不包含任何期待、任何要求,我这才明白他是多么理解我。有时候我们意识不到,自己其实一直在寻求一份谅解,而这份谅解终会到来。

"我不想让你等。"我说,"我得让自己想明白。"我几乎能听到自己体内时钟的嘀嗒声。

"别担心。这正是我一直在研究的方向。"

我一脸疑惑地望着他。

"我父亲对防止衰败——在灵魂逝去后保持肉体永恒这块领域很感兴趣。"乔恩说,"但是我感兴趣的领域比这更好,我想征服衰老和死亡。"

乔恩告诉我,医学领域必将成为工程学的分支。

"我们对关闭了的机器尚且如此着迷,为何不尽可能地延长它的工作寿命呢?"

"但死亡是不可避免的。"我说,"正因如此,生命才有意义。"

"这只是人们认为自己没有选择余地时自欺欺人的话。诗人们创作作品驳斥人们对永生的追求,只是给无力回天的我们以慰藉罢了。但是从今以后,一切都将不同。"

乔恩告诉我什么是再生医学,如何通过个人细胞培养出新的心脏、肺或肝脏，用来取代衰竭后的对应器官。他还告诉我什么是基因，比如 SIRT1；什么是蛋白质，比如 GATA 转录因子；什么是 DNA 修复和细胞再生；什么是脱乙酰基酶和能量摄入限制；如何通过注入改良过的病毒来延长端粒、减少细胞减数分裂中出现的错误；如何通过由几百个分子构成的细胞纳米计算机来消除有害的变异。他滔滔不绝地对我说着，尽管我并没有全部听懂，但是他的声音让我安心。

"不仅活上几百年是可能的，还能同时保持健康与青春。人们再也无须担心人老珠黄的那天了。"

他是那么热切地相信着自己所说的童话故事，让我不忍反对。

我走在树影斑驳的明亮校园里，看着沐浴在阳光下的女孩儿，骑着自行车的男孩儿，光亮与阴影在长长的柱廊与砂岩墙之间变幻交错。茵茵的绿草，红红的瓦屋顶，这一切都让我心醉神迷。

这里是斯坦福大学。我历经了那么多艰难曲折，终于在三十八岁这年，进入了大学。

可每当想到儿子很可能在我被录取的这年就已经大学毕业了，我就心痛万分。

尽管乔恩鼓励了我数次，我却仍不打算尝试与查理取得联系。我在他最需要我的时候弃他而去，现在又何来资格闯入他的生活呢？那样的母子相见只对我有好处，看到他过得还不错，我内心的罪恶感便会减轻。这太自私了。

而且,反正我还要弥补大量错过的时光。我的学校生活会很忙碌。

同学们将我看作他们的大姐姐。置身于如此众多的年轻面庞之中,既让我感觉自己饱经沧桑,也让我容光焕发。

每到周末,我会开车去找乔恩,然后同他一道前往实验室,让他把我放进那些仪器。

我躺进轰鸣的金属舱中,昏昏欲睡,与此同时,化学制剂与针管开始它们的工作。这让我觉得自己和那些被塑造的人体没有什么区别。我就像被浸泡在丙酮里,聚合物开始渗进我的细胞。

"结果很不错。"乔恩说,"你现在的身体年龄是三十岁,只要坚持规律的治疗,这种状态完全可以永远保持下去。"

真好。我想着,对自己笑了笑。这样我们甚至还能继续推迟生孩子的计划。我将自己的生命冻结在了此刻,而此刻的我想找回所有错过的时光。还有那么多的事情我想要去体验,要去做。我的人生目标清单越来越长。

毕业那周,我们举行了婚礼。紧接着,我开始攻读艺术史的博士学位。既然我有无穷尽的时间,就一定得好好利用起来。

乔恩着手联系专利律师。现在的"人体工厂"有两条产业链:让亡者成为纪念,让生者永葆青春。不难看出哪条产业链更具潜力。

"准备好当个非常有钱的人吧。"乔恩说。

"沃勒先生,当你知道自己让那些残酷的独裁者延长了寿命后,还能睡安稳觉吗?"一名记者问道。

全世界在转眼间倒戈相向,这让我怒不可遏。如果第一个问题便如此尖锐,整场新闻发布会只会越变越糟。可是乔恩捏了捏我的手。

"难道你真想把'人体工厂'这样一家私人企业,牵扯进决定政治家寿命的事情中来吗?"乔恩问道,"想想那意味着什么。我们一视同仁,断不会以政治信条作为标准。"

"除了钱没别的标准!"一名记者大声说道。

"我们的工作需要根据各人的基因组量身打造抗衰老程序。这很昂贵,未来的几十年里也一样。所以我们必须把价格定得够高,这样才有更多的资金投入研发,降低成本。当然你可以游说国会让这些费用进入医保。"

记者们没完没了,问题无休无止。总会有人在收到礼物后,还质问为什么包装纸不是他们最喜欢的颜色。

解决这个问题不简单。医疗服务从来都不是应有的权利,而是特权。在亲密接触过那么多尸体后,我能一眼判断出眼前死者生前的健康状况和经济状况。无论活着还是死亡,富人皆不同于穷人。人所拥有的金钱与特权并不只体现在表象上,而是名副其实地深入骨髓。

死亡曾经令人人平等,然而如今,富人似乎连死劫也可以逃过。难怪有那么多人会愤怒。

乔恩不背其言,除了睡觉,几乎每时每刻都泡在实验室里,寻找能降低成本的途径,以便人人尽享其成果。

另一方面,我却在自己的艺术道路上止步不前。许多博物馆和收藏家争先恐后地收藏我以前的塑化作品,价格水涨船高,评论家们也对其褒奖有加,可是我却认为这些赞美并非发自内心。说到底,谁愿意去惹一位能赐予你永生的人的妻子呢?

我无法创造出任何自己喜欢的作品。我摆出的尸体姿态看上去像是被强迫的。我雕塑出来的双手死气沉沉。

这是我第一次拥有了没有束缚、也不令我感到罪恶的爱,这份爱没有成为我的负累,反而扶持着我前进。我本该很幸福,可我只觉得萎靡不振,似乎一切都已停滞,又似乎一切都在前进,但又不知该走向何方。

为了不让自己闲下来,我重返校园。多亏了乔恩,我的脑细胞得以不断自我更新。我永远朝气蓬勃,也永远充满好奇心。我逐一地获得了历史学、文学、经济学的博士学位,紧接着我又进入医学院,就为了玩坑。

要学的实在是太多了,作为一个永远在求学的人,我总是站在每一门学科的门槛,却又从未真正跨进去。这难道不是最理想的生活吗?生命中充满了潜力、可能与开始。如果我想学习一种乐器,经过数百年的练习,定能成为名家大师。

乔恩和我还喜欢旅行。每过几个月,我的再生疗程结束,我们就会跑到世界上最偏远的角落里探险。

而当旅程结束时,乔恩总会问我:"准备好了吗?"

我看着他的眼睛,领会到他的话中之意。我感到与他十分亲密,简直不知自己为何会曾经以为我们之间存在鸿沟。

"还没有。"我说,"但应该快了。"可是在我心中早已知晓下次,以及之后每一次的答案。

就这样,一年一年地过去了。当我们已成为不死之身之后,还有什么好急的呢?

我最引以为傲的一件作品耗费了十多年才完成。

在这件名为《创造亚当》的作品中,主角斜倚着,一如米开朗琪罗画作中亚当的姿势。不过我的版本里没有山川,没有大地,我的这个亚当悬浮在虚空中。

"我有个不好的消息。"乔恩是这样说的。

我的亚当与米开朗琪罗的亚当的另一处不同在于:我的亚当没有脸部,其皮肤从中间向下被剥开,从额头到下巴,都被剥离到脸的两侧,有如蝴蝶的双翅,又像是三联画①的侧翼;被剥开的皮肤呈摆动状,卷曲着,好似海蛞蝓起伏的膜状边缘;其下的一束束肌肉纤维如同上帝用来造人的红黏土,透着原始的气息;而他的眼神,是那么坚定、锐利、永恒,且毫无感情。

在"人体工厂"开始面向公众提供永生服务这二十年来,已有一千多人接受了治疗。尽管费用十分昂贵,但是没有人能抵挡得了青春永驻的诱惑。

"我的基因存在缺陷,细胞再生的过程不能防止衰老,反而会导致我的体细胞进入衰老期。"

我的亚当的其他部分同样值得细细体会。走到这尊雕塑的侧面,你会发现其塑化的躯干被纵向切成了细薄的切片,并分离开来,像是一叠靶场里的人形靶子,每一片都间隔着几英寸的距离。这些切片被加工硬化,以求它们能表现出刚洗完的床单被晾在晾衣线上随风飘摆的效果,有点褶皱,有点卷曲。内脏的横切面——肝脏、肠子和肺——像是由一些圆、椭圆以及罗夏测验②中抽象的斑点聚集而成,呈红色、粉色、酒红色以及锈铁褐色的爆炸状。

伊丽莎白时代的人会将这件作品理解为描述体内宇宙的地图,人体内的世界。

我看着自己的丈夫,他的话让我幡然醒悟。很早以前我就注

---

① 画作的一种类型,多联画的一种,分为三个部分。
② 又称墨迹图测验,在人格测验中被广泛应用。

意到了——只是一直强迫自己不当回事——他的眼睛周围和嘴角出现了皱纹,染了的头发发根开始变白,他的身体也逐渐变得迟钝、干涸、萎缩。很早之前他就赶上了我的年龄,尔后又将我远远甩在身后,而我却一直假装时间无法在我们俩身上留下痕迹。因为害怕,我选择拒绝接受。

"我试过通过干扰来阻止细胞衰老,没想到这却导致我的细胞开始肆意分裂。我患了癌症。"

倘若你受过医学教育,可以站到我丈夫遗体的任意两片切片之间,来观察肿瘤的形状。恶性肿瘤就像洒在宣纸上的墨痕,毛细血管拉扯着这些扩散开来的污渍的边缘,形成了一幅幅分形图案,十分漂亮。

接下来他接受了激进的治疗:个人定制病毒注入、靶向放射疗程,甚至还包括老旧的、野蛮的备选方案:化疗。我眼看着丈夫在自己面前一天天老去。青春之泉的发明者在数月内衰老了几十岁。

继续绕着雕像走,你会再次回到正面。看着我丈夫爆裂开的脸,上面那如烈焰般鲜红的肉,坚定的双眸,鼓胀的血管。你无法猜出他的年纪,无法猜出他的种族,无法猜出他的表情。他已被提炼得只剩下人类的本质。

我们在医院外被一群记者拦住了。"请问您认为这是骄傲自大的报应吗?是不是说明了逃避死神是徒劳无益的呢?"我用身体保护着乔恩,提问的人却将话筒伸到了我面前。乔恩那时已很虚弱,他在一周后去世。

我看着这个提问的记者,她很漂亮,看上去不超过二十五岁,可我却认得她。二十多年前她曾与我一同读过大学。她也是乔恩的病人之一。她的眼里透着恐惧。

我的愤怒与怨恨逐渐冰释。她的问题既是为乔恩而问,也是为了她自己。她不想将来也变成我丈夫那样。

乔恩只有双手还存有表现力。瞧他的右手,像腹中胎儿般蜷曲着;瞧他的左手,伸了出去,仿佛在殷切寻求一位无情的神祇,祂给了人类永生不死的希望,却只是为了再次夺走它。

他去世的第二天,数十年来的第一次,我走进了工作室。我不再等待开始的时机,而是直接开始了。

没有任何助手帮忙,我独自一人完成了这件作品。我费力地将他曾经沉重的身体背到工作台上放下来,这是需要我亲自承受的苦难。

仅仅是摆出手的姿势就用了我一年的时间。许多个日夜我只是坐在工作室里,和他十指相扣,回忆着被我蹉跎掉的与他在一起的时光,想象着已成泡影的与他在一起的未来日子,想象着我们永远无法来到这个世界的孩子。

完成《创造亚当》缓解了我的丧夫之痛,却无法将其抹平。但它让我放下了与乔恩的过去,去开始一段新的生活。

"你的手真美。"一名男子坐到我对面的椅子上,说道。

这是位于新斯科舍省边缘的格雷斯贝的一家小酒吧,我坐在窗边,俯瞰着窗外冷灰色的大西洋,脑海中浮现出一百多年前矿工们在地下挖掘海底隧道的场景。我逃到这座几乎被遗弃的旧矿城,只为了躲避《创造亚当》获得的热切关注。我已经七十一岁,而且身怀六甲,我想过平淡的日子。

在乔恩过世之前,我们冷冻了一些他的精子。现在,在我第一个孩子出生半个多世纪之后,我终于准备好了。

可我仍是三十岁的模样,因此才会有眼前这名神情坦率、面色红润的男子想要搭讪。他有着浓密的红色胡须,笑容朴实,嗓音高亢。他看上去差不多五十五了,这也许就是他的真实年龄。他不像是支付得起"人体工厂"项目费用的人。

我低头看看自己的手,它们攥成了拳头,像是一对贴在一起取暖的鸽子,"我只想一个人待着。谢谢你。"

他点点头,然后将椅子移到面朝窗户的方向。他将脚搭在矮矮的窗台上,取出一支烟斗,开始抽烟。

虽然我父亲和詹姆斯都抽烟,但我已经有几十年没闻过烟草的味道了。这是种令人安心、甜蜜的味道,像一段被我遗忘已久的往事。

不过真正引起我注意的是他的手。由于长期在冰冷的海水中工作的缘故,他的手结满了茧,指关节粗大、肿胀,与我长期接触到的那些手——那些只和纸张、电子以及符号打交道的手有着天壤之别。

手的姿势看上去很熟悉,就像在沙中休憩的螃蟹的蟹钳。

"你是谁?"我问。但我已经知道了答案。

"我不想联系你。"查理说,"因为我不愿让你认为我想从你这儿索取什么,我只想远远地看着你。"

和儿子在一起的感觉很尴尬,既陌生又熟悉。上次见到他的时候,他还没有意识,世界在他眼中只是一大团没有差别的声和色,他还不能理解阳光下的温暖,不能理解破晓前被遗弃的冰冷。可现在,他却比我还老。

"祖父母跟我说你已经死了。但是在十二岁的时候,学校组织我们去了一次旧金山,我和一些朋友想去参观'人体工厂'的工作室。"

我挖掘着关于那段久远日子的记忆。当时的我并不喜欢带领学生参观这类工作,我和孩子们在一起时总觉得不自在。

"你给我们解释了什么是塑化,为什么塑化很重要,它是怎样有助于医学研究和教育的。我在家看过你的照片,所以立刻就认出了你。

"你那时很紧张。你向我们展示一双剥了皮的手,告诉我们肌肉、骨骼和神经在人体中是多么奇妙。你是那么爱你的工作,那么幸福。"

我从不记得自己当时幸福过，可人们往往在失去后才会意识到它的存在。

"后来，我骗自己说，你之所以离开，是因为有重要的事情要做，就像一名伟大的科学家或是战士。你为了完成伟大的艺术作品不得不离我而去，在那之后你就会回到我的身边。"

我没有看他。

"可是你一直没有回来。到处都是你的名字和照片。你站在赫赫有名的丈夫身旁。你们是一对神奇的夫妻，赐予了全世界青春和永生，可你却从来没有时间和我在一起。"

"我不想侵扰你的生活。"我说，"我不值得你去爱。"

他继续说着，声音却冷了下来，"根本谈不上侵扰，我一直都在等你。"

我不知道他在年轻的时候，是否像恨我一样恨他父亲。查得和我再未联系过。说来尴尬，查得曾给我写过一次信，询问他有没有可能接受永生疗程。信笺抬头上印着一个看起来颇有分量的律师事务所的名字。我把那封信撕成了碎片。

我想知道，相较于同样抛弃了他的父亲，他对抛弃他的母亲的批判是否太过猛烈了些。但我旋即意识到，这么比较其实很不公平：他不知道自己的父亲是谁，但他知道我。他父亲只是个凡人，而我却有无限的生命。

对不起。我想道歉,但是开不了口。有时很难用言语表达内心的感受。

"外祖母过世时,我确信你会回来。"

我的身体开始颤抖。当我的时间停滞后,那么多人纷纷离开了这个世界,可我却一直在等待,等待。

"几年后外祖父也去世了,此时我才觉察到自己是多么愚蠢。你给我了生命,但我并不拥有你。爱不是万有引力,不会永远都在,也不能被精确地计算出来。比起等待,我本该去创造自己的生活。"

你果然是我的孩子。我想对他说,连犯的错都如出一辙。

"我加入了一支在大西洋捕鱼的渔船队。我想用自己的双手去工作,去从事危险的事情,尽可能让永生远离我。我想忘记你,我做到了,我不再自怜自哀。

"可随后我听到你丈夫去世的消息,也读到了关于你如何纪念他的新闻,你深陷在痛苦当中。于是我想:也许到了我去见她的时候了。也许我不再怨恨她了。相比我需要她,她更需要我。"

尽管我努力控制着,但放在膝盖上的手仍止不住地发抖。

"我找到你家,告诉管家我的身份,她打量了我一眼,然后让我来这儿。"

我终于抬起头看着他,真正地看着他。在我儿子的脸上,我仿佛看见自己的眼睛在看着自己。

凯西是查理的小妹妹，比他小整整五十六岁。

我抱着她，端详着她的脸，寻觅着乔恩的痕迹。

"她长得真像你。"查理说。

我再次瞧了瞧，发现他说得很对。并没有魔法生效，事情也没有因此发生重大改变，我的心中却突然淌过一股暖流，一股爱意，像一条涓涓不息的细流。

从一个惶恐不安的十六岁小女孩不经意间变成了一个七十二岁的老妪，关于我自己，我已经没什么是想不明白弄不清楚的了。我所需要做的，只是承受生活给我的一切，而直到丈夫去世，我才学会这一点。

查理留下来帮我的忙。他和小凯西很合得来。凯西很挑食，但查理吃什么，就总能让她一起吃什么。凯西也不喜欢睡午觉，但只要查理用他那宽大、长满茧的手轻轻抚摸她的背，她就能睡着。他们俩也许是史上最奇特的一对兄妹——不过随着'人体工厂'继续提供治疗，这种现象会愈发普遍——不知我的女儿将如何看待那个世界。

在她看来，对死亡的征服会显得理所当然，而大部分曾经活着的人类已经永远逝去这件事，对她而言却会是个陌生的概念。

我们也许能永远相伴左右。

"你应该重新去和人约会。"查理说，试着对我露出一个微笑，

"我爱你,妈妈。可你真的需要多出去走走。"

儿子的外表比我老许多,他对我提出建议简直显得理所当然。

查理现在基本走不动了,中风已经导致他左半边的身体瘫痪。

他坚定地拒绝了我想提供的再生疗程。我不断地提醒他:治疗开始得越晚,效果可能越差。但他每次都只是摇摇头,笑一笑,然后说:"一辈子对我来说已经够长了。"

凯西握着查理的手,相较他那肤色斑驳、粗糙、长满了老年斑的手,凯西的手如瓷器般精致,完美无瑕。

凯西打出生起就接受了细致全面的抗衰老治疗,但并不会干扰她的生长发育,直到她的身体机能到达顶峰后才会开始冻结。她很幸运,没有遗传到导致乔恩去世的基因。我的女儿以及她这一代人将成为有史以来最健康的人类。

"像我们年龄差距这么大的兄妹通常不会很亲密。"查理说。

"可我们有共同的故事。"凯西说着,用手深情地摩挲着查理稀疏的头发,像是一只掠过沙丘杂草丛中的鸽子。

当儿子不再需要我之后,我学着去爱他,正因如此,我对他的爱变得更加纯净,同时也更加不确定,仿佛沙滩上被太阳暴晒得快要裂开的骨架。

我蹲下身亲吻他的额头。他没有散发出将死的气息,看上去很满足。

"死亡的尊严不过是我们编造的谎言,用来化解临死之前的无可奈何。"乔恩曾对我说。可他的话也不全对。他没能活到看见现在这一幕。

　　查理进入了梦乡,再也没有醒来,我的生活也再次随之戛然而止。

　　凯西坚持要我听从查理的建议。毕竟,尽管我已经活了近一个世纪,却仍然有着年轻女人的身体。有时,她会拉着我一起出去,我们俩活似一对姐妹。

　　随着"人体工厂"和对手竞争,疗程价格越来越便宜,像我这样不老的男男女女也越来越多。人们开始探讨,如何让这场"常青革命"造福贫困国家,以及当所有人不再变老、不再死亡时,该如何控制人口的增长。人们甚至开始重谈殖民太空的计划,不再只是说说而已。

　　尽管有那么多激动人心的事情,我却感到无所适从,与这一切脱了节。全世界在许多领域都发生了大大小小的变化,却没有一样变化令我动容。我不知道自己要寻找什么,只是受够了失去,受够了看着我爱的人离我而去。也许尽管有永生治疗,我的心却已经老了。

　　"这里的饼干没了以前的味道。"我说。这家甜点店的东西香气扑鼻,却不得我意。有时,我很想念用反式脂肪做的食物。

　　"我知道有个地方能买到旧式甜点。"一个年轻男子在我们的桌旁停下了脚步,我无法避开他直勾勾盯着我的眼神。

凯西称有事要去一下柜台,我看见她在偷笑。

他和凯西差不多年纪。朝气蓬勃,风华正茂。

"我比看上去要老。"我说。

"大家都一样。"他说。他嘴唇上翘的模样融化了我的心,我原本已不再相信自己会有这种感觉了。

大卫不相信生命延续这回事。

"死亡是生命的最美妙之处。"他说,"每一天、每一秒我都提醒自己终会死亡,所以我才会去做令自己害怕、心跳加速、呼吸急促的事。正因为我记得自己总会老死,那天才会去和你搭话。"

他的手毫无顾忌地在空中快速比画着,丝毫没有停歇。

我开始回想和乔恩一起度过的无数个日日夜夜,然而能回忆起来的却屈指可数。我总以为自己有着无尽的时间,结果却整日碌碌无为。因为害怕放弃选择的机会,所以我虚度了自己的人生。我就像一只被囚禁在茧里的蚕,塑化了自己的生命。

全世界的人类都获得了永生,却没有变得更快乐。人们不再一起变老,不再一起成长。夫妻们不再相守一生,让两人分开的不再是死亡,而是厌倦。

我最小的女儿莎拉与查理在同一天降生,之间隔了整整一百年。

　　她将是我最后一个孩子。我已决定停止接受治疗,我想看着莎拉慢慢长大过上自己的生活,我想和她的父亲大卫一起步入暮年,为对方发生的变化而感到欣喜。我将在大限之日到来时死去,即便没有完成所有我想做的,即便没有看尽所有我想看的,即便没有学完所有我想学的,可作为一个女人,我对这一切已经很满足。我的生命将会像一道弧,有始有终。

　　"别因为我才这样做。"大卫说,"你自己的生活,必须遵从你自己的选择。"

　　他的意思是,你必须是自由的。

　　我想起自己那些轻松的旅程和艰难的爱情,自豪的成就和谦卑的悔恨,富丽堂皇的姿态和简单渺小的快乐。我知道自己想要什么,这种感觉在我体内震荡,仿佛一只跨过沙滩的螃蟹,朝着汹涌袭来的潮水爬去。

　　"我这样做是为我自己。"我说,"我们并不拥有对方,但是我们愿意相濡以沫。"

　　凯西试图劝阻我。我们一同坐在门廊上,分享着一盘饼干和一罐柠檬水。那是一个夏日,暴雨初霁,世界显得既古老又年轻。

　　"没有死亡的生命并不是一成不变的。"她说,"你会陷入爱河,又会走出来。每一段感情和婚姻,每一份友谊和偶然的邂逅,都是一条弧,有始有终,有它的生命,也有它的死亡。如果你寻觅的只是失去，要做的只是等待就好。"

我的女儿很聪明。也许对她而言，她所说的是真理。但她成长的世界与我的截然不同。正如摩西无法进入应许之地一般，我也无法忍受无穷无尽的生命。

促使我选择衰老死亡的并不是爱，而是一股想逃离时间束缚、逃离不断开始新生活的命运的欲望。

"在我那么多段生活里，我已经等待得够久了。"我说，"有些事情需要在规定时间之内完结。"

"那么，有史以来最长寿的女人，第一个有机会永远活下去的女人，同样也会成为第一个放弃这一切的女人。"凯西说着，给了我一个紧紧的拥抱，"我不想要你死。死亡赋予生命意义是一个谎言。"

很难想象她的语气和她从未见过面的父亲竟那么相像。"即使是谎言，也是我所相信的一个谎言。"

我松开她，然后抬起双手——不出于恳求，也不是为自己辩护，而是在解释——搭成了一个弧，我双手的指尖几乎触到了一起。

所有的信念在最后关头都需要一次顿悟，一次凭理性的思辨无法获得的顿悟。

但是几十年来第一次，我重新燃起了艺术创作的激情。

这就是我向记者们讲述的故事，他们所要求的有人情味儿的故事。

我最后的作品不是塑化作品。停滞是真正的死亡。

与此相反,在"人体工厂"的协助下,我对自己的衰老进行着全面细致的记录。日复一日,高分辨扫描仪追踪着每一丝老化的迹象,每一个衰竭的器官,每一种丧失的机能。我的记录将是有史以来最完整的人体走向死亡之旅,它很漫长,逐渐揭开了生命背后赤裸裸的真相。这件作品并不浪漫,也不悦目,有时还让人痛苦,但更多的是让人厌倦。可这就是我的生活,它是真实的。

终有一天,我孩子的孩子会难以理解这种不同的、短暂的、被生与死括在中间的生命存在形式。也许我的这份记录,能如各种形式的艺术一样,为观众架起一座理解的桥梁。

记者们离开后,我加入到大卫和孩子们当中——莎拉的孩子和凯西的孙子孙女——来到了沙滩上。我牵着大卫的手,我们布满皱纹的皮肤又凉又暖。这是个美丽的午后,很适合用来争相捡拾漂亮的贝壳,用脚印在沙滩上作画。

孩子们的欢声笑语在我耳边回荡,淹没了永恒的大海所发出的怒吼。

状态转换

State Change

胡绍晏 译

2004 年首次收录于《复调文集·第四期》（*Polyphony 4*）

我觉得你应该来一次状态转换。

里娜每天睡前都要检查冰箱。

厨房里有两台冰箱,分别连接两条独立的电气线路,其中一台的门上装有精巧的出冰口。客厅里也有一台冰箱,上面搁着电视机,卧室里那台则兼具床头柜的功能。走廊里还放着一台小小的方形冰箱,就像是大学宿舍用的那种。卫生间的水槽底下有个冷藏箱,里娜每晚都要补充新鲜冰块。

里娜打开每台冰箱查看。大多数时候,大部分冰箱里都是空的。里娜并不在意,她没打算填满它们。她之所以仔细查看,是因为这件事关乎生死,关乎她灵魂的存续。

她最在意的是冰冻室。她喜欢打开门,等上几秒,让凝结的冷雾消散,感受手指、胸口和脸上传来的凉意。等到冰箱电机启动时,她便关上门。

当她检查完所有冰箱,公寓里充满了低沉的电机轰鸣声,犹如一曲自信的合唱,这对里娜来说,意味着安全。

卧室里,里娜躺上床,盖好被子。她在墙上挂了些冰川和冰山的照片,她看着它们,就像是看着多年老友。床头的冰箱上放了个相框,里面是她大学时代的室友艾米。这些年来,她们失去了联络,但里娜还是留着她的相片。

里娜打开床边的冰箱,凝视着盛有她那块冰的玻璃盘子。她每次看时,都觉得冰块变小了。

里娜关好冰箱门,拿起搁在冰箱上面的一本书。

《埃德娜·圣·文森特·米莱 [①]:
一幅由朋友、仇敌与爱人的书信描绘出的肖像》

纽约,1921 年 1 月 23 日

最亲爱的薇芙,

今天我终于鼓起勇气到文森特的旅馆去见她。她告诉我,她已不再爱我。我哭了。她很生气,说假如我无法自控,还不如马上离开。我请求她为我泡点儿茶。

是因为那个她正在约会的男孩。我早就知道。但听她亲口说出来,感觉尤其糟糕。真是冷酷无情。

她吸了两支烟,然后把烟盒递给我。我受不了那苦味,因此只

---

①埃德娜·圣·文森特·米莱(Edna St. Vincent Millay, 1892 — 1950),诗人、剧作家,第一位获得普利策诗歌奖的女性。

吸了一支。事后，她给我唇膏，让我补一下唇妆，仿佛什么都没发生过，仿佛我们仍一起住在瓦萨学院的宿舍里。

"为我写一首诗吧。"我说道。至少这是她欠我的。

她似乎想要争辩，但又忍了下来。她取出蜡烛，装进我为她制作的烛台里，同时点燃两端①。当她像这样点亮自己的灵魂时，才是她最美丽的时刻。她容光焕发，苍白的皮肤就像透光的宣纸灯笼，仿佛即将化作一团火焰。她在房间里来回踱步，好像要把墙壁拆了似的。为了避免打扰她，我在床上抱起双腿，把她的红披肩裹到身上。

她在桌边坐下，开始写诗。她一写完，立刻就吹熄了蜡烛，不愿浪费一丝一毫。蜡烛炙热的气息再次让我眼睛里充满泪水。她自己誊抄了一份，然后把原稿递给我。

"我的确有爱过你，伊莲。"她说道，"现在，乖乖地离开吧，让我一个人待着。"

她的诗是这样开头的：

我的唇曾经亲吻过谁的唇，在何处，为何故

我早已忘记，是谁的手臂

枕在我的脑下直至清晨，但今夜的雨声中

满是幽灵，隔着玻璃窗敲打、叹息

---

① 源自文森特的诗歌。"My candle burns at both ends; It will not last the night; But ah, my foes, and oh, my friends—It gives a lovely light。"

聆听回应——

薇芙，那一瞬间，我想要夺过她的蜡烛，一折为二，扔进火炉，让她的灵魂熔化消失。我要她在我脚下翻滚挣扎，乞求我让她活下去。

但我只是将诗稿丢到她脸上，然后离开了。

我整天在纽约的街头游荡，无法将她那残酷的美丽逐出脑中。我希望自己的灵魂更加坚实厚重，能够依靠自身的重量沉淀下来。我希望自己的灵魂不是口袋里那根丑陋的鹅毛，轻飘飘地围绕着她的火焰随风飞舞。我感觉自己像一只飞蛾。

伊莲

里娜把书放下。

她心想，能够点亮灵魂，随心所欲地吸引男女众生，才华横溢，不惧后果，倘若拥有这样的生活，她有什么不能放弃的呢？

米莱选择将蜡烛两端都点燃，活得璀璨光亮。当那蜡烛燃尽后，她在疾病与药瘾中英年早逝。然而在生命中的每一天，她都可以选择：今天我要活得灿烂吗？

里娜想到自己的冰块，它被孤零零地困在黑暗阴冷的冰箱里。冷静，她心想，别多想。这就是你的生活，了无生气。

里娜关掉灯。

当里娜的灵魂最终现形时,负责照看分娩的护士差点没注意到。不锈钢托盘里忽然出现一块冰,就像鸡尾酒会上人们放在玻璃杯里摇得叮当作响的那种。冰块周围已经有一摊水,边缘的轮廓变得越来越圆滑。

他们赶紧搬来一台紧急制冷机,把冰块放进去。

"我很遗憾。"医生对里娜的母亲说,而她正看着女儿平静的面孔。无论再怎么小心,他们能让冰块保持多久不化呢?不是把它放进冰箱就可以不管了。灵魂必须离躯体很近,否则躯体就会死亡。

屋里没人说话。婴儿周围的气氛十分尴尬,一片沉默寂静,言语仿佛冻结在人们的喉咙里。

里娜在城区的一栋大楼里工作,挨着停靠许多游艇的码头。她从没登上过那些游艇。大楼每一层楼边缘都有几间带窗户的办公室,其中一间俯瞰着港湾的房间比其他房间更大,装潢也更精致。

楼层中间是许多小隔间,其中一间属于里娜。她的旁边有两台打印机。它们的嗡嗡声跟冰箱有点相似。许多人从她身边经过,去取打印的文件。有时候,他们会停下来,想要跟坐在旁边的这个女孩打个招呼。里娜肤色苍白,淡金色头发,肩膀上总是披着一件毛衣,安安静静地坐在桌边。没人知道她眼睛的颜色,因为她从不抬头。

然而她周围有一股凉意,仿佛脆弱而不愿被打破的沉默。尽管大家每天都看到里娜,但大多数人不知道她的名字,一段时间过后,再要问就有点太尴尬了。于是,在办公室此起彼伏的日常聊天中,人们都不再理会她。

里娜桌子底下有个小冰箱,是公司专门为她安装的。每天早晨,里娜冲进自己的小隔间,打开隔热午餐袋,从塞满冰块的隔热杯里小心翼翼地抽出一个三明治袋子,里面装有那块特殊的冰。然后她将冰块放进冰箱,长出一口气,坐到椅子上,等待心跳平复。

在背对着港湾的办公室里,人们的工作是回答面对着港湾的办公室里的人提出的问题,他们得通过电脑找出答案,而里娜的任务是把答案用合适的字体排到合适的位置,再用合适的纸张打印出来,然后送去面对着港湾的办公室。有时候,小办公室里的人太过忙碌,就把答案录到磁带上,让里娜输入电脑。

里娜总是在小隔间里吃午餐。虽然离开灵魂一小段时间也不至于生病,但里娜喜欢尽量靠近冰箱。有时候,她需要把某个信封送到另一层办公室。离开座位后,她会想到突然停电的状况。因此她在走廊间匆忙穿行,直到喘着气回到冰箱旁的安全地带。

里娜尽量不去想生活对她的不公。要是出生在冰箱发明之前,她根本活不下来。她不想显得不知感恩,但有时候那并不容易。

下班后,她不跟其他姑娘一起去跳舞,也不去约会。她晚上就待在家读各种人物传记，沉浸在别人的生活里。

《回忆录：与T.S.艾略特[①]的晨间漫步》

在1958年至1963年间，艾略特是修订《公祷书·诗篇》的编委会成员。他当时已相当虚弱，完全不再碰他的那罐咖啡。

只有一次例外，那是在编委会修订《诗篇第二十三》的时候。四个世纪前，当科弗代尔主教把它从希伯来语翻译成英语时，他的译文相当随性。编委会一致认为，诗篇的中心隐喻应该译为"深黯的峡谷"。

在那次会议上，艾略特数月来第一次泡了杯他的咖啡，其浓郁深沉的香味令我难忘。

艾略特啜一口咖啡，然后用朗诵《荒原》时的迷人嗓音念出那句渗入每个英国人血管的经典译文版本："我虽然行过死荫的幽谷，也不怕遭害[②]。"

投票结果，大家一致同意保留科弗代尔的版本，尽管它有点修饰过度。

在我看来，艾略特对传统、对圣公会的热忱，以及他的灵魂与英语的紧密融合，总是会令人感到惊讶。

[①] 托马斯·斯特尔那斯·艾略特（Thomas Stearns Eliot，1888—1965），英国诗人、剧作家和文学批评家，诗歌现代派运动领袖，代表作品有《荒原》《四个四重奏》等。

[②] 原文为"Though I walk through the valley of the shadow of death, I shall fear no evil."

我相信,这是艾略特最后一次品尝他的灵魂。从此以后,我常常希望能再次闻到那香味:苦涩、焦灼、克制。这不仅是一个真正英国人的灵魂,也是一个天才诗人的灵魂。

里娜心想,用咖啡匙配量灵魂[1],有时候一定很可怕。也许这就是艾略特缺乏幽默感的原因。

但咖啡罐里的灵魂也有其可爱之处。它能使周围的气氛更活跃,让每个听到他嗓音的人敏锐清醒,更乐意接受他那神秘繁复、难以理解的诗句。艾略特的灵魂散发出的气味给他的每个字都带来一种意义深远的张力,就像喝下浓郁刺鼻的饮料。没有它,艾略特写不出《四个四重奏》,世人也无法理解这部作品。

我很想让美人鱼为我唱歌[2],里娜心想,这就是艾略特喝下灵魂咖啡之后梦到的吗?

那天晚上,她没有梦到美人鱼,而是梦到了冰川。那连绵无尽的冰,需要上百年才能融化。尽管视野里没有活物,里娜却在睡梦中露出微笑。这就是她的生活。

那新人第一天来上班,里娜就知道他不会在那间办公室里待

---

[1] 意象源自 T.S. 艾略特的诗歌 *The Love Song of J. Alfred Prufrock*,原文为"I have measured out my life with coffee spoons"。

[2] 来源同上,原文为"I have heard the mermaids singing, each to each. I do not think that they will sing to me"。

太久。

他的衬衫是几年前的款式,早上也没刻意擦亮皮鞋。他身材不高,下巴也不是那么棱角分明。从里娜的隔间顺着过道直走,就是他的办公室。这间办公室很小,只有一扇朝向隔壁大楼的窗户,门外的名牌上写着"吉米·凯斯诺"。从种种迹象来看,这又是一个每天在大楼里穿梭的普通年轻人,默默无闻,充满野心,也充满失望。

但吉米是里娜见过最轻松自在的人。无论身处何地,他都能很自然地融入进去。他说话不太大声,语速也不太快,但人们都愿意与他交谈,接纳他。只需寥寥数语,他就能让别人笑出声来,并且感觉自己也多了几分风趣。他对人们报以微笑,让大家心情愉快,感觉自己也更英俊、更美丽了。他整个上午在办公室进进出出,看上去很忙碌,但又能偶尔停下来轻松地聊两句。当他从一间办公室走出来,里面的人会继续让门敞开着,不愿关上。

里娜发现隔壁隔间的女孩一听到吉米的声音从走廊上传来,就开始拾掇打扮。

她甚至很难记起吉米来之前办公室里的生活是什么样的。

里娜知道,像他这样的年轻人不会在这种只有一扇窗户朝向后巷的小办公室里待太久。他们总是会搬进面朝港湾的办公室,或者搬到楼上去。里娜想象他的灵魂或许是一把银匙,天生耀眼可人。

《圣女贞德的审判》

"夜晚,士兵们与贞德一起席地而睡。当贞德除下盔甲,我们会看到她美丽的胸脯。然而她从没唤起过我的肉欲。

"假如士兵们在贞德面前污言秽语地咒骂,或者谈论肉体的愉悦,她会生气。她总是挥剑驱赶追随士兵的女人,除非士兵发誓跟那女人结婚。

"贞德的纯洁来自她的灵魂,那是一截山毛榉树枝,无论是骑马上战场,还是夜里睡觉,她都带在身边。在距离她家乡杜蕾米村不远的一处水泉边,有一株被称作'淑女树'的老山毛榉。她的灵魂就是来自这棵树,因为那些了解贞德童年的人发誓说,那截树枝散发出的气味跟'淑女树'旁边的泉水一模一样。

"凡是带着邪念接近贞德身边的人都会立刻受到她灵魂的影响,掐灭邪恶之火。我发誓实话实说,虽然她有时跟其他士兵一样赤身裸体,却能始终保持贞洁。"

"嘿,"吉米说,"你叫什么名字?"

"贞德。"里娜说。她一阵脸红,把书放下,"我是说,里娜。"她没有看他,而是低头看着桌上吃剩一半的沙拉。她不知道自己嘴角是否有残留的食物。她想用纸巾擦一擦嘴,但又觉得那会引起太多注意。

"要知道,我一上午都在办公室里打听,没人能告诉我你的名字。"

虽然里娜知道这是事实,仍不免有点难过,仿佛是自己让他失望了似的。她耸耸肩。

"但现在我知道一件别人不知道的事,"吉米的语气就好像她告诉了他一个了不得的秘密。

他们终于调低了空调功率吗?里娜心想,感觉不像平时那么冷。她考虑是否要脱掉毛衣。

"嘿,吉米,"隔壁的女孩招呼道,"过来一下,我给你看上次说的图片。"

"回头见。"吉米微笑着对她说。她知道他在微笑,因为她抬头看着他的脸。她意识到,他也许还挺帅的。

《罗马传奇人物集》

西塞罗伴随着一颗鹅卵石出生,因此没人指望他能成什么大事。

西塞罗把那颗石头含在嘴里练习演讲。有时候,他差点被噎住。他学会了使用简单的词汇和直接的句式,他也学会了让语声穿透嘴里的石头,即使舌头不听使唤,也能清晰地发音。

他成了那个时代最伟大的演说家。

"你看了很多书。"吉米说。

里娜点点头,对他露出微笑。

"我从没见过有谁的眼睛是像你这样的蓝色,"吉米直视着她的双眼说道,"很像大海,但又隔着一层冰。"他的语气很随意,就像谈论一次度假的经历,或者一部看过的电影。所以里娜知道,他此刻是真诚的。她感觉仿佛自己又告诉了他一个秘密,一个连她自己也不知道的秘密。

他俩都没再说话。这种情形通常会很尴尬,但吉米只是倚在隔间的墙上,带着赞赏的表情观察里娜桌上的那堆书。他进入一种安静而放松的状态。于是,里娜满足于让沉默持续下去。

"哦,卡图卢斯①。"吉米说道。他拿起一本书,"你最喜欢哪一首诗?"

里娜细细思索,如果说是《生活吧,我的蕾丝比亚,爱吧》显得太冒昧,说是《你问我多少个吻》又显得过于忸怩。

她很困扰,不知该如何回答。

他没有催促,只是等着。

她无法决断。她想要开口说点什么,却什么都讲不出。她的喉咙里有一块石头,一块冰冷的石头。她对自己很恼火。他一定觉得她像个白痴。

---

① 盖尤斯·瓦雷里乌斯·卡图卢斯(Gaius Valerius Catullus,约公元前87—公元前54),古罗马诗人,世界诗歌史上具有开创意义的抒情诗人,对后世诗人包括威廉·莎士比亚等产生过重要影响。

"抱歉,"吉米说,"史蒂夫刚跟我招手,让我去他办公室。咱们回头再聊。"

艾米是里娜大学时的室友。她是里娜唯一怜悯的人。艾米的灵魂是一包香烟。

但艾米的表现不像是喜欢被怜悯。里娜遇见她时,艾米的烟只剩下小半包了。

"其余的烟呢?"里娜惊恐地问道。她难以想象。她自己不会如此轻率地对待生命。

艾米要里娜晚上跟她一起去跳舞喝酒,找男生玩。里娜一律拒绝。

"就当是为了我。"艾米说,"你替我感到难过,对吗?那好,我要你跟我一起去,就这一回。"

艾米带着里娜来到酒吧。一路上,里娜一直抱着保温杯。艾米从里娜手里抢过保温杯,把她的冰块丢进玻璃杯,让酒保放到冰箱里冻起来。

有男生过来搭讪,里娜不予理睬。她很害怕,视线也不愿离开冰箱。

"就装得开心一点,行吗?"艾米说。

下一个男生过来时,艾米抽出一支她的烟。

"看到没?"她对那男生说,吧台后面的霓虹灯映得她的眼睛闪闪发光,"我要开始抽烟了。如果你能在我抽完这支烟之前让我朋友笑出声来,我今晚就跟你回家。"

"你们俩一起跟我回家怎么样?"

"没问题,"艾米说,"有什么不可以的? 但你最好赶快行动。"她点火,深深地吸了一口烟,仰起头朝着空中喷吐烟雾。

"这就是我的生活,"艾米低声对里娜说,她的目光涣散而狂野,"一切生命都是实验。"烟从她的鼻孔里冒出来,呛得里娜一阵咳嗽。

里娜凝视着艾米,然后转身面对刚才的男生。她感觉有点晕眩。他脸上长着一个歪鼻子,显得既滑稽又可悲。

艾米的灵魂很有感染力。

"我嫉妒你,"第二天早晨,艾米对里娜说,"你的笑声很性感。"里娜闻言微微一笑。

她从男生的冰箱里找出那个放冰块的玻璃杯,然后带回家去。

尽管如此,这是里娜最后一次答应跟艾米一起出去。

大学毕业后,她俩失去了联络。每当里娜想起艾米,都希望她的那包烟能够神奇地自动重新填满。

里娜一直留意着旁边打印机里出来的纸。她知道吉米很快就会搬到楼上的办公室去。她时间不多了。

她周末跑去购物,精挑细选。冰蓝是属于她的颜色。她又做了美甲,以搭配眼睛的色调。

里娜决定在周三采取行动。人们往往在一周的开始和结束聊天比较多,要么讲刚刚过去的周末干了什么,要么讲接下来的周末有何打算,而周三就没太多可说的。

里娜带来了她的玻璃杯,一方面是求好运,另一方面也因为玻璃比较容易变冷。

她在午餐后展开行动。下午仍有许多工作,因此闲聊往往会在此刻平息下来。

她打开冰箱门,取出冰冻的玻璃杯和装着那块冰的三明治袋。她把冰块从袋子里拿出来,放进玻璃杯。杯子外围立刻凝结了一层水汽。

她脱掉毛衣,手握杯子,开始在办公室里来回走动。

她走到人群聚集之处——走廊里,打印机旁,咖啡机附近,等等。随着她的接近,人们突然感到空气里有一股寒意,于是交谈停歇下来。俏皮话突然变得呆板无趣,争论也都瞬间平息。突然间,每个人都想起还有许多工作要做,于是找个借口抽身离开。其他办公室的门随着她的经过,也纷纷关上。

她来来回回地走,直到过道里安静下来,只剩吉米办公室的门还开着。

她低头看那杯子。杯底有一小摊水。用不了多久,冰块就会漂浮起来。

如果抓紧时间的话还来得及。

亲吻我吧,趁我消失之前。

她把玻璃杯放在吉米办公室门外。我不是圣女贞德。

她走进吉米的办公室,带上门。

"你好。"她说道。此刻与他独处,她反而不知该怎么办。

"嘿,"他说道,"今天真安静,是怎么回事?"

"Si tecum attuleris bonam atque magnam cenam, non sine candida puella." 她说道,"假如你携带许多美食,还有一位漂亮姑娘。就是这一首,我最喜欢的诗。"

她感觉有点害羞,但心里暖暖的。她的舌头上毫无压力,喉咙里也没有石子。她的灵魂仍在门外,但她并不焦虑,也没有在心中倒数计时。装着她生命的玻璃杯仿佛是在另一个时空。

"Et uino et sale et omnibus cachinnis." 他替她补完诗句,"还有酒与盐与无尽欢笑。"

她看到他桌上有个盐瓶。盐能令寡淡的食物变得美味。盐就像聊天时的机智和打趣。盐能让普通变得非凡。盐能让简单变得美丽。盐是他的灵魂。

不过盐也会让水更难结冰。

她笑出声来。

她解开衣扣。他站起身想要阻止。她摇摇头朝着他微笑。

我没有可以点燃两端的蜡烛,我无法用咖啡匙配量生命。我也没有平抑欲望的泉水,因为我将那块了无生气的冰留在了门外。我只有自己的生命。

"一切生命都是实验。"她说道。

她抖落衬衫,脱下裙子。于是,他看到了她周末购物的成果。

冰蓝是属于她的颜色。

她记得自己的笑声,也记得他的笑声。她努力记住每一次触摸,每一次急促的呼吸。而她想要忘记的是时间。

门外的人声逐渐响起,又逐渐平息。他们仍留在办公室里。

我的唇曾经亲吻过谁的唇,她心中默念。然后她意识到,办公室外又完全安静下来。屋里的阳光泛出红色的光晕。

她站起身,离开他的怀抱,穿回衬衫,拉上裙子。她打开办公室的门,拿起玻璃杯。

她看着杯子,拼命想要寻找一点点冰,哪怕是一粒细小的冰晶也行。她要把它冷冻起来,依靠今天的记忆维持剩余的生命,因为今天是她唯一鲜活的一天。

然而玻璃杯里只有水,纯净透明的水。

她等着自己的心脏停止跳动,等着自己的肺停止呼吸。她回到他的办公室,准备看着他的眼睛死去。

盐水恐怕很难冻结。

她感觉温暖,心动,坦然。一股细流涌入她心中最冰冷、最平静也最空洞的角落,她的耳中充满波涛的咆哮。她觉得有太多话要跟他讲,恐怕再也没时间看书了。

里娜,

我希望你过得不错。我们已经很久没有见面了。

可以想见,你头脑中第一个问题就是,我还剩多少支烟。好吧,好消息是,我戒烟了。坏消息是,最后一支烟在六个月前抽完了。

但是你看,我还活着。

灵魂是很微妙的东西,里娜,我原以为自己已经全都弄明白了。我以为这一生注定鲁莽草率,每一刻都像在赌博。我以为自己天生就该如此。只有当点燃灵魂的时候,我才感觉到活力,只有在火焰与灰烬触及手指之前,才敢于期待一些不同寻常的事。在那段时间里,我总是能保持警醒,对耳中的每一个响动和眼中的每一丝色彩都十分敏感。我的生命仿佛一台逐渐损耗的时钟。每次抽烟之间的时段,就像是正式表演前的彩排,而我总共被安排出演二十场戏码。

当剩下最后一支烟时,我很恐惧。我原本打算在临死前制造一番轰动,然而到了需要抽这最后一支烟时,我失去了勇气。当你意识到,等吸完最后一口你就会死,你的手便突然开始颤抖,无法握住火柴,也无法点燃打火机。

我在一次沙滩聚会中喝醉了,不省人事。有人烟瘾发作,在我的包里翻找,发现了那最后一支烟。等我醒来时,空盒子就躺在我身边的沙地里,一只小螃蟹爬进去,把它当作了家。

就像我说的,我并没有死。

我一辈子都以为自己的灵魂是香烟,从没想过那盒子,从没留意过那安静的纸壳和其中的封闭空间。

空盒子可以给迷路的蜘蛛当居所,你可以把它带出门。空盒子也可以放零钱,放脱落的纽扣,放针线。如果要放口红,眼线笔和腮红的话也勉强合用。它可以放任何东西。

这就是我的感受:开放、恣意、随遇而安。是的,生命真的就是一个实验。我接下来能做什么呢? 什么都可以。

但在明白这一点之前,我得抽完那盒烟。

在我身上发生的是一种状态转换。我的灵魂从一盒烟变成烟盒子,我成长了。

我给你写信,是因为你让我想起我自己。你以为了解自己的灵魂,你以为知道该如何过一辈子。那时候,我觉得你的想法是错的,但我自己也不知道答案。

现在我知道了。我觉得你应该来一次状态转换。

你永远的朋友,艾米

第 14 课：
关于事件消隐装置及其实际应用的思考

Lecture 14: Concerning the Event Cloaking Device and Practical Applications Thereof

胡绍晏 译

2014 年首次发表于《宇宙》（*Cosmos*）杂志

我们并不孤单，我们缺乏保护；
也许我们已经被劫离宁静的时间之河。

不要记忆,不要写笔记,不要充当转录机,不要手指在键盘上飞舞,试图记下我的每句话。在这堂课上,也不要使用录音设备,就当是帮我个忙。

注意听。

注意看。

时间消隐的原理很简单。取一光源,标记为 A,再取光源照亮的目标物体 B(这只钟),然后将观察者标记为 C(也就是你)。在 A 和 B 之间建立两条光路,较短的一条为 AB,较长的一条为 AB'。同样的方法,在 B 和 C 之间也建立一长一短两条光路,分别为 BC 和 BC'。

如何建立光路并不重要。你可以把光反射到猎户座"肩部"的恒星,也可以像我一样,把光导入一个装满镜子的迷宫盒。光就像流水,所经之处不留任何气味,也不做任何裁断。你的迷宫越复杂,它就在里面逗留越久。

一开始,我让光经过较短的 *AB* 和较长的 *BC′*。注意看那只钟。不要暗自抱怨,以为我在浪费你的时间;不要眨眼,以为如果错过了什么还可以问旁边的人。

现在,我拨一下这个开关,让光转向较长的 *AB′*。

你观察不到任何变化。钟的指针依然在一格格往前走,就像天上的星辰不断旋转,似乎无事发生。你看到的是经过延迟的画面,光从较长的 *BC′* 中渗出,就像沙漏里一颗颗掉落的沙粒。

现在,光差不多走完了。我拨一下另一个开关,让较长的 *AB′* 中出来的光进入较短的 *BC*。

注意观察,钟的指针从 5 分钟的位置跳到了 10 分钟。而光经过光路 *BC′* 与 *BC* 的时间差,和经过光路 *AB′* 与 *AB* 的时间差是一致的,并且在这段时间差值内,没有光照射到钟上。它就像凭空消失了,无法被观察到,也不受因果律支配。我把空间转换成时间,在"闵可夫斯基时空"①中光锥的平滑表面撕开了一个缺口,然后又把撕裂的边界缝合起来。

我在那道缺口中隐藏了什么?

你们可以随意想象,黑暗中的秘密,风流的韵事,某种无眼的生物在水下洞窟内蠕动,又或者是夏夜的窃窃私语,汗湿的手十指

---

① "闵可夫斯基时空"亦称"四维空间",是由一个时间维和三个空间维组成的时空,它最早由俄裔德国数学家闵可夫斯基(H. Minkowski,1864—1909)表述。

紧扣，如同午夜时分至凌晨三点的梦境一般模糊不定。

你看到我无辜地摊开双手，困惑而又无伤大雅地耸耸肩。我克制地清一清嗓子，表示没什么不妥。

事发时，我在茂纳凯亚火山天文台，那里有一对口径十米的天文望远镜。它们就像凝视着天空的眼睛，高高地架在从海平面拔地而起的山峰顶端。LK-409A 是一颗不起眼的普通恒星，前一刻仍像往常一样发光。但转眼间，它的光谱和相位却发生变化，仿佛成了一颗新恒星，虽然仍在原本的位置，但又跟以前不太一样。

我们检查电脑系统，寻找侵入者的迹象，就像在数字的水流里用致密的渔网进行筛滤，一个个网孔中闪烁着游离的比特。我们花了好几天仔细检查那组镜片，记下每个细微的缺陷，模拟每个光子穿过一层层抛光的玻璃，并考虑光行差和尘埃的影响。我们这颗蓝色星球外围包裹着一圈薄薄的大气，仿佛冬日的呼吸，因此也要考虑光线穿过大气时产生的轻微闪烁所带来的偏差。

所有这一切都证实了我们观察到的现象。没有误差，没有令人宽慰的解释，只有一个突兀的断层。我们无法破译其中的含义。它就像是重新缝合的断裂面，参差不齐，时空之肤在前后拉扯之下绷紧。

这个缝隙里隐藏着什么？谁会想要把它遮盖起来？谁会轻声低语：群星啊，藏起你的火焰？

我想象天空逐渐变暗，世界被圆环围绕，镜子悬浮在太空，仿佛假冒的恒星；我想象炽热的岩石从天而降，瞄准大地上的诸多目标，每一块岩石都如同注脚：征服，灭绝，金字塔的尖顶，欺瞒之网。

我思索着一切太过熟悉的事物，也思索着一切闻所未闻、难以置信的事物。帝国的崛起，森林中一棵树的倒下，地平线上第一张古怪的帆，躲避审视往昔的目光；还有那些不被我们当作生命体的生命体，那些不把我们看作智慧生物的智慧生物。

飞船往来，沿着由重力划定的悠长弧线航行，一明一灭，仿佛闪烁的萤火虫。文明渐盛，犹如珍珠隐藏在动荡幽暗的海洋中。

所有这一切都消失了，仿佛被不断飘落的雪花抹去的一串足迹。历史成为一片空白。

死亡，即结局，时间被凝固在不再上浮的气泡里。那叫作删除，而不是遗忘，就好像从未存在过。

当两个有瑕疵的物种在一片黑暗森林中战战兢兢地摸索，互相揣度对方的心理时，每一个声响都能引起恐慌。

假如你提出疑问，只会遭到否认。有人秘密地计算 LK–409A 与地球的距离，因为他们想知道，假如我们是下一个目标，还剩多少时间。但他们会不动声色地否认，因为他们认为我们无能为力。

我们并不孤单，我们缺乏保护；也许我们已经被劫离宁静的时间之河。

我选择在时间的裂隙间告诉你这件事。在这短暂的片刻间，光线需要穿过一圈圈紧密盘绕的纤维，穿过一座迷宫，穿过一整个微型星系。

你的脸上映出淡淡的光，时间仿佛停止。我心中升起一股柔情，犹如儿童沿着古藤向上攀爬。这一观测结果并无真假可言。此时此地，我们依然活着。

作者的话：

更多有关文中"时间消隐"部分的内容，可参见米格尔·A. 莱尔马的论文：*A Mirror Based Event Cloaking Device*，2013 年 8 月 12 日，（http://arxiv.org/abs/1308.2606）。

物 哀

Mono no aware

董　申译

2012 年首次发表于科幻短篇集《日本未来时》（*The Future is Japanese*）

物哀，我的孩子，是人和宇宙的共鸣。

这个世界的形状就像日文汉字中的"伞"字，只不过和我糟糕的书法一样，每个部首的比例都失调了。

如果父亲看到我的书法还是如此稚嫩，一定会觉得很丢脸。确实，很多汉字我已经不会写了，我在日本的学业只到八岁就戛然而止。

好在，作为展示形状的草图，这个画出来的汉字还算凑合。

上面的顶盖是太阳帆，不过即使这个汉字写得再变形，也不足以展示帆的巨大。太阳帆只有宣纸的百分之一厚，但整个帆面旋转着在宇宙中伸展出一千公里，就像一面兜满了太阳风的巨型风筝，说它遮天蔽日也不夸张。

帆面之下悬着一条一百公里长的长缆，由碳纳米管组成，轻盈而柔韧。长缆的另一端是"希望号"的心脏,居住舱,在这个五百米高的圆柱体中,承载着整个世界的一千零二十一位居民。

来自太阳的光线推动着太阳帆,送我们沿着越来越舒展的螺旋轨道不断加速,远离太阳而去。加速度把我们钉在甲板上,就像地球上的重力一样。

我们的航道指向一颗叫作"室女座61"的恒星,现在还看不见它,因为它被太阳帆挡住了。"希望号"将在大约三百年后到达那里,大概差不多吧。如果走运的话,我的重重重孙子——我曾经算过需要多少个"重",但我不记得了——能看到那一天。

居住舱里没有窗户,平时看不到星河流过。这里的多数居民也并不在乎,他们早已经看厌了星星。我却喜欢通过安装在飞船底部的摄像头向外看,凝视着逐渐远离的太阳,它洋溢着微微发红的光芒,就像我们的过去。

"大翔。"爸爸摇醒了我,"收拾你的行李吧,我们该走了。"

我的小行李箱早已经准备好了,只要把围棋再放进去就行。围棋是爸爸在我五岁那年送给我的,和他下棋是我一天中最开心的时光。

爸妈带我出门的时候,太阳还没出来。所有的邻居都拿着行李站在屋外,在夏天的晨星下,我们礼貌地寒暄着。我像往常一样抬头去找锤星,很容易就找到了。从我记事开始,这颗小行星就是夜空中亮度仅次于月亮的东西,而且,每年它都会变得更亮。

一辆装着大喇叭的卡车沿着马路缓缓驶来。

"注意,久留米市的居民们! 请大家保持秩序,前往公交车站,那里会有足够的大巴开往火车站,大家可以搭乘火车前往鹿儿岛市。不要自驾车,请把道路留给疏散大巴和官方车辆! "

每个家庭都沿着人行道缓缓步行。

"前田太太,"爸爸对邻居说,"让我来帮你拿行李好吗? "

"太谢谢您了。"老妇人答道。

走了十分钟,前田太太停了下来,斜靠在街灯边上。

"我们就快到啦,婆婆。"我说。她点点头,喘得说不出话来。我试着给她鼓劲,"你想不想去鹿儿岛看你的孙子啊? 我也很想念小路呢。到时候你可以和他坐在一起,在宇宙飞船上休息,听说每个人都会有座位! "

妈妈给了我一个赞许的微笑。

"我们生在这里真是一种幸运。"爸爸说。他指向排队走向公车站的人流,指向穿着干净衬衣和皮鞋的年轻人、扶着年迈父母的中年妇女。干净而空旷的街道非常安静——尽管人很多,但没有人用超过耳语的声音说话。所有人都紧紧联结在一起,空气中似乎满是微光闪烁的连线——家人、邻居、朋友、同事——透明而强韧的丝线。

我在电视上看到过世界其他地方的景象:趁火打劫的人们尖

叫着,马路上有人狂舞,士兵和警察向着天空甚至人群开枪,建筑物烈火熊熊,死人堆摇摇欲坠,将军冲着疯狂的人群大吼着发誓要报自古以来的国耻家仇,哪怕整个世界都到了末日。

"大翔,我要你记住这一切。"爸爸说,他看着周围,情绪很激动,"这是我们在灾难面前,作为一个整体所展现的力量。你要明白,生命的意义不在于单独的个体,而要从牵绊着每个人的关系网中来定义。跳出自私的需求,才能让所有人和谐共存。个体的力量很渺小,但如果紧密地团结在一起,作为一个整体,我们大和民族就是不可战胜的。"

"清水先生,"八岁的小男孩博比说,"我不喜欢这个游戏。"

学校设在圆柱形居住舱的正中间,这里对宇宙射线的阻挡效果最好。教室的前面挂着一面巨大的美国星条旗,孩子们每天早晨都会对着它宣誓。星条旗两侧有两排小国旗,代表"希望号"上其他幸存者的国家。左边那排的最下面是一个孩子画的太阳旗,白纸已经卷了边,原本大红色的朝阳褪色成了橙色的落日。这是我在登船那天画的。

我拉了一把椅子在博比和艾里克的桌边坐下,"为什么不喜欢呢?"

两个小男孩的中间是一张格子棋盘,由纵横各十九条直线构成,交叉点上摆了一些黑色和白色的棋子。

我的职责是监视太阳帆的状态,每两周可以休息一天,便抽空来这里教孩子们一点儿关于日本的东西。有时候我觉得这种做法很傻,对日本,我自己也只有小男孩时的朦胧记忆,怎么当他们的老师呢?

但是我并没有其他选择。所有像我这样的非美国籍技工都觉得,参加这个文化传承项目是一种重任,我们必须倾囊以授。

"所有的棋子长得都一样,"博比说,"而且它们不能动,太没意思了。"

"那你喜欢什么游戏呢?"我问。

"小行星卫士!"艾里克说,"那才叫好游戏,你可以拯救世界。"

"电脑游戏不算。"

博比耸耸肩,"那就国际象棋吧,我觉得。我喜欢皇后,她很厉害,跟别的棋子都不一样,她是个英雄。"

"国际象棋就像遭遇战,"我说,"围棋的视野要更广,必须着眼于整场战役。"

"可是围棋里没有英雄。"博比坚持说。

我不知道该怎么回答他。

鹿儿岛没有足够的地方住宿,所以人们只好睡在通往宇航中心的路边。向地平线望去,巨大的银色飞船在阳光下耀眼夺目。

爸爸跟我解释过,因为锤星剥离的碎片飞向了火星和月球,所以我们必须坐飞船飞向宇宙深处才能确保安全。

"我想要一个靠窗的座位。"我憧憬着星河流过的美景。

"你应该把靠窗的座位让给比你小的孩子,"爸爸说,"记住,我们每个人都要做出牺牲,才能共渡难关。"

我们把行李箱堆成规整的墙,盖上床单搭成简易帐篷来阻挡风吹日晒。每天,政府的巡视员都会来发放补给,并且确保一切正常。

"请耐心等待!"政府巡视员说,"我们知道进展很慢,但我们正在竭尽所能,每个人都会有座位。"

我们确实在耐心等待。母亲们自发组织起了孩子们的小课堂,父亲们建立了一个优先级体系,让有老人和婴儿的家庭可以在飞船准备就绪时优先登船。

等了四天之后,政府观察员的安抚听起来就不那么让人安心了。谣言开始在人群中散播。

"是飞船,飞船有问题。"

"建造方骗政府说飞船已经准备好了,其实压根儿没有,现在首相已经没脸承认真相了。"

"我听说只有一艘飞船,而且只有几百个最重要的人才有座位,其他飞船都是空壳,是作秀的。"

"他们希望美国人能改变主意,给我们这样的盟国多造一些飞船。"

妈妈在爸爸耳边轻轻说着什么。

爸爸摇头阻止了她，"别传这种东西。"

"但是看在大翔的分儿上——"

"不行！"我从没听过爸爸这么生气的声音。他停下来，咽下了怒气，"我们必须互相信任，相信首相和自卫队。"

妈妈看起来很不高兴。我握住了她的手说："我不害怕。"

"这就对了，"爸爸说，语气缓和下来，"没什么可害怕的。"

他把我抱起来，坐在他的臂弯里——我有点不好意思，因为他只在我很小的时候才这样抱我——他指向一眼望不到边的稠密人潮。

"看看我们有多少人在这里：老婆婆、年轻父亲、大姐姐、小弟弟。不管是谁，在这样的人群里自乱阵脚、散播谣言都是自私和错误的，搞不好会有很多人受到伤害。我们必须把握好自己的位置，永远记得顾全大局。"

明迪和我缠绵着。我喜欢埋头闻着她深色的卷发，茂密，温暖，弄得鼻尖痒痒的，似乎带着新鲜海水的咸味。

我们躺在一起，盯着天花板上的屏幕。

我在屏幕上循环播放着逝去的星空。明迪的工作是领航，她在驾驶舱里为我录下了这些高清晰度的视频影像。

我喜欢把屏幕当作舷窗，想象我们正躺在星空下面。我知道有的人更喜欢看地球的老照片和老视频,但那容易让我伤心。

"'星星'用日语怎么说?"明迪问我。

"ほし。"我告诉她。

"那'客人'怎么说?"

"おきゃくさん。"

"所以我们是ほしおきゃくさん?星星的客人?"

"不能这样硬拼乱凑的。"我笑着说。明迪是个歌手,她喜欢英语之外语言的发音。"如果你去理解语言的意思,那就听不到它背后的音乐声了。"她这样说过。

明迪的母语是西班牙语,不过她记得的西班牙语比我记得的日语还要少。她时不时地问我一些日语词,然后编织进她的歌里。

我试着帮她组织起诗意的语言,但我确实不知道如何措辞表达出文学意境,可能我说的和我写的汉字一样蹩脚:"われわれはほしのあいだにきゃくにきて。"我们将成为星星的客人。

"语言的描述可以千变万化,"爸爸曾说过,"每种描述适用于不同的场合。"他教过我,我们的语言有很多精微玄妙之处,灵活而优雅,句句成诗,如重峦叠嶂一般,弦外有音,脉络交织,层次相叠,就如反复折叠锻打成为武士刀的钢。

我多么希望爸爸此刻也在身边,我好问问他:作为我族唯一幸存者,在二十五岁生日的场合,我该怎么遣词造句来表达"我想你"?

"我的姐姐非常喜欢日本的图画书。漫画。"

和我一样,明迪也是个孤儿。也许这是我们在一起的原因之一。

"你对她的记忆还深吗?"

"不是很深了,我登船的时候大概才五岁。在那之前,我只记得混乱的枪声,所有人都在暗处躲藏、奔跑尖叫、偷吃,姐姐总是读漫画书给我听,让我平静下来。后来……"

那段视频,我只看过一次。从我们的逃逸轨道上看,那个带着蓝白相间的大理石般花纹的美丽星球,在小行星撞击时似乎一阵战栗,然后,无声的、汹涌的冲击波扩散着毁灭一切,慢慢吞没了整个地球。

我把她拉过来,吻了她的额头,很轻,这是安慰的吻,"我们别说这些不开心的事了。"

她紧紧地抱着我,仿佛永远也不愿放开。

"那些漫画,你还记得吗?"我问。

"我记得里面都是很大的机器人,我那时想:日本可真强大啊。"

我试着想象这幅画面:英雄般的巨型机器人遍布日本,拼命地救人。

扬声器里播放着首相的道歉,也有人在手机上看。

我的记忆有些模糊,但我记得他的声音非常虚弱,看起来十分苍老。他声音中带着无尽的歉意:"我让人民失望了。"

谣言原来是真的。飞船建造方从政府拿了钱,但是并没有造出他们承诺的强大飞船,直到最后他们还在隐瞒。我们发现真相时,一切都已经太迟了。

日本不是唯一一个让人民失望的国家。早在人类刚发现锤星将撞击地球时,世界上的其他国家就开始争论谁应该为联合疏散计划付出更多。后来,联合疏散计划崩溃,很多人决定索性赌一赌锤星撞不上地球,干脆把金钱和生命花在互相争斗上。

首相讲完话之后,人群仍然安静着。几个愤怒的声音响起来,但很快又安静下去了。人们慢慢开始打包行李,离开临时营地,秩序并没有乱。

"人们就那么回家了?"明迪疑惑地问。

"是的。"

"没有人抢劫,没有人疯跑,也没有士兵暴乱?"

"这就是日本。"我告诉她。我能听到自己嗓音里的骄傲,那是我父亲的回声。

"我猜人们都绝望了,"明迪说,"他们放弃了,可能这是文化的缘故。"

"不!"我努力压制着声音中的怒气。她的话刺痛了我,就好像博比说围棋很没意思。"不是那样的。"

"爸爸在跟谁打电话？"我问。

"汉密尔顿博士。"妈妈说，"我们——他、你父亲和我——在美国一起读的大学。"

我看到爸爸对着电话讲英语，他好像完全变成了另一个人：不仅仅是因为他抑扬顿挫的声调，他的表情更丰富了，手势也大开大合。他看起来就像个外国人。

他对着电话大喊。

"爸爸在说什么？"

妈妈让我保持安静，她全神贯注地看着爸爸，似乎一个字都不想听漏。

"No，"爸爸对电话说，"No！"这句倒不用翻译。

后来妈妈说："他只是想做正确的事，用他自己的方式。"

"他还是那么自私。"爸爸断然说。

"这么说不公平，"妈妈说，"他并没有悄悄给我打电话，而是打给了你，因为他相信如果你们互换了位置，他会很乐意给他心爱的女人一个活下去的机会，即使是和另一个男人一起。"

我从没听我的父母说过"我爱你"，但有些话是不需要说出口的。

妈妈看着爸爸，微微一笑，"我也不可能答应他的。"然后她转身去了厨房做午饭,爸爸的目光一直跟着她。

"天气很不错,"爸爸对我说,"我们出去走走吧。"

我们沿着便道走着,跟邻居们互相问候,嘘寒问暖,一切都和往常一样。头顶的锤星在薄暮中更亮了。

"你一定很害怕吧,大翔?"他说。

"他们不会造更多的飞船了吗?"

爸爸没有回答。夏末的风把蝉鸣带到我们耳边:知了,知了,知了……

寂静,

蝉吟入岩石,

惜乎难久鸣。

"爸爸?"

"这是松尾芭蕉的诗,你懂吗?"

我摇摇头,我不怎么喜欢诗。

爸爸叹了口气,又微笑起来。他看着落日,又诵道:

夕阳无限好,

只是近黄昏。

我默默地记诵着,诗句里有什么东西打动了我。我试着用语言描述这种感觉,"就像一只温柔的小猫在我的内心深处轻舔。"

爸爸没有笑话我,反而严肃地点点头。

"这是唐朝诗人李商隐的名句,他是中国人,但这种多愁善感有点日本味儿。"

我们漫步着。我停下来看着一朵蒲公英的黄花,那朵小花微微凋垂的景象给我一种美的冲击,心中那种小猫轻舔的感觉又来了。

"花儿……"我犹豫了,找不出合适的辞藻。

爸爸诵读着:

黄花,

残金沐月华,

弱弱晚风下。

我点头,这幅画面似乎转瞬即逝,可又如此永恒,就像我度过的童年时光一样。这种感觉让我同时品味着悲伤和喜悦。

"一切都会消逝,大翔。"爸爸说,"你心中的那种感觉,叫作物哀,是对世事无常的感叹。太阳、蒲公英、鸣蝉、锤星还有我们,都服从麦克斯韦的方程式,都注定会消逝,一秒钟后也好,一万年后也罢。"

我看着周围干净的街道,漫步的人们,青青的草地,傍晚的暮色。然后我懂了,一切都有自己的位置,一切都恰到好处。我们继续走着,长长的影子融在一起。

即使锤星就悬在头上,我也不害怕了。

我工作时需要盯着面前纵横交错的指示灯,那看起来就像一个巨大的围棋盘。

这基本上是一份很无聊的差事。太阳风的压力让太阳帆稍稍弯曲,指示灯显示的就是太阳帆上各个位置的张力,它们以固定的节律闪烁着。这种节律对我而言,就像明迪睡梦中的呼吸一样熟悉。

我们现在的航速已经可以用光速的百分之几来衡量,再过若干年,当速度足够快时,飞船就会把太阳帆的方向对准室女座61这颗尚未开发的行星。到那时,赋予我们生命的太阳就会像遗忘的记忆一样,一去不返。

但是今天,指示灯的节律似乎有些不正常,东南角的一盏指示灯看起来闪得快了零点几秒。

"领航室。"我对着麦克风说,"这里是太阳帆监视站一号,你能确认我们还在航线上吗?"

一分钟后,明迪的声音在我的耳机中响起,带着一丝惊讶:"我都没注意到,确实有一点点偏离航线,发生什么事了?"

"我还不太确定。"我紧紧盯着指示灯,那盏灯看起来很不合群,失去了和谐。

妈妈要带我去福冈市,但没有叫上爸爸。"我们去圣诞大采购,"妈妈这样对爸爸说,"回头送你个惊喜。"爸爸笑着摇头。

我们穿过繁忙的街道,由于这可能是地球的最后一个圣诞,空气中反而格外有一种节日的气氛。

在地铁上,我瞥了一眼邻座乘客的报纸,头条是《美国反击!》,配以美国总统展现胜利微笑的大幅照片。下面还有一组照片,有的我曾经见过:几年前美国第一艘疏散飞船在测试飞行中爆炸,某个流氓国家的领袖在电视上声称对此负责,美国大兵开进外国首都。

再往下是一篇短文:《美国科学家怀疑世界末日论》。爸爸说过,有些人宁愿相信世界末日的说法是假的,也不肯相信人类已经无能为力。

我盼着给爸爸挑一个圣诞礼物,但是妈妈并没有带我去电子市场买东西,而是去了一个我从没去过的城区。妈妈拿出手机说了几句,说的是英语。我抬头看着她,有点诧异。

面前的建筑物上飘扬着巨大的美国国旗。我们在里面的一间办公室坐下,一个美国人走进来,满脸沮丧,尽管他极力掩饰着。

"铃……"他叫了妈妈的名字,欲言又止。这一个简单的音节,充满了惋惜和渴望,暗示着一段复杂的往事。

"这是汉密尔顿博士。"妈妈介绍道。我点点头,主动和他握了握手,就像电视上的美国人一样。

妈妈和汉密尔顿博士说了一会儿话,她开始抽泣,博士尴尬地站着,像是想要拥抱她,却又不敢。

"你留下来,跟着汉密尔顿博士。"妈妈对我说。

"什么?"

妈妈抚着我的肩膀弯下腰来,看着我的眼睛,"美国人在地球轨道上有一艘秘密飞船,这是战争前他们唯一发射成功的飞船,汉密尔顿博士设计的。他是我的……老朋友,可以带一个人登船,这是你唯一的机会。"

"不,我不走!"

妈妈还是打开门往外走,汉密尔顿博士则紧紧抱着我。我使劲地踢打,大声哭叫。

门外站着爸爸。我们都呆住了。

妈妈突然放声大哭。

爸爸拥抱了她,我从没见过爸爸拥抱妈妈,这看起来像美国人的动作。

"对不起!"妈妈已是泣不成声,一直说着对不起。

"没事的,"爸爸说,"我明白。"

汉密尔顿博士放开了我,我扑进爸妈的怀里,用力抱紧他们。

妈妈看着爸爸,她没有说话,目光中却饱含了千言万语。

爸爸的面容柔和起来,像一座活过来的蜡像。他叹了口气,看着我。

"你不害怕,对吧?"

我点头。

"那你可以上路了。"爸爸看着汉密尔顿博士的眼睛,"谢谢你照顾我儿子。"

妈妈和我看着他,都很惊讶。

蒲公英,

秋暮瑟瑟风,

敢播天涯中。

我点点头,装作听懂了的样子。

爸爸一把抱住我,很用力。

"记住你是日本人。"

他们走了。

"太阳帆被什么东西击穿了。"汉密尔顿博士说道。

挤在这个狭小房间里的都是高级指挥人员——除了明迪和我,因为我们算是知情人士。现在不是让其他乘员恐慌的时候。

"这个破孔让飞船发生了倾斜,偏离航线。如果不补上它,破孔就会被太阳风撕裂得越来越大,整个帆面很快就会破裂崩解,'希望号'就会漂泊在宇宙中了。"

"有没有办法修好它?"船长问。

汉密尔顿博士,这个一直把我当儿子看待的男人,摇了摇他满是白发的头。我从没见过他如此绝望。

"破孔离太阳帆的中心结点有几百公里远,派人太空行走到那里要花上很多天,因为在帆面上无法走得太快——帆面太薄,造成新撕裂的风险太大。等我们的人到达破孔时,破孔可能已经大得补不上了。"

一切走远,万物消逝。

我闭上眼睛,想象着太阳帆的样子。帆面太薄了,如果不小心碰到,它很可能会破裂。太阳帆由复杂的折叠骨架系统支撑起来,这使得整个结构兼具刚性和弹性。我小时候曾经见过太阳帆在太空中展开的景象,就像妈妈给我做的折纸。

我设想着自己用系链反复钩住、松开骨架,借力掠过帆面的动作,就像蜻蜓点水。

"我能在七十二小时之内太空行走过去。"我说。所有人的目光都投射在我身上,我解释道:"骨架的结构我非常熟悉,我这十几年来每天都远远地盯着它们看,我能找到最短的路径。"

汉密尔顿博士充满疑虑,"这些骨架设计时没有考虑太空行走的要求,我从没设想过这种情况。"

"那我们就现在设计,"明迪说,"我们是美国人,见鬼,我们从不轻易放弃。"

汉密尔顿博士抬起头来,"谢谢你,明迪。"

我们制订计划,权衡利弊,大声争吵,忙了一整夜。

从居住舱沿着长缆攀爬向太阳帆的过程艰苦而冗长,我花了将近十二个小时。

我现在的样子看起来就像我名字的第二个字。

"翔",意思是不扇动翅膀的飞行。看到左边的部首了吗?那就是我,用头盔上的一对触角绕在长缆上。我的背上是翅膀——实际上应该说是助推火箭和附加燃料罐,推动我缓缓前进,去往光洁而纤薄的穹顶,那面挡住整个太空的太阳帆。

明迪通过无线电跟我聊天,我们互相说着笑话,分享着小秘密,设想着将来要做的事。当我们没什么可说时,她就唱歌给我听,目的是帮我保持清醒。

"われわれはほしのあいだにきゃくにきて。"

爬过长缆其实算是简单的部分了。沿着太阳帆错综复杂的骨架穿越帆面,行走到破孔的位置要难得多。

我离开船舱已经三十六个小时了,明迪的声音既疲惫又衰弱,偶尔还打个哈欠。

"睡吧,宝贝。"我轻轻对她说。我也累坏了,真想闭上眼睛,哪怕只有一小会儿。

夏夜,我走在小路上,父亲走在我的身边。

"我们生在一个满是火山、地震、台风和海啸的地方,大翔。我们总是面临各种威胁,就像悬浮在星球表面的狭长陆地,下面是沸腾的岩浆,上面是冰冷的真空。"

我的思绪又回到宇航服里,在此孤身一人。半梦半醒的一瞬间,我让背包撞到了太阳帆的一根横梁,差点撞掉一个燃料罐,幸好我及时抓住了它。为了让我的速度更快些,我携带的装备尽可能地少而轻便,因此没有任何出错的余地,我什么东西都不能丢。

我努力驱除梦境,继续前进。

"正是这种对死亡紧邻和一瞬之美的领悟,使我们坚韧不拔。物哀,我的孩子,是人和宇宙的共鸣,这是我们民族的灵魂,让我们经受住了核爆,经受住了地震,经受住了海啸,经受住了死亡的考验,而没有绝望。"

"大翔,醒醒!"明迪带着哭腔不顾一切地喊着。我突然惊醒,我是有多久没睡觉了? 两天,三天,还是四天?

太空行走大约还剩最后五十公里,我必须放开太阳帆的骨架,全部靠助推火箭来控制位置。在亚光速状态下飞越太阳帆表面，光是想想就让我头晕不已。

父亲忽然又出现在我身边，他悬浮在太阳帆下面，我们在下围棋。

"看看棋盘的东南角，发现你的棋要被截成两段了吗？我的白子很快就能围住你，吃掉整条大龙。"

我看着父亲的指向，果然非常危险。我忽略了一个断点，原本以为连成一片的大龙其实是两块孤棋，中间漏了一个洞。我的下一手棋必须补上这个致命的断点。

我赶紧摆脱幻觉。我必须完成任务，然后才能睡觉。

我到了。在我的面前，是太阳帆上的洞。飞船在高速航行时，一小粒躲过离子护盾的宇宙尘埃都可能造成毁灭性后果。破孔已经开始撕裂，残缺的边缘在太阳风和宇宙射线的推动下轻轻飘着。虽然单独的一个光子非常渺小，微不足道，几乎没有质量，但聚集在一起却可以推动巨大的太阳帆，带着一千个人远航。

宇宙真是令人惊叹。

我拿起一枚黑子，准备补上断点，把两片孤棋合二为一。

棋子变回了我背包里的修理工具。我操纵助推器，悬停在破损的位置。透过破孔，我能看到飞船前方的星星，飞船上的人们已经很多年没见过这片星空了。我想象着，终有一天，在其中一颗星星周围，融合为一个新民族的人类将从近乎灭绝的困境中复兴，重新振作,再次繁荣。

我小心翼翼地把修补带粘在太阳帆的破损处,然后打开喷枪,对着修补的地方加热。我能感觉到修补带在熔化,慢慢扩散开,与帆面的碳氢化合物融合在一起。等这一步完成,我就可以用银原子蒸汽重塑光亮的反射层了。

"有效果了。"我对着麦克风说,那边隐约传来庆祝的声音。

"你是个英雄。"明迪说。

我笑了,觉得自己就像漫画里巨大的日本机器人。

喷枪发出噼啪的声音,燃料用完了。

"看仔细了,"爸爸说,"你想用这手棋补断点,可这是你真正想要的吗?"

我使劲摇晃连着喷枪的燃料罐,真的空了。这正是撞到横梁的那个燃料罐,撞击肯定导致了泄露,燃料无法完成修补工作了。修补带在空中轻轻飘动,破损只补了一半。

"马上回来,"汉密尔顿博士说,"等补充好燃料,我们再试一次。"

我已经精疲力竭,不管我怎么努力,我都不可能在短时间内赶回去。等我再往返一次时,谁知道破口会撕裂成多大?汉密尔顿博士一定比我还清楚这一点,他只是想让我快点回到温暖、安全的舱内。

我背上的燃料罐里还有燃料,是供我返程时用的。

父亲的面孔写满了期望。

"我看见了，"我慢慢说道，"如果我用这手棋补了断点，就没有机会保住东北角那小块棋了，你会吃掉它们。"

"一手棋是不能下在两个地方的，你必须做出抉择，儿子。"

"告诉我该怎么做。"

我看着父亲的脸，想找到答案。

"看看你周围。"爸爸说。我看到了妈妈、前田太太、首相、久留米的邻居们，看到了所有一起等待的人，在鹿儿岛，在九州，在日本，在整个地球上，在"希望号"上。他们期待地看着我，等着我做出抉择。

爸爸的声音轻轻响起：

熠熠星，

往来皆过客，

挥别笑留名。

"我有办法了。"我告诉汉密尔顿博士。

"我就知道你一定会有办法的。"明迪骄傲又高兴地说。

博士沉默了一会儿，他知道我在想什么，"大翔，谢谢你。"

我把喷枪从空燃料罐上摘下来，接到我背后的燃料罐上。喷枪明亮的火焰燃烧起来，像一把锋利的刀。我排列着面前的光子和原子,把它们编织成坚韧的网。

大帆背后的星空又被遮了起来,帆面变回了完美的镜面。

"纠正航线吧," 我对着麦克风说,"结束了。"

"明白。"汉密尔顿博士说。他极力掩饰着声音中的悲伤。

"你快点回来," 明迪说,"如果我们现在纠正航线,你就没办法在骨架和长缆上固定自己了。"

"没事的,宝贝," 我对着对讲机轻轻说着,"我回不去了,燃料不够了。"

"我们去接你!"

"你们没办法用我的速度通过骨架," 我温柔地告诉她,"没有人像我一样熟悉骨架的结构,等你们到我这里时,我的氧气已经用完了。"

我等她沉默下来,"我们不要说伤心的事了,我爱你。"

我关掉无线电,飞向深空,以免他们进行白费力气的营救行动。我不断下坠,离太阳帆的顶盖越来越远。

我看着太阳帆慢慢离去,揭开了群星的面纱。昏暗的太阳也只是星星之一,不升,不落。我独自漂泊在群星之中,也成了其中的一员。

一只小猫在轻舔我的内心深处。

我用这手棋补了断点。

如我所料,东北角的棋子被爸爸吃掉了,漂泊在棋盘之外。

但我的大部队安全了,它们将来甚至还会发展壮大。

"可能围棋里也有英雄。"博比的声音说道。

明迪说我是个英雄,但其实我只是一个简单的人,在正确的时间,出现在正确的位置。汉密尔顿博士也是英雄,因为他设计了"希望号"。明迪也是英雄,因为她让我保持清醒。我的母亲也是英雄,因为她忍受离别之苦让我活下来。我的父亲也是英雄,因为他教会我做正确的事。

所有人的命运交织成一张网。我们生命的意义,由各自在网中坚守的位置来定义。

我面前的棋盘渐渐模糊,棋子融为一体,变成流逝的生命和悸动的呼吸。"单独的棋子不是英雄,但所有的棋子在一起,就是英雄。"

"真是美好的一天,不出去走走吗?"爸爸说。

我们一路走下去,记忆融入了每一叶芳草,每一滴露珠,每一道残阳的如血光芒,无限美好。

人之涛

The Waves

面　团译

2012 年首次发表于《阿西莫夫科幻杂志》（ *Asimov's Science Fiction* ）

在这儿，他们活在标准时间里，在原子和星星的时间里。

很久以前,天与地刚分开。女娲在黄河岸边漫步,细细感受着脚下黄土地的肥沃。

在她周围,彩虹般的花朵争相绽放,一如美丽的东方天际——那里,女娲曾用融化的七彩石修补被共工打破的天穹。鹿群与牛群在平原上奔跑而过,金色的鲤鱼和银色的鳄鱼在河中嬉戏。

女娲独自一人。没人与她交谈,也没人和她一起欣赏这份美景。

她在黄河边坐下,舀起一捧泥,开始雕塑。不一会儿,她便用薄竹片仔细刻出一个缩小版的自己:圆圆的脑袋,修长的身躯,长长的胳膊和腿,纤细的手指和小小的手掌。

她把这个小泥人捧在手心,举到嘴边,将生命的气息吹了进去。于是,泥人有了呼吸,在女娲手中动了起来,发出牙牙学语声。

女娲笑了。她从此不再是孤单一人。她把小人儿放在黄河岸边，又舀起一捧泥，再次开始雕塑。

人从泥土中创造而出，注定重归于泥土。

"然后呢？"一个带着困意的声音问。

"明晚我再接着讲。"麦琪·赵说道，"该睡觉了。"

波比五岁，莉迪亚六岁。麦琪帮孩子们披好被子，熄灭卧室的灯，随手关上了身后的门。

有那么一阵子，她站着一动不动，倾听着，仿佛听到了光子流从光滑的旋转船体外壳淌过的声音。

巨大的太阳帆在空寂的宇宙中悄无声息地扬起，带动"海洋泡沫号"年复一年地加速，按螺旋路线驶离太阳，直至太阳变为一颗越来越小的暗红色落日。

你该过来看一下。麦琪的丈夫乔奥是飞船大副，此刻，他在她的脑中轻声说道。他们通过一块植入脑部的迷你光学神经接口芯片进行对话。芯片能够利用光脉冲刺激脑皮质层语言处理区改良过的神经元，使得这种信息交互就像真正的对话那样清晰真实。

麦琪偶尔会将脑中的芯片想象成某种微型太阳帆，光子打在帆上，激发出思想的火花。

对于这项技术，乔奥则没有此类浪漫的设想。即使在手术过后十年，他仍不喜欢这种彼此存在于对方脑中的感觉。他明白这种通信系统的好处：即时、畅通；但他却觉得这种沟通方式十分粗糙、陌生,似乎人类正在一点点被改造成电子人、机器人。因此,除非事出紧急,否则他绝不会使用。

我马上就到。麦琪说完,快步走向离飞船中心更近的科研层。在这里,舱体转动模拟出的重力要小一些,移民们常常开玩笑说,实验室的选址有助于大脑思考,因为在这里,脑部能涌入更多的含氧血。

麦琪·赵之所以被选中进入移民团,不仅仅因为她是自给生态系统方面的专家,还因为她年轻,可以生育。以飞船低比例光速的航行速度,即使考虑到适度的时间膨胀效应,到达室女座 M61 也要四百年时间(根据飞船所取的参照系)。这就要求移民团必须有规划地繁衍子嗣,以保证在未来的某一天,后代们能把船上最初的三百名探险者的记忆带到外星球。

她在实验室见到了乔奥。乔奥什么也没说,直接递给她一块显示板。他从不急于就某事发表自己的意见,而会留出时间让她自己得出结论。多年前他们刚开始约会时,这个第一印象就让她很喜欢。

"太意外了。"她说道,眼睛扫过文件摘录,"这是十年来,地球第一次尝试联系我们。"

"海洋泡沫号"是个愚蠢的项目,是无能政府的一次宣传性举措——地球上不少人抱持这种观点。在人类正死于饥饿和疾病时,向太空派出一支耗时数世纪的移民团能解决什么问题?飞船发射后,和地球的通信一直保持在最低限度,不久前,连这点联系也被切断了。因为新上台的政府不想为那些昂贵的地面天线继续支付费用——也许他们宁愿忘记这一船傻瓜。

而现在,他们却跨过虚无的太空传来了信息。

随着她读完剩下的消息,她的表情从兴奋逐渐转变为难以置信。

"他们说,永生的馈赠应当由全人类一起分享,"乔奥说道,"即使是最远方的游子。"

这段消息描述了一种全新的医学手段。一种微小的改良病毒——某些人更愿意理解为分子纳米计算机——在人体细胞内复制,依附于 DNA 的双螺旋链条,修复基因损伤、抑制某些基因片段、过表达①其他的一些片段,产生的效果是细胞终止老化,人不再衰老。

人类将再也不必死亡。

麦琪看着乔奥的眼睛,"我们在这儿能复制那种医学手段吗?"我们会活着到达另一个世界,呼吸到没循环过的新鲜空气。

"是的。"他说道,"需要花点时间,但我确信一定能复制出来,"接着他却犹豫道,"但孩子们……"

波比和莉迪亚并不是自然受孕的孩子,而是一系列精心筹算

---

① 基因过表达是指,该基因被过度的转录、翻译,最终基因表达产物超过正常水平。

相互作用后的产物,包括人口规划、胚胎筛选、基因健康检查、寿命估算及资源消耗与再生比率。

"海洋泡沫号"上的每一克物质都被计算在内。船上的资源足够维持稳定数量人群的生存,却容不下一点错误。孩子们何时出生均有安排,如此,他们才有足够的时间从父母那里学到一切,待父母安息后(后事自有机器打理),接替父母的岗位。

"……他们将是我们着陆前最后一批出生的孩子。"麦琪顺着乔奥的思路说了出来。"海洋泡沫号"可以支持由精确比例的成人和孩子构成的人口,其物资、能量以及其他数以千计的参数都与这一比例息息相关。虽然设计时加入了安全系数,但如果人口完全由年轻力壮、永生不死的成年人构成,飞船将无法满足他们对能量的需求。

"或者我们老死,让孩子们长大;"乔奥说道,"或者我们不死,让他们永远只是孩子。"

麦琪不语,想象着孩子们在植入抑制生长发育的病毒之后,几个世纪里他们将一直保持孩童状态,而且不会有后代。

直至她终于想到了什么。

"这就是地球突然重新联系我们的原因。"她说道,"地球也不过是条更大的船,如果没有死亡,地球终将人满为患。当前,地球上没有什么能比这个问题更为紧迫了。他们不得不继我们之后进入太空。"

你想知道为什么关于人类的起源会有那么多故事？因为每个真实的故事都有不同的版本。

今晚，我再给你讲一个。

从前，世界曾被居住在奥蒂尔斯山的泰坦们统治着。其中，最伟大、最勇敢的泰坦叫作克罗诺斯，他曾带领泰坦们反抗他的父亲——暴君乌拉诺斯。克罗诺斯杀死乌拉诺斯后，成了众神之王。

随着时光流逝，克罗诺斯也像他的父亲一样，变成了暴君。也许是害怕父亲的遭遇会在自己身上重演，一旦有孩子出生，他便将他们全都吞进肚子。

盖亚——克罗诺斯的妻子——又诞下一子，取名宙斯。为了保住儿子，盖亚用毯子裹住一块石头，谎称是新生的婴儿，骗克罗诺斯吞了下去。

刚出生的宙斯被她送到了克里特岛，在岛上喝羊奶长大成人。

别做鬼脸！要知道羊奶还是蛮好喝的。

当宙斯终于准备面对自己的父亲时，盖亚给克罗诺斯喂下苦酒，使他吐出了吞入肚中的孩子——他们是宙斯的哥哥和姐姐。十年里，宙斯为反抗他的父亲，带领奥林匹亚诸神（宙斯的兄弟姐妹）和泰坦们浴血奋战。最终，新神战胜了旧神，克罗诺斯和泰坦们被投入了暗无天日的塔耳塔罗斯。

后来，奥林匹亚诸神有了自己的孩子——宇宙的规律本是如此。宙斯也有了很多孩子,有些是神,有些不是。女神雅典娜是他最宠爱的孩子,她诞生于宙斯的头脑,由宙斯的思想孕育而出。关于他们的故事也有很多,我们下次再讲。

有几位泰坦因为没站在克罗诺斯一边,被免于责罚。其中一位叫普罗米修斯,他用黏土创造了一个新种族。据说当时,他俯下身子,低声说出智慧之语,赋予了他们生命。

我们无从得知他对新生灵,即我们人类说了什么,但这位神在有生之年目睹了儿子反抗父亲,看到了新一代的出现总会取代老一代,每次世界都会焕然一新,我们大概能猜到他讲了什么。

"反抗吧。唯一不变的是改变。"

"死亡是容易的选择。"麦琪说道。

"也是正确的选择。"乔奥说道。

麦琪本想将他们争论的战场局限于脑中,但乔奥拒绝了。他要说出来,用唇,用舌,用空气振动发声,用传统的方式。

建造"海洋泡沫号"时,每一克不必要的物质都被剔除了,所以墙体很薄,房间格局很紧凑。麦琪和乔奥的声音回荡在甲板和大厅间。

飞船上的所有人——那些正在脑中进行着同样争吵的其他家庭——全都停了下来,听着他们的争辩。

"老一代必须死,才能为新一代腾出位置。"乔奥说道,"你报名参加移民团时,就知道我们不会活着看到'海洋泡沫号'着陆。继承新世界的注定是我们孩子的孩子,若干代后代。"

"我们可以选择自己降落到新世界,不必将所有的累活都留给未出生的后代。"

"我们需要把有活力的人类文化传递到新殖民地。我们尚不知这种治疗的长期隐患,比如会对人的心理健康……"

"那么,就让我们去完成我们的使命:探险。让我们搞清楚……"

"如果我们屈服于这种诱惑,最后抵达新家园的,将是一群守着旧地球陈腐思想、四百岁的怕死的老古董。对孩子们,我们该怎么教会他们牺牲的价值、英雄行为的意义,还有新生? 我们几乎连人都不是了。"

"从同意参加这次任务起,我们就已不再是人!"麦琪停了一会儿,让自己的声音平静下来,"面对现实吧,生育分配筹算不在乎我们,也不在乎我们的孩子。我们只不过是把经过安排的最优基因组合运送到目的地的容器而已。你真的希望一代又一代的人在这里生老病死,除了这个狭窄的铁试管外什么也不知道? 我对'他们'的心理健康表示担忧。"

"死亡对人类种族的成长至关重要。"乔奥的声音充满信仰,她能听出他语言中的期望:他希望她也有同样的信仰。

"死亡能够保持人性——那只不过是哄小孩子的神话。"麦琪看着丈夫,她的心一阵绞痛。他们之间出现的分歧,如同时间的膨胀效应一样,不可抗拒。

她通过脑芯片对他说话。她构思出的想法,转变成光子,冲击着他的大脑,设法照亮两人间的裂隙。从我们向死亡让步的那一刻起,我们就不再是人。

乔奥回头看着她。他什么也没说,无论是用芯片还是嘴。这是他表达态度的方式。

他们就这样待了很长一段时间。

起初,上帝造人,人与天使一样长生不死。

在亚当和夏娃吃下善恶树上的果实之前,他们不会变老,也从不生病。白天,他们在伊甸园里耕种;夜晚,他们享受彼此的陪伴。

对,我想伊甸园有点像水培层。

有时候,天使们会拜访他们,还有——据弥尔顿①所说(那孩子生得晚了些,所以作品没收录在《圣经》里)——亚当和夏娃无话不谈,无事不想,比如:是地球围着太阳转,还是太阳围着地球转?其他星球上有生命吗?天使做爱吗?

噢,我没开玩笑。你可以在电脑里查查。

因此,亚当和夏娃永远年轻,永远充满好奇。他们不需要死亡带给他们生活目标、激励他们学习、工作,赋予他们存在的意义。

---

① 约翰·弥尔顿(John Milton,1608—1674),英国诗人,代表作为《失乐园》。

如果这个故事是真的,那么,人类本来是不需要死亡的。而分辨善恶的知识实际上就是忏悔的知识。

"你知道一些很奇怪的故事,曾祖母。"六岁的莎拉说道。

"都是些老故事啦,"麦琪说道,"我还是个小女孩的时候,我的祖母给我讲过许多故事,我也读过很多书。"

"你想让我和你一样永远活着,不用像我妈妈那样变老死去吗?"

"我不能告诉你怎么做。等你再长大一些,你需要自己去辨别和选择。"

"就像是分辨善恶?"

"大概是吧。"

她弯下腰,吻了她的曾曾曾曾——她早已记不清是第几代了——孙女,动作尽量轻柔。就像所有在"海洋泡沫号"的低重力环境下出生的孩子一样,莎拉的骨骼跟鸟儿一样,单薄且纤细。麦琪熄掉夜灯后离开了。

再有一个月,麦琪即将度过四百岁生日,但她看起来仿佛只有三十五岁。通信完全中断前,地球给移民们最后的礼物——青春之泉的配方——效果非常好。

她停下脚步,深吸了一口气。一个约十岁大的男孩,正在她的房间门前等她。

波比。她叫道。除了年纪特别小的孩子没有移植芯片,现在移民们的交流全靠思维而不是语言。这样更快,也更保密。

波比看向她,没说话,也没传递想法。他跟他父亲的相似程度让她惊讶:表情一样,举止一样,甚至连用沉默表达态度的方式都一模一样。

她叹了口气,打开房门,跟他走了进去。

还有一个月。波比说道。他坐在沙发沿上,这样脚不会晃荡。

飞船上的每个人都在倒数着日子。一个月后,他们将进入围绕室女座 M61 转动的第四颗行星的轨道,到达他们的目的地——新地球。

我们降落后,你会改变主意吗?她迟疑了片刻,又继续说,改变自己身体状态的这件事?

波比摇了摇头,他的脸上露出一丝孩子气的任性,妈妈,我在很久前就打定主意了。管他呢,我喜欢我现在的样子。

当年,"海洋泡沫号"上的成年男女最后一致同意,由个人决定自己是否青春永驻。

飞船的封闭生态系统计算方法冷酷无情,这意味着,有一个人选择永生,就得有一个孩子不能长大,直至船上有其他人决定变老死去,为孩子的成长腾出空位。

乔奥决定变老死去,麦琪则选择保持青春。那时候,他们一家子坐在一块儿,气氛好似父母向孩子们通报离婚。

"你们中有一个会长大。"乔奥说道。

"哪一个?"莉迪亚问。

"我和妈妈认为,应该由你们自己决定。"乔奥回答,他朝麦琪看了一眼,麦琪勉强地点了点头。

麦琪始终觉得,丈夫把这种选择摆在孩子们面前,未免太不公平,太过残酷。孩子们甚至不明白这到底意味着什么,又怎么选择是否要长大?

"没什么不公平,我们也是自己决定是否长生不老。"乔奥说道,"我们也不知道这到底意味着什么。让孩子们做选择的确不人道,但帮他们做决定只会更残酷。"麦琪不得不承认,他说得有道理。

此情此景就像他们在逼问孩子,父母离婚之后是跟爸爸在一起,还是跟妈妈在一起。真是个恰当的比喻。

莉迪亚和波比彼此对看,似乎达成了一个无声的约定。莉迪亚站起来,走向乔奥,拥抱了他。与此同时,波比也走过去拥抱了麦琪。

"爸爸,"莉迪亚说道,"等我长大了,我会做出和你一样的选择。"

然后,莉迪亚和波比交换位置,再一次拥抱了父母,假装一切如故。

对于那些拒绝接受治疗的人,他们的生活则按计划进行。随着乔奥渐渐变老,莉迪亚也慢慢长大了,从害羞的少女成长为美丽的女人。她从事工程方面的工作,正如能力倾向测验对她的预测一样,她发现自己真心喜欢上了凯瑟琳——一位腼腆的医生——电脑为她推荐的良配。

"你愿陪我一起变老吗?直到生命凋零?"一天,莉迪亚向红着脸的凯瑟琳求婚。

接着,她们结婚了,也有了两个女儿——以等到她们离开人世时接替她们。

"选了这条路,你后悔过吗?"乔奥曾这样问她。那时他已经年老体衰,病得很严重。电脑会在两周后对他用药,让他陷入长眠,不再醒来。

"不。"莉迪亚说道,双手握着他的手,"我不介意为新事物做出让步。"

可是,谁说我们自己不是"新事物"呢?麦琪想。

某种程度上,她的主张正在不断取得那场争论的胜利。多年过去,越来越多的移民选择加入长生不老的行列。而莉迪亚的后代却一直固执地不肯加入。莎拉是船上最后一个没接受过治疗的孩子。麦琪知道,等莎拉长大,自己会想念每晚给她讲故事的时光。

波比的身体定格在十岁。与其他长不大的孩子一样,他们想融入移民的生活并不容易。他们有数十年——有的甚至有上百年——的经验,却保持着孩子的身体和大脑。他们拥有大人的知识,却只有孩子的心智和情感。他们是大人,但同时也是孩子。

他们在飞船上的角色激发了很多矛盾。偶尔,想长生不老的父母会因自己孩子的要求而停止不朽。

但波比从未要求长大。

我的大脑具有十岁儿童的可塑性。我为什么要放弃这个优势呢?波比说。

麦琪不得不承认,和莉迪亚及其后代一起,自己总是更加放松。即使他们全和乔奥一样选择了自然死亡。这似乎是对她的一种变相指责。她却愈加清楚地发现,自己能够理解他们的选择,融入他们的生活。

至于波比,情况恰恰相反,她无法想象他的脑袋里在思考什么。有时候,她甚至觉得他有点讨厌。可仔细想想,他不过是做了和她一样的决定。她意识到自己有些虚伪。

但你将失去长大成人的经历,她说道,也不会知道如何作为一个男人去爱。

波比耸了耸肩,不曾拥有,何来失去。我能快速学会一门语言。对我而言,接受新的世界观很容易。我一直喜欢新事物。

波比将交流方式转为开口说话,他孩童般的声音中满是激动与渴望,"如果我们遇到了新生命和新文明,会需要我这样的人,永远也长不大的孩子,心无畏惧地去学习和了解他们。"

麦琪很久没真正听过儿子的声音了。她很感动,点头接受了他的选择。

波比的脸舒展开来,这个比古往今来所有人都要见多识广的孩子,露出了一个十岁男孩的甜美笑容。

"妈妈,我会得到那个机会的。我来就是告诉你,我们已经收到了对室女座61e第一次精密扫描的结果——它适合居住。"

在"海洋泡沫号"下方,一颗行星缓慢地转动着。星球表面被一张网格覆盖,网格由五边形和六边形的斑块组成,每个斑块都横跨数千公里。斑块的颜色有一半是曜石黑,剩下的为皮革褐。室女座61e让麦琪联想到了足球。

在飞船的停泊港中,麦琪注视着站在她面前的三个外星人:每个都有六英尺高,筒形的金属身体分成几段,由四条细如木棍的多关节足肢支撑。

当他们刚刚飞近"海洋泡沫号"时,移民们还以为他们是小型侦查船。经过扫描,确认船体内没有任何有机物之后,移民又以为他们是无人探测器。最后,他们径直飞到了飞船的摄像头前,伸出手,轻轻地敲了敲镜头。

没错,手。每具金属身躯的中部,都有两只弯曲的长胳膊,手位于胳膊末端,纤柔灵巧,由上好的合金网制成。麦琪低头看了看自己的手。外星人的手看起来和她的并无二致：四根修长的手指与拇指相对，都长着灵活的关节。

总之，这些外星人让麦琪想到了机械怪物。

外星人身躯顶部正中央的圆形突起处，分布着一簇玻璃棱镜，类似于昆虫的复眼。除了眼睛，这个"头"还覆盖着一组密集的针网阵列。阵列固定于传动装置上，以海葵触手般的节奏律动着。

随着一丝涟漪泛过整个阵列，针尖逐次开始闪烁。一点一点地，针网阵列呈现出眉毛、嘴唇、眼皮……一张脸，一张人脸。

外星人开始讲话了。他们的语言听起来像是英语，但麦琪听不懂。外星语的音素像其针网阵列的变换方式一般难以捉摸，无法连贯成意。

是英语，波比对麦琪说，地球上经历了数世纪演变的英语。他在说"欢迎回归人族"。

外星人脸上的细针移动着，露出微笑。波比接着翻译：你们出发很久之后，我们也离开了地球，但我们的速度更快，几个世纪前，我们超过了你们。我们一直在等你们。

麦琪听得一阵恍惚。她环顾四周，很多老资格移民都被惊得目瞪口呆。

但波比——这个永远长不大的孩子——向前走去。"谢谢！"他大声说道，并报以微笑。

我给你讲个故事吧，莎拉。我们人类总是喜欢依靠故事来躲避未知的恐惧。

我已经给你讲过玛雅众神用玉米造人的故事。可是你知道吗？在那之前，他们试过其他的方法。

动物们最先出现：勇敢的美洲虎和美丽的金刚鹦鹉，扁扁的鱼和长长的蛇，巨大的鲸鱼和懒惰的树懒，鲜艳的鬣蜥和敏捷的蝙蝠。

（我们等会儿可以在电脑上找找它们的图像。）但是，动物们只会大叫和咆哮，说不出造物神的名字。

于是，神用泥土捏出一种新的生灵。然而，泥巴人没法保持形状，泥脸会垮掉，泥身沾水即软，他们渴望重归故土——大地。除了毫无意义的咯咯声，他们不会说话。他们渐渐变得残缺不全，又无法以生育延续种族，于是便消失了。

神的第二次尝试最为有趣。他们造出了玩偶大小的木头侏儒。铰链连接的关节让他们的四肢活动自如。刀刻的脸让他们的嘴唇可以张开，眼睛可以闭合。这些不用线操纵的玩偶住在房子和村庄里，忙忙碌碌地开始了生活。

但神发现，木头人既没有灵魂也没有思维，他们没法正确地赞美他们的造物主。于是神降下了洪水，并叫森林中的动物攻击他们。待神的怒火平息后，木头人变成了猴子。

直到此时，神才将目光转向玉米。

很多人想知道,木头是否甘心输给玉米之子。也许它们还在阴影中等待着回归的机会,等待着造物主将一切扭转回去。

黑色的六边形斑块是太阳电池板,阿泰克斯解释道(共有三批移民团到达了行星室女座 61e,阿泰克斯是他们的领袖)。人类在这颗星球居住所需的能量全由电池板提供。褐色斑块是巨型计算阵列,是数以兆计的人类以数字虚拟模式居住的城市。

当初,阿泰克斯和其他移民到达时,室女座 61e 并不特别适宜地球生命。这儿太热了,空气中充满了毒素,而存在的外星生命,基本上都是极其致命的原始微生物。

但踏上星球表面的阿泰克斯和其他移民并不是人类——就麦琪对“人类”这个词的理解来说不是。他们的身体由金属而不是水合物构成,他们已经摆脱了有机生命体的限制。移民们迅速建立起锻造车间和铸造厂,很快,他们的后代遍布了整颗星球。

大多数时间,他们会选择融入“奇点”——由众城市连接而成的“世界之脑”——一个有机物与人造物的结合体。在那里,思想以量子计算的速度转动着,一秒钟后,已过无数纪元。在比特和量子位的世界,他们就是神。

偶尔,当他们感到想拥有身体(一种原始欲望)时,他们会选择成为个体,变为机器人形态,就跟阿泰克斯及其同伴一样。在这儿,他们活在标准时间里,在原子和星星的时间里。

灵魂与机器之间的界限已不复存在。

"这就是人类现在的样子,"阿泰克斯一边说,一边缓慢地转动着,向"海洋泡沫号"的移民们展示他的金属身体,"我们的身体由钢铁和钛制成,我们的大脑则由石墨烯和硅构成。我们几乎坚不可摧。瞧,我们甚至不需要飞船、太空服和一层层的防护就可以遨游太空。我们已经远远地甩开了脆弱的肉体。"

阿泰克斯和他的伙伴们注视着周围的古老人类。麦琪亦盯着他们黑色的棱镜,想知道这些机器人在想些什么。好奇? 怀旧? 怜悯?

当麦琪看清他们起伏的金属面孔时,她感到一阵战栗,血肉竟能被如此粗糙地仿制。她又看看波比,这孩子显得异常欣喜。

"如果愿意,你们可以加入我们,或者继续按原来的方式生活。当然,你们没体会过我们的存在模式,做决定会有些困难。但你们必须做出选择,我们不能为你们选择。"

新事物,麦琪想。

成为一个有思维的机器人,将被赋予结晶矩阵的严肃之美,享有无限的自由。与之相比,细胞生命则有着种种麻烦和缺陷。永恒的青春和不朽的生命也显得没那么有吸引力了。

最终,人类的前进方向偏离了进化之道,进入了智能设计的领域。

"我不害怕。"莎拉说道。

在其他人都离开后,她要求和麦琪单独待一会儿。

"你觉得乔奥曾祖父会对我失望吗?"莎拉问道,"我要做的选择和他所做的选择不一样。"

"我相信,他会希望你为自己做决定。"麦琪说,"人总在变化,无论是作为物种还是个体,所以我们也不知道,如果他面对和你一样的问题,会如何抉择。但不管怎样,永远不要让已经过去的往事替你选择。"

麦琪亲吻了一下莎拉的脸,然后松开手。一个机器人上前,从麦琪手中接过莎拉的手,把她带去改换形体了。

她是最后一个未经治疗的孩子,麦琪想,而现在,她即将第一个变成机器人。

虽然麦琪拒绝观看其他人的转换过程,但应波比的要求,她亲眼见证了自己的儿子被一块块替换的全部过程。

"你将不再会有孩子。"她说道。

"恰恰相反,"波比一边说,一边活动了一下新的金属手臂——比他原来的孩童小手要大得多,也有力得多,"我会有数不清的孩子,他们都出生于我的思想。"他的嗓音带着愉快的电子嗡嗡声,就和耐心的教学程序发出的声音一样,"正如我继承了你的基因,他们无疑会承袭于我的思维。将来,如果他们愿意,我还会为他们建造身体,就像我这具身体一样,功能强大而美丽。"

他伸出手,触碰到她的臂膀,冰凉而光滑的金属手指滑过她的皮肤,纳米结构的手与真手无异。她屏住了呼吸。

波比露出微笑,他脸上数以千计的细针欢快地泛起了涟漪。

她却不由自主地退缩了。

波比泛着涟漪的脸慢慢变得严肃、冷淡,然后毫无表情。

她读懂了他无声的责备。她有什么权利反感? 她也像对待机器一样对待自己的身体,虽然那是个由脂肪和蛋白质、细胞和肌肉构成的机器;她的思想也被保持在一具躯壳里,一具远超设计年限的肉体躯壳里。她和他一样"非自然"。

当她看着儿子远去的金属身影时,她还是哭了。

他再也不能流泪了,她不断地想着,仿佛这是造成他俩分离的唯一原因似的。

波比是对的。那些一直没长大的孩子更快地做出了变成机器人的决定。他们的思维更易变通,对于他们来说,从肉体变为钢铁只不过是一次硬件升级。

而最初的不朽者们反而犹豫不决,不愿舍弃过去,不愿舍弃那最后一点人性。但一个接一个地,他们最终也屈服了。

多年过去,麦琪一直是室女座 61e 上(也许是整个宇宙)仅存的有机体人类。机器人为她建起了一间特殊的房子,以隔绝星球上的酷热、毒气和片刻不停的噪声。她忙于浏览"海洋泡沫号"的档案,阅读其中记录的人类漫长的演变和消亡史。机器人极少打扰她。

一天,一个大约两英尺高的小机器人来到了她的房屋,然后犹犹豫豫地靠近她身边。

"你是谁?"麦琪问道。

"我是你的曾孙女。"小机器人回答。

"这么说,波比终于决定繁衍后代了。"麦琪说道,"他下决心可真花了不少时间。"

"我是父亲的第 5032322 个孩子。"

麦琪感到一阵眩晕。波比在变为机器人后不久,便决定毫无保留地融入"奇点"。他们之间已经很久没有交谈过了。

"你叫什么名字?"

"我没有你能理解的名字。但你何不称呼我为雅典娜呢?"

"为什么?"

"这个名字出自父亲在我小时候常常讲起的一个故事。"

麦琪看着小机器人,表情变得柔和起来。

"你多大了?"

"这个问题很难回答。"雅典娜回答道,"我们出生于虚拟世界,作为'奇点'的一部分,我们存在的每一秒钟由数以兆计的计算周期构成。在那种状态下,我一秒钟内想的东西比你一生想的还要多。"

麦琪看着她的曾孙女,一个新鲜出炉且闪闪发光的缩小版机械怪物。就多种标准而言,这个曾孙女比她年纪更大,更具智慧。

"那么,你为什么穿上这层伪装,让我以为你是个孩子?"

"因为我想听你的故事,"雅典娜说道,"古老的故事。"

还是有小孩子啊,麦琪想,还存在新事物。

为什么旧的不能再变成新的呢?

麦琪终于决定转变形态,与她的家人重聚。

最初,世界一片虚无,只有一条充满毒液的冰河横跨而过。毒液凝结,滴落,形成了巨人始祖——伊米尔,还有巨大的冰牛——奥都姆布拉。

伊米尔以奥都姆布拉的牛奶为食,长得十分强壮。

当然,你没见过奶牛。嗯,它是一种产奶的生物,如果你还……

我觉得,喝奶有点像吸收电能,在你还小的时候,只能一点点地吸收,随着你长大,吸收速度也会越来越快。

伊米尔不停地长啊长,直到最后,被古神三兄弟威利、维和奥丁杀掉。众神用他的尸体造出了世界:他的血液化作了温暖咸腥的海水,肉体化作了富饶肥沃的土地,骨骼化作了坚硬起伏的山脉,他的头发化为了摇曳的黑色森林。众神又用他的眉毛开创了米德加尔特——人类居住的领域。

伊米尔死后,古神三兄弟威利、维和奥丁沿着海滩散步。在海滩的尽头,他们遇到了两棵互相依偎的树。于是,三位神用两棵树的木头分别刻出两个人形。其中一位神将生命的气息吹入了人形,一位神将智慧赋予了人形,一位神将感官和语言赐予了人形。第一个男人和女人,阿斯克与爱波拉就这样出现了。

你不相信男人和女人曾经是树木做的?但你自己不是金属做的吗?谁又能说树木不能用来造人?

现在,我给你讲讲他们名字后面的故事吧。阿斯克源于梣树。这种树木质坚硬,可用来制作取火的钻木。爱波拉则源于榆树。这种树木质相对稍软,容易燃烧。实际上,钻木取火,直至引燃火焰的动作,让讲这个具有性暗示故事的人想到,也许性才是他们想讲的故事吧。

在以前,如果我如此坦率地跟你谈起性,你的祖先会震惊的。"性"这个词你还不能理解,但它已经失去了曾经的魅力。在我们找到永生的方法前,我们最为接近的不朽就是性和生育。

就像一座蓬勃发展的蜂巢,"奇点"开始将移民们连续不断地从行星室女座 61e 派出去。

一天,雅典娜来到麦琪跟前,告诉麦琪,她准备从"奇点"下载意识,带领她的移民团出发。

想到再也见不到雅典娜,麦琪感到一阵失落。我还能再爱一次,即使是作为机器。

为什么我不能跟你一起走呢? 她问道,和过去有些联系会对孩子们有好处。

听到她的请求,雅典娜的电流一阵跳动,喜悦向周围蔓延开去。

莎拉来和她告别,但波比没来。他从未原谅麦琪在他变成机器人那一刻所表现出的排斥。

即使不朽者也有后悔事啊,她想。

就这样,有一百万个意识进入了金属身躯,转变成了机器怪物。他们收紧手脚,形如璀璨的泪滴,像一群寻找新巢的蜜蜂,升上天空,一直向上飞去。

他们越飞越高,飞过了酸性大气,飞过了深红的天空,冲出了星球的引力井,在变化无常的太阳风气流以及银河系炫目的旋转臂的引导下,开始了横渡星海之旅。

他们飞过一个又一个光年,在群星的虚空间穿梭。有时,他们会路过被早期移民占据的星球。如今,这些星球已建起了自己的六边形太阳电池板阵列和嗡嗡叫的"奇点",一片繁荣。

他们向前飞去,继续寻找理想的行星——可以成为他们新家的新世界。

在飞行过程中,他们会紧挨在一起,抵御冰冷的太空。智慧、复杂性、生命、计算——所有的这一切,在伟大的永恒虚空前,都显得格外渺小和无关紧要。他们感到了遥远黑洞的吸引,看到了新星爆炸时的壮丽闪光。于是,他们彼此靠得更近,在他们共有的人性中寻求安慰。

移民们飞着飞着,陷入了半梦半醒间。麦琪给移民们讲故事,她如蜘蛛织网一般,在他们中间编织着自己的电波。

关于黄金时代有很多故事,大多隐秘而神圣。但有少数的故事流传了出去,这就是其中的一个。

当初,天空和大地已出现,大地和我们闪亮的钛合金身体表面一样平滑无奇。

但在地底,生活着圣灵,他们做着梦。

时间开始流动,圣灵们从睡眠中醒来。

他们来到地面,换上了动物的形态:鸸鹋、考拉、鸭嘴兽、野狗、袋鼠、鲨鱼……还有些圣灵竟然变成了人类的样子。他们的形态并不固定,能够随意改变。

他们游荡在大地上,大地随之改变。他们踩出了山谷,推起了高山,刮破地面形成荒漠,挖通大地使河流出现。

他们生下了孩子,不能改变形态的孩子:动物,植物,人类。这些孩子生于黄金时代,却不属于那个时代。

当圣灵们感到疲倦后,他们沉回了来时的大地。而他们的孩子则被留了下来,对黄金时代——时间出现前的那个时代,只剩模糊的记忆。

但谁说他们不会回到那种状态,回到能随意改变形态的年代,回到时间失去意义的年代?

然后,他们从她的故事中醒来,又进入了另一个梦。

有一瞬,他们停浮在宇宙虚空中,距目的地仍有数光年之遥。下一刻,他们周围则出现了闪烁的光。

不,准确地说并不是光。通过装在身上的棱镜,他们所能看到的光谱远比原始人类的眼睛能看到的更广。而这个环绕他们的能量场的振动频率远远超出他们视觉的极限。

能量场慢了下来,变得与麦琪及其他移民的潜意识频率一致。

没多远了。

一道思绪像海浪般冲击上他们的意识,他们所有的逻辑仿佛都在赞同地振动。这种想法既陌生又熟悉。

麦琪看向正在她身旁飞行的雅典娜。

你们听到了吗? 他们同时说道。他们的思维之絮互相轻轻触碰着。

麦琪向太空伸出了一丝思维,你们是人类吗?

一个持续了十亿分之一秒的停顿——以他们的思考速度,这似乎就是永恒。

我们很久没这么看待自己了。

接着,麦琪感觉到有一大堆想法、图像和感受从四面八方挤进了她的思维,简直让她不知所措。

在一纳秒内,她体验到了飘浮在气态巨星表面、加入了一场能吞没地球的大风暴的那种快乐。她知道了从恒星的色球层游过、在升起几十万里的白热气体和火焰上冲浪是什么样子。她感到整个宇宙都是自己的游乐场,却又有种无家可归的孤独。

我们出发在你们之后,却走在你们之前。

欢迎,古老的存在。现在没多远了。

曾经有一段时间,我们知晓许多创世纪的故事。每块大陆都非常广阔,上面住着很多人,每个人都在讲着他们的故事。

后来,很多人消失了,他们的故事也被遗忘。

而这个故事流传了下来。虽被扭曲,被破坏,但其中仍保留了一些事实。

起先,世界没有光,一片虚无,神灵居于黑暗中。

太阳最先醒来,他炙烤着大地,使得水汽蒸腾,升上天空。其他的神灵——人、猎豹、狮子、斑马、羚羊,甚至还有河马——也一一睡醒了。他们漫游在平原上,相互间兴奋地交谈着。

但不久,太阳落了下去,人和动物坐在黑暗中,害怕得一动也不敢动。只有当黎明重新到来时,大家才开始继续活动。

可是,人不甘于每晚的等待。一天夜晚,人发明了火,有了服从自己意愿的太阳,热和光。从那晚起,火让人永远地从动物中脱离了出来。

所以,人总渴望光,光赐予了人生命。终有一日,人将回归于光。

在夜间,他们围坐在火堆旁,互相给对方讲着真实的故事,一遍又一遍。

于是,麦琪选择变成光的一分子。

从她舍弃血肉之躯、离开家园,而后抛弃金属身躯起,已经过去了太长的时间。几百年? 一千年? 还是几十亿年? 这种时间计量单位已不再有任何意义。

如今,作为能量形式,麦琪和其他人一起学会了凝聚、延伸、闪烁和发散。她知道如何将自己停留在星星间,如何让意识如丝带般穿越时空。

她从银河系的一边跑到了另一边。

一次,她刚好从雅典娜的能量体中间穿过去。麦琪感觉这孩子就像一束快乐欢笑的光。

真好玩儿啊,曾祖母。有时间再来看我和莎拉吧!

麦琪想答应,但太迟了,雅典娜已经走远。

我想念我的金属身躯。

那是波比,遇到他时,他正徘徊在一个黑洞附近。

几千年过去,他们一直在视界外一起注视着黑洞。

这样很不错,他说道,但有时,我想我更喜欢我的旧躯壳。

你正在变老,她说道,和我一样。

他们互相紧紧拥抱,与此同时,那片宇宙区域像爆发了离子风暴一样短暂地亮了起来。

然后,他们彼此道别而去。

真是一颗美好的星球,麦琪想。

这是一颗小行星,多山,大部分被水覆盖。

她落在一座靠近河口的大岛屿上。

太阳悬于头顶,气候足够温暖,她能看到水蒸气从泥泞的河岸升起。轻轻地,她在冲积平原上滑行而过。

泥土太诱人了。她停了下来,开始压缩自己,直到能量体具备足够强度。她搅了搅河水,把一堆富饶肥沃的泥舀到了河岸上。然后,她将那堆泥塑成了人的样子:双手叉腰,双腿张开,圆圆的脑袋上有微微的凹口和突起,象征着眼睛、鼻子和嘴。

这是乔奥的塑像。她看了一阵子,伸手轻抚,而后把它留在太阳底下晒干。

环视周围,她看到了沾满透亮硅珠的草叶和尽力吸收阳光的黑色花朵。她看到了银色的东西从褐色的河水中穿过,金色的影子在靛蓝的天空掠过。远处,长着鳞片的巨型动物在慢慢移动,大声咆哮;而近处,间歇泉在河边喷发,一条彩虹出现在温暖的雾气中。

她独自一人。没人与她交谈,也没人和她一起欣赏这份美景。

她听到一阵紧张的摩挲声,于是找寻起声源。离河稍远处,是一片茂密的森林,林中的树长着三角形的树枝和五边形的叶子,一群头上长满钻石般眼睛的小生物正从林中向外张望。

一点点地,她飘近了那群生物。毫不费力地,她探进他们体内,抓住由一种特殊分子构成的长链条——它们的遗传物质——做了个小小的调整,然后松开。

那些生物奇怪地感到身体内部出现了变化,它们短促地叫着,然后飞快地跑掉了。

她没做什么大改变,只是一个小小的调整,一个朝正确方向进化的小小的推力。在她离开很久以后,这一改变会继续突变,而突变会积累下来。几百代后,这些改变将足以引发一个火花。这个火花会不断壮大,直到这些生物开始想到在夜晚有发光的太阳,想到取名字,想到对彼此讲述万物起源的故事。他们将有机会选择。

宇宙中的新事物。家庭中的新成员。

但现在,该返回星空了。

麦琪从岛屿开始向上飞去。在她正下方,一波一波的海浪拍打着海岸,后浪赶超着前浪,每次都能在沙滩上前进得更远一点。星星点点的海水泡沫溅了起来,乘风飘向未知的地方。

可数集

The Countable

萧傲然 译

2011 年首次发表于《阿西莫夫科幻杂志》（*Asimov's Science Fiction*）

世界似乎缺乏理性，
这在其他人看来却合情合理，但让他愤怒又沮丧。

这一刻会被大部分人看作理性时刻 ①,大卫想。

审讯室正是电视剧里刻画的模样：一片灰色,除了一张桌子和几把折叠椅外空无一物,日光灯发出明亮刺眼的光。但电视里从未提过地板散发出的消毒水味,它想掩盖每一个在这儿待过的人留下的挥之不去的绝望与汗味儿,却只是徒劳。

母亲坐在他旁边,轻声啜泣,坐在对面的女律师在和她说话。母亲或许认为她们讨论的事情十分重要,律师的建议也很有道理,但大卫并不是特别在意她要说的话。时不时地,她们的只言片语会闯入他的意识,他只是任其如池塘上的落叶般飘走。

……进行心理评估……在青少年犯罪的框架内……

他没有看律师的脸,他很少能够通过人们的脸得到任何有用

---

① 英语中"理性"与"有理数"皆为 rational,"非理性"与"无理性"皆为 irrational,在文中形成呼应。

的信息。相反,他对律师蓝色夹克上的扣子很感兴趣。三颗黑色的大纽扣,上下两颗是圆形,中间的是正方形。

……有点奇怪……安静、害羞、温和……

他并不焦虑。当时,门外的警笛声越来越响,他母亲打开前门,警灯闪烁的光洒进客厅里,他却只是坐在沙发上等着,一点也不害怕。而母亲一脸惶恐和困惑,小婴儿察觉到了她的焦虑,哭出了声。大卫抱起婴儿,试图跟她解释没什么可哭的。"大部分时刻都是非理性的,"他轻声对她说,"这一刻也不例外。"

……尚未确诊……高功能自闭症……虐待的痕迹……

设计者或许打算使正方形纽扣与圆形纽扣的大小一致,这是个由来已久的难题:化圆为方[①]。他想知道该设计是不是故意开的一个玩笑,但他有些怀疑。别人的幽默常常让他不解。也许设计者同他一样对这个问题很感兴趣,故以此来诠释数学的朦胧之美。

……诉状……预审听证会……正当防卫……专家证人……

要想化圆为方当然不可能。要做到这一点,就需要圆周率的平方根,但是圆周率不是有理数。它甚至不仅仅是无理数。它不是可造数。它也不是代数数,因此,无法作为直角坐标系里的某条多项式曲线的根。它是超越数。然而数千年来人们像傻子似的前仆后继,想化不可能为可能。

---

① 此处为双关语。在英语中,"化圆为方(squaring the circle)"同时还表示"无法做到的事情"。

他已厌倦了追求不可能的事,厌倦了让世界变得理性的尝试。

几乎世上所有的数字都是超越数,就像圆周率,只是大部分人对此毫不关心。有理数占据了人们的视野,尽管它们仅仅是超越数海洋里寥寥无几的几座小岛。

他任由自己的思绪游离到现实之外。这些所谓的理性时刻很难引起他的注意,它们只是生命中很小的一部分。

从记事时起,他就和别人合不来。他自认为能领会别人说的话,但结果并非如此。有时候,话语的含义与词典里的意思恰恰相反。尽管他全神贯注地倾听,小心翼翼地说话,人们却无缘无故地生起他的气来。没有人接纳他。世界似乎缺乏理性,这在其他人看来合情合理,但让他愤怒又沮丧。然后,他就和别人打了起来,当然打不赢,因为他压根儿不知道打架的原因。

"这话是什么意思?"贝蒂问,"你是说大卫有毛病吗?"大卫感觉到母亲抓紧了他的手。母亲同样不理解校长的话,这让他感到高兴。

"呃,准确地说,也不是什么毛病。在与同龄人建立感情这方面大卫存在困难,他对什么都太当真,所以——我们认为他应该接受恰当的心理评估。"

"他没什么毛病。"贝蒂说,"他只是太害羞了。他父亲过世了,换谁都会有点难以承受。"

　　渐渐地,他开始明白人们同时进行两种形式的交谈:一种是语言;另一种是一些看似无关紧要的信号——嗓音透露的言外之意、偏头的角度、瞥眼的方向、交叉的腿、抖动的手指、噘起的嘴唇和皱起的鼻子。在这种语言之外的语言面前,他就像个聋子,对人人都懂的规则一无所知。

　　他费尽心思,为这种无声的语言制定出清晰的公理,推导出复杂的定理,历经数年才摸索出一套还算奏效的准则系统。遵照这套准则,他便不会引起别人的注意。他虽然装作用功学习,但不是特别刻苦。这才使得中学的大部分日子平安无事。

　　最为理想的情况,便是每门功课都得 B,这样他就能默默无闻、泯然众人了,可在数学这一科上很难做到。他一直喜爱数学,喜爱它的必然性、合理性,以及对与错的绝对性。他无法在数学测试时故意犯错。那在他看来像一种背叛。他最多只能在每次测试时擦去一些已解答出的答案。

　　"大卫,下课后请留下来。"吴女士说。下课铃响了。一些学生回头匆匆看了他一眼,想知道他惹了哪门子麻烦。然而教室很快变得空空荡荡,只剩下大卫独自坐在桌前。

　　吴女士只是这个学期的实习教师,年轻漂亮,学生们都喜欢她。不过她暂时还没有愤世嫉俗到对学生产生兴趣。

　　她走向大卫的课桌,将最近的一次测试卷放到他面前,"你在最后一页写过正确答案,却擦掉了。为什么?"

大卫注视着一片空白的考卷,不知她是怎么发现的。他总是谨慎地将答案轻轻写上去,随后再用力擦掉,正如他对待生活中一切的态度,尽量不留下痕迹。

"考试时我在教室里巡视,看见你写下了正确答案,你完成得比其他任何人都要快很多。然后你就坐着发愣,直到一半的人都交上考卷之后,我才看见你擦掉答案,把试卷交了上来。"

大卫一言未发,他喜欢被吴女士的声音所笼罩的感觉。他将其想象成一幅平滑上升下降的多项式函数图,而她话语中的停顿就是曲线穿过 x 轴时的根。

"你知道,对某些事感兴趣,或是擅长某些事,"她的手搭到大卫肩上,她闻起来有一股刚洗完的衣服的味道,像是夏天里的花朵,"并不是坏事。"

上一回他受到别人关注的同时却没招来厄运,已经是很久之前了。他甚至不知道自己会怀念这感觉。

大卫只有一张父亲的照片,那是父亲高中毕业时拍的。帽子与袍子在他瘦弱的身上显得太大。他的脸眉清目秀,仍有些孩子气,鼻梁瘦削精致。他没有冲镜头笑,双眼露出恐慌,眼神聚焦在无限远处的某物上。也许他在想大卫——当时的他尚藏在贝蒂裙下的肚中,几乎看不出来。又或许他预见了这一幕:五年后作为一名档案管理员的他,在某晚下班回家的路上,被一辆刹车失灵的卡车碾了过去。

他的眼睛是蓝的,睫毛很长,和大卫一样。

无论是醉是醒,杰克只要看到大卫的眼睛就会怒气冲冲。"你就是个天杀的胆小鬼和混蛋,跟你老爸一样。"

因此,大卫知道最好不跟他目光相接。每当杰克在一边时,他总是看向另一边。一些夜晚两人相安无事,但今晚不行。

"看着我。"杰克说。他们正在吃晚饭,贝蒂在沙发上喂婴儿,餐桌上只有他们俩。角落里的电视机正高声播放着晚间新闻。

"我给你吃、给你穿、给你住,只求你对我有点尊重。我跟你说话的时候,坐直了看着我。"

于是大卫照做。他试着让自己面无表情,将眼神投到继父的身后,在心里数着数,等待杰克的爆发。某种程度上来说他松了口气。每晚最煎熬的部分,便是预测杰克回家后的心情,不确定他会做什么。然而现在等待已经结束,要做的只是忍受。

"你竟敢蔑视我,你这坨狗屎。想讨打吗?"

贝蒂抱着婴儿进了卧室,每当杰克提高嗓门,她便会离开。

大卫希望自己能有继父那么高,手臂和他一样粗,拳头和他一样硬,拥有和他一样经得住打的塌鼻子。他希望自己能长出利爪和獠牙。

"格奥尔格·康托^①是第一个严谨地思考无限的人。"吴女士对全班说道。

数学俱乐部是大卫的秘密。他来这里是冒了风险的,因为加入任何俱乐部都会暴露加入者的某些方面,倘若一个人想要默默无闻,不留痕迹,这种行为只会让他更易受伤。他能想象一旦杰克发现后,会如何嘲弄他。

"你自以为很聪明,是吗?"他想象杰克斜着眼,露出满嘴潮湿发黄的牙齿,呼出一股酒味,"跟你老爸一样,管不住下半身,再聪明有个鸟用。"

"他思考了无限的大小。"吴女士说,"人类很难理解无限,然而康托使人们得以一睹其真容,在脑中留住它,哪怕只有一秒钟的时间。

"哪一组集合你们认为更大:正有理数的无限集合,还是自然数的无限集合?

"也许你们会自然而然地觉得,正有理数比自然数更多,毕竟仅在 0 与 1 之间就存在无限的有理数,而相邻自然数之间的间隙也是无限多的。无限乘以无限,肯定比仅仅一个无限要大。

"康托见解的伟大之处就在于,他证实了这种看法是错误的。因为他有一种方法,可将所有的自然数与全部的正有理数一一对

---

① 格奥尔格·康托(Georg Cantor,1845–1918),德国数学家,集合论的创始人,第一次给无穷建立起抽象的形式符号系统和确定的运算。

应起来,从而看出两个集合是一样大的。

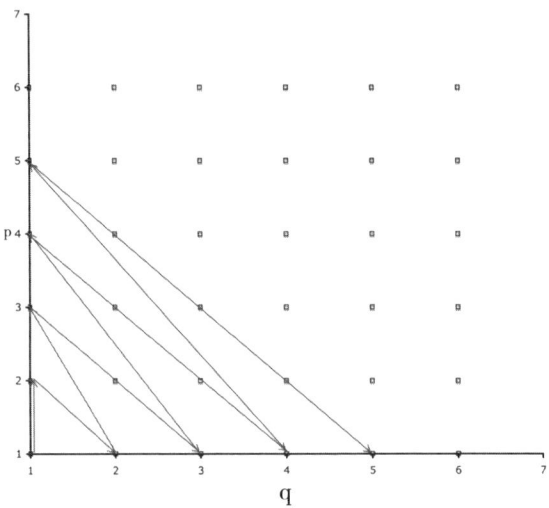

"一个正有理数可表示为 p/q, p 与 q 皆为自然数。根据图表里的箭头所示,我们可以确信,每一个正有理数最终都会出现在图中的折线上(忽略掉重复的):第一个,1/1;第二个,2/1;第三个,1/2;第四个,3/1;第五个,1/3;第六个,4/1;第七个,3/2;第八个,2/3……以此类推。通过计算,我们能把每一个自然数映射向每一个正有理数。尽管表面看来,有理数的集合比自然数的集合要大得多,但其实两者同样大。

"然而康托的观点还要更奇怪。通过同样的方法,可以得知 0 与 1 之间有理数数量与所有正有理数数量是一样的。

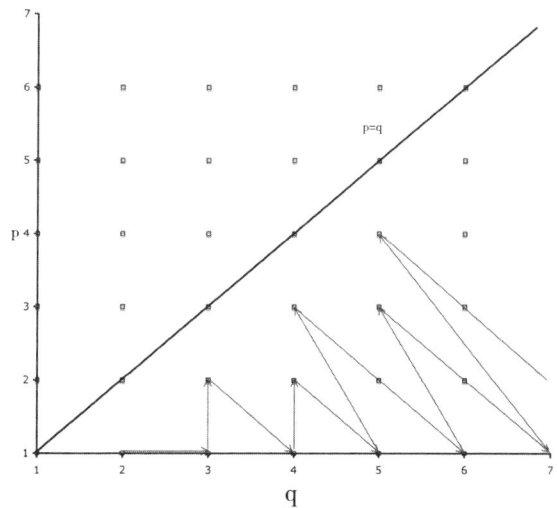

"稍微改变折线位置,使其位于 p=q 这条线的下方,我们便能列出 0 与 1 之间的所有有理数。鉴于自然数与正有理数之间存在着一对一的映射,或称为双射,我们能得知三个集合都是一样大小,或称之为基数相同。所有自然数集合的基数叫作"阿列夫零",命名源于希伯来字母阿列夫。

"阿列夫零混淆了我们的直觉。通过上图你们可以看到,0 与 1 之间的有理数占据了半个平面,另一半是其他的有理数,然而一半并不比另一半或是整个平面要大,将无限切成两半,得到的仍是无限。将数轴转换成平面,将无限乘以无限,得到的仍是同样大小的无限。

"这似乎是说部分可以和整体同样大。也可以将无限长的有理数线轴,映射到 0 与 1 之间看似有限的线段上。真可谓是一沙一世界。"

大卫仅存的关于父亲的记忆,源自一次前往桃金娘海滩的旅行。大卫甚至不确定是否真有此事,那时他太小了。

他记得自己在沙滩上挖沙,手拿一把塑料铲子——是红色,还是黄色的来着? 好吧,在这一瞬间,铲子是蓝色的,正如女律师穿的那件夹克。贝蒂在一旁晒太阳,而父亲在帮他把铲进塑料桶里的沙子提走。

太阳很大,却不毒辣。沙滩上人们的声音逐渐变成模糊的低语。一铲子。

沙粒柔顺而迷幻地流动,让他着迷:固态的微粒如液体般溢出、落下、滑动,翻滚着从蓝色塑料铲里落入桶中。两铲子。

沙粒很细,既像面粉,又像盐。他不知从产生这个想法开始,到现在这一瞬,有多少颗沙粒从他的铲子上翻滚进了桶里。三铲子。

如果他目不转睛地盯着,能看清一颗颗的沙粒吗? 四铲子。

他屏住了呼吸。

"你在数沙子吗?"父亲问道。

大卫点点头。外界的声音与光亮如洪水般漫进他的意识。他喘着粗气，就和游泳时浮出水面换气一样。

"数遍整个沙滩上的所有沙子可需要很长时间哦。"

"要多久？"

"比数完我毛巾上的三角形图案还要久。"贝蒂说道。大卫感觉到了她的手，凉凉的，很光滑，在轻柔地抚摸着他的背。他放松了背部，这感觉很好。

父亲看着他，他也注视着父亲。这样热烈的对视可能会让别人不适，但父亲只是笑道："要无限久的时间，大卫。"

"什么是无限？"

"就是远超过你我能有的全部时间。让我告诉你中国的哲学家庄子曾说过的话吧：若人能活百年，便称得上长寿了。然而人一生中充满了疾病、死亡、痛苦和失去，因此，一个月里也就只有四五天的欢声笑语。空间与时间无限，但是人的生命有限。若要以有限来体验无限，只需铭记那些超凡、欢乐的时刻便可。"①

贝蒂仍在轻抚他的背。他发现父亲没有再看着自己，而是看着母亲。

在他看来，这就是值得铭记的一刻。

---

① 语出《庄子·杂篇·盗跖》。原文："人上寿百岁，中寿八十，下寿六十，除病瘦、死丧、忧患，其中开口而笑者，一月之中不过四五日而已矣。天与地无穷，人死者有时，操有时之具而托于无穷之间，忽然无异骐骥之驰过隙也。不能说其志意，养其寿命者，皆非通道者也。"

"你要是一直瞎搞那些数字和书的话,早晚会变成一个华尔街罪犯。"杰克说,"这个国家已经没人想用双手踏实地干活了,这就是中国人抢走我们饭碗的原因。"

大卫拿起书和笔记,回到他和婴儿共用的卧室。她正在睡午觉,大卫注视着她的脸,她是那么平静,丝毫不受客厅电视传出的嘈杂声影响。

或许世界之所以不合理,是因为他没有正确地计算。或许他已与世界脱节。

大卫坐到桌前,在纸上画了一条垂直的线条,在底部与顶部分别标上0和1,然后参照吴女士画在学校黑板上的直角坐标系里的康托映射折线,在0与1之间标出有理数序列。他为序列中的每一个有理数画上一条短横线。渐渐地,整纸张都被画满了。

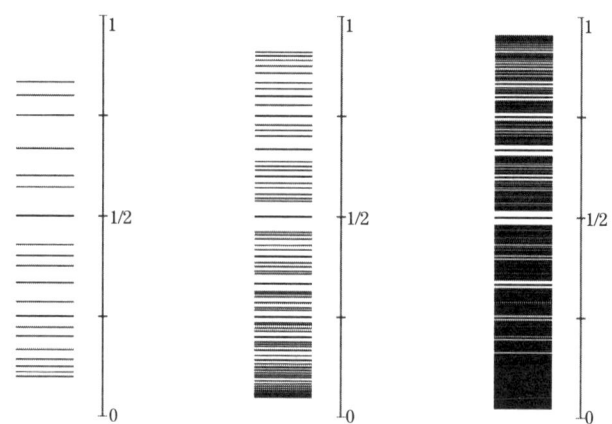

横线一条条累积,随着沿纵轴方向攀升的折线上升,又随着落向横轴方向的折线有规律地落下,填满空白处。

有限的生命中有着无限的时刻,谁说非得活在当下,依次经历人生呢?

过去的并非已过去。同样的时刻会反复经历,而且每次都会糅杂进新的东西。只要时间足够,空白就会被有理数填满,这些线条会构成一幅图。世界是合理的,要做的只是等待。

大脑的额叶、顶叶和内侧颞叶部分——只有当我们没有执行认知任务时才会活跃起来。我们计算 12 391 424 与 38 234 231 的和,规划如何从家赶往下一个面试地点,或是在阅读最新的互惠基金招股书时,通过磁共振脑部扫描,便能看出大脑的这部分区域是暗的。然而当我们没有主动地思考事情的时候,大脑里这片黑暗网络便会被点亮。

几年前,尚且年幼的大卫正翻着书。贝蒂和杰克出去了,他被独自锁在屋里。贝蒂告诫他千万别接电话、应门,或是让任何人知道他在家。他觉得这不稀奇,在他心目中,所有的八岁男孩在母亲出去约会时都是这样度过晚上的。比起与他人相处,或是面对杰克,他更愿意与父亲留下的几箱子书相伴。

他不怎么喜欢小说,但仍强迫自己艰难缓慢地通读下去,就当小说是教科书,专教令他揣摩不透的社交及情感规则。他更喜欢读关于数学的书,喜欢里面美丽的公式、奇妙的图形和那些他不会发音的奇怪符号。

其次便是关于科学的书,他读起来就像其他孩子读童话一样不忍释卷。比如这本书里说的:

黑暗网络蕴藏着我们这一物种最惊人的力量,相比语言、数学,以及发动战争与创作诗歌的能力,这种独特的能力更具有人性特色。黑暗网络是我们进行时间旅行的地方。

杰克的造访愈发频繁,有时还会过夜。大卫无法自然而然地理解母亲的改变,于是仔细将种种变化分类罗列出来,进行分析:她娇笑的模样,活像是电影里的年轻女孩;她开始穿大卫从未见过的裙子;公寓里杰克的东西越积越多。

关于大脑是如何感知时间的,一直迷雾重重。很难回答大脑如何察觉时间的流逝,如何感知未来稳定地变成现在、现在又变成过去。是否存在一簇稳步跳动的神经元,就像节拍器或是现代集成电路里的时钟信号那样在测量时间?又或者,是激活电位经过神经元时产生了模拟延迟效果,让我们知道时间在流逝?抑或是神经递质的化学扩散在测量时间?也许这正是为何当我们处于某些药物——例如可卡因会导致多巴胺的分泌——的影响下时,会感觉时间慢了下来。

门锁传来钥匙的转动声,贝蒂和杰克跟跄着走了进来。大卫放下书,抬起头,一股短暂的凉风过后,混杂着烟草、汗水和酒精的味道充斥了闷热浑浊的公寓。杰克一屁股坐到沙发上,打开电视,贝蒂拿着半杯饮料从厨房出来,走到杰克身边时突然笑出声失去了平衡,跌到他的腿上。神奇的是,那杯饮料竟然没洒。她蹬掉高跟鞋,一手环抱住杰克的脖子。

"小鬼把书扔得到处都是。"杰克观察着地上摞起的书堆,说道,"随便走走就会踢倒一摞。再说这些书是怎么回事? 我可没见你看过书。"

无论如何,研究似乎表明,与其说我们活在当下,不如说我们是活在当下的假象里。尽管你的眼睛会在你一脚踏在地上的瞬间就有所察觉,之后神经冲动才会将触觉从脚传递到你的大脑,你却察觉不到延迟。大脑位于颅骨下的黑暗中,直到它接收到来自全身各处的信号中最慢的一个后,才会把其他所有信号集成起来,形成对现在的感知。也就是说,我们现在的意识被延迟了,有点类似于所谓的"现场直播"。也许我们就像火车上面向车尾而坐的乘客,总是在"当下"刚刚过去后才有所察觉。

"他父亲是个书虫。"贝蒂说,"上学时成绩很好,还上了弗吉尼亚大学。"

贝蒂意识到自己正在破坏气氛后,连忙闭上嘴,想去吻杰克。

"然后就上了你。"杰克说着,把嘴唇从她嘴上挪开,说话的语气变得肮脏。他隔着裙子开始揉摸她的胸部。贝蒂的脸变得通红,抬起手想阻止他。杰克笑着将她的手打到一旁。

"别动。让我给那小鬼展示一下你教不了他的东西。"

大卫移开了目光。他不擅长察言观色,也无法理解此刻母亲脸上的神情,她看起来就像自己撞见她没穿衣服一样。

不仅我们对于当下的感知是错觉,我们甚至没有把大部分时间花在当下。大脑通过黑暗网络缅怀过往,模拟未来。我们再次体验经历过的事,总结经验,推算出各种可能性,为未来做准备。我们想象自己身处其他时空,通过这一过程,在仅有一次的人生里经历多次的人生。

"我们得好好清理下这'猪圈'了。"杰克说,"很多玩意儿都用不着。"

计算机可以检索长期储存的数据而不改动原数据,并在短期存储器上进行处理。而大脑记忆、激活电位的模式与之不同,是就地处理的,因此每次回忆时都会有所改变。我们之所以无法两次踏进赫拉克利特之河①的同一处,不仅因为我们的身体无法穿越时间,更是因为我们每一刻的记忆永远都在变化着。

"这孩子整天都坐着看书,这不正常。你看他,我们回来这么久,他瞧都没瞧一眼。我可被他吓到了。嘿,我跟你说话呢!"

杰克将遥控器朝大卫扔去,砰的一声砸到他胸口,然后咔嗒一声掉到地上。大卫吓得一缩,抬起头,两人目光相遇。紧接着,杰

---

① 源自古希腊哲学家赫拉克利特的哲学主张"万物皆流"。他曾说"人不能两次走进同一条河流",意即客观事物是在永恒地运动着。

克咒骂起来,将贝蒂一把推开。

杰克令他困惑。大卫找不出能预测他爆发的规律。

最终,贝蒂把杰克哄进卧室,剩下大卫独自一人留在客厅。他缓慢地伸直腰板,忽略疼痛,然后把书放到腿上。

黑暗网络是我们大脑的默认模式。只要我们没有费心在想问题,大脑便会转变为这种状态。只要我们没在思考任何特定的事,便会徜徉在时间里,抛开当下的束缚,漫步在无限多的人生道路上,无论是已走过、未走过,还是等待被发现的道路。

大脑操控时间的能力几乎尚未被开发。如果说感知的同时性在很大程度上只是一种假象,那么我们对于经历的线性化感知是否也是人为构建的?我们似乎在时间之河里走马观花,仅是时不时地刻意感知当下。如果创伤与疾病影响了大脑的相关区域,那么我们是否可将经历切分成无比细微的碎片,无序地进行体验,又或者永远地远离当下,迷失在时间中?

第二天,贝蒂与杰克将所有的书打好包,送到了垃圾场。

"反正那些书你也读不了。"贝蒂安慰大卫道,"我连看都看不懂。可生活还得继续。"

"根据我们上次所学,"吴女士说,"你们也许会认为,所有无限集合的基数都是阿列夫零,但这是错的。无限可数集只是无限中最小的。

"举个例子,所有实数的集合并非无限可数集,而要比它大得多。康托找到了证明的方法。

"假设实数属于无限可数集,那么在自然数与实数之间必然存在双射,实数数量也必然可数。既然每个实数均可以用无穷的小数位数数列的形式写出——如果小数位数并非无穷多,就在末尾填上重复的 0 好了——那么我们可以想象其排列会呈以下所示:

．
．
．

...1 2 3．0 1 2 3 4 5...
...1 2 4．0 2 3 4 5 6...
...1 2 5．0 3 4 5 6 7...
...1 2 6．0 4 5 6 7 8...
...1 2 7．0 5 6 7 8 9...
...1 2 8．0 6 7 8 9 0...

．
．
．

"记住,这应该是所有实数的排列,然而我们可以轻易构建出一个不可能存在于此排列中的新的实数。取排列中第一行数字的第一个数,写下一个与之不同的新数字。再取第二行数字的第二个数,再写下一个与之不同的新数字。沿排列中的这条斜线,依此类推。

"当你把新数字连在一起,便得到一个新的实数,但该实数不存在于排列中的任何角落。它与第一行数字的不同在第一位数,与第二行的不同在第二位,与第三行的不同在第三位,以此类推。

.
.
.

```
...①23.012345...
...12④.023456...
...125⑤034567...
...126.⓪45678...
...127.0⑤6789...
...128.06⑦890...
```

.
.
.

_____

...234.118...

"继续沿着新的斜线圈出数字,然后替换数字,你可以构建出无限多的不存在于排列中的实数。所以自然数与实数之间不存在双射,无论你如何排列实数,总会有更多的漏网之鱼。实数是无限集合,但该集合的基数比阿列夫零要大得多。实数比自然数多得多,因此是不可数的。我们将此类不可数的无限集的基数称为'贝特一'。

$$\beth_1$$

"但纵使是贝特一,也只是一个很小的超限数[①]。还有更多更大的数字,那是真正的无限中的无限,过几天我们会讲。当康托首次

---

① 指大于所有有限数、但不必为绝对无限的基数或序数。

提到它们的存在时,部分神学者觉得受到了威胁。在他们看来,康托是在挑战上帝绝对的无限性和超然存在。

"即使只知道贝特一比阿列夫零要大这一点,已足以让人观察到一些奇妙的事实。例如,我们知道有理数是可数的,基数是阿列夫零。可是,实数是有理数集与无理数集的并集,我们也知道实数的基数是贝特一。

$$|\mathbb{R}| = |\mathbb{Q}| + |\bar{\mathbb{Q}}|$$
$$\beth_1 = \aleph_0 + ???$$

"因此,无理数集的基数必然比阿列夫零大,因为将阿列夫零翻倍得到的仍是阿列夫零,而不是贝特一。事实上,我们已经证明无理数是不可数的——或者说基数为贝特一。

"换句话说,无理数比有理数要多得多。几乎所有实数都是无理数,同理可证,几乎所有无理数都是超越数,而不是代数数,不可能是整系数多项式的根。尽管与我们生活息息相关的超越数屈指可数——比如圆周率和欧拉数——但它们构成了数轴的大部分。你们这些年在学校所学的数学知识,不过只关注了这条连续体上极微小的一部分而已。"

吴女士的教材在开篇那一章引用了诗句。大卫不怎么喜欢诗,似乎所有诗都是用他不能理解的言外之意写成的,当中的隐喻与意象让他困惑。但是这次不同,这些诗他读来似乎感同身受。

无限之重,重如泰山。

有限之人,难将身翻!

——埃德娜·圣文森特·米莱,《再生》

我辽阔博大,我包罗万象。

——沃尔特·惠特曼,《自我之歌》

现在他明白,他画的横线永远无法填满数轴,线与线之间的无理数空间是无限的。这幅图永远不会变得连贯,变得合理。生活中不可能只有理性时刻。

然而理性时刻不值得计算。他总算明白,自己没什么毛病。他已经确切地知道非理性才是常规,而不是特例,从而进一步了解到大部分的非理性时刻是超凡的,即使我们几乎没有留意到它们,这难道不是好事吗?生活本不合理,亦无须合理,为何神学者会惧怕康托的理论?这是个可喜可贺的真相。唯有快乐的超凡时刻需要计算。

卧室门外传来贝蒂的尖叫声,打断了他的思路,接踵而来的是婴儿的啼哭声。大卫很惊讶,如此弱小的身躯竟能发出这般洪亮的哭喊。她扯着嗓子,哭求公正和道理,既无畏,又哀伤。婴儿停下来喘气的间隙里,他隐约听到贝蒂在压低嗓子恳求着什么,紧接着便是盘子砸地的声响。

他打开了门。

他看得出杰克只是微醉,因为他双脚稳稳地站在地上。贝蒂引以为傲的柔顺长发被杰克缠在手上,一把揪住。她跪倒在地,双手拉住杰克揪她头发的手。婴儿在沙发上甩动着四肢,由于大哭和缺氧,脸变得通红。

也许杰克又被炒了鱿鱼,也许是和街区杂货店的越南老板吵了一架,也许是不喜欢回家后见到贝蒂穿的衣服,也许小婴儿不合时宜的哭闹让他恼火。

"你这肮脏的荡妇。"他的语气冷静平和,"我得给你点颜色看看。那人是谁?"

贝蒂泣不成声地否认着。杰克继续攥紧她的头发,开始踢她的肚子和腰。

他没打她的脸,大卫想。还算有理性,不然邻居会起疑的。

贝蒂继续道着歉,试图解释,让一切在自己和杰克看来变得合理。

大卫说不出话,只觉得一股炙热的力量在体内慢慢升起,蹿至喉咙,让他难以呼吸。他一把抓住杰克的手,却被他看也不看地甩到地上。

婴儿的哭声越来越大。剧烈的疼痛在他的头颅中跳动。他从未感到如此愤怒与无助,疼痛和恐惧无法控制。他只会操控脑海中的符号。他真是一无是处。他在共情方面存在困难。他对什么都太当真。

贝蒂的恳求与婴儿的哭泣褪变成了在脑中跳动、敲打的疼痛。时间似乎慢了下来,他的意识开始飘移,脱离了当下。

一,桃金娘海滩。

他看着通往厨房的门,站起身。

二,吴女士放在他肩上的手。

他低头看自己的手,惊讶地发现手里正握着一把菜刀。就像火车上面向车尾而坐的乘客。冰冷的刀片反射着灯光。

三,"他没什么毛病,只是太害羞了。"

贝蒂在地上缩成一团,公寓里的灯光变得暗淡。从后面看,杰克黑色的身影起伏着,怒气还未平歇,他缓缓举起一只拳头。婴儿又尖叫起来。

四,数字的对角线延伸至无限远处。

他又坐到了地板上,低头发现手上沾着血。菜刀被扔在地上,杰克也安静地坐在地上,一动不动地靠着沙发,血在身子四周流成一摊。贝蒂朝着大卫爬了过来。

五,此刻,此时。

吴女士展示的康托对角线论证法没指出一个缺点,即任何写为无限位小数形式的实数皆是模棱两可的。也就是说，一个数字，比如 2，既可写成 1.999 9……，也可写成 2.000 0……，这也就导致了一种可能性，即通过对角线证法所创建的新数字，也许只是已被列举在文中排列里的某数字的变形。然而通过要求排列中的实数遵照……9999……的形式，同时构建的新数字不使用 0 这一方法，可以解决该问题。

作者的话：

文中关于大脑以及时间感知的部分参考来自大卫·伊格曼与丹尼尔·吉尔伯特的研究综述：

大卫·伊格曼，《大脑时间》，边缘：第三类文化，2009 年 6 月 24 日。（阅读链接 http://www.edge.org/3rd_culture/eagleman09/eagleman09_index.html）

丹尼尔·吉尔伯特，《大脑：在大脑中做时间旅行》，《时代周刊》2007 年 1 月 19 日。（阅读链接 http://www.time.com/time/magazine/article/0,9171,1580364,00.html

杀敌算法

In the Loop

萧傲然 译

2011 年首次发表于科幻短篇集《战争故事》（*War Stories*）

与机器人并肩作战，即意味着没人再需要为杀戮负良心债。

凯拉九岁的时候,她的父亲变成了怪物。

此事并非发生在一夜之间。如同往常,他每天早上上班,晚上回家。回家后,凯拉会让他跟自己玩接球——这曾是她每天最喜欢的时刻。然而父亲同意陪她玩的次数逐渐减少,后来甚至再也没有答应过。

他总是目光呆滞地坐在桌前,凯拉问他问题,他也不吱声。以前他会风趣地回答所有问题,凯拉还会把他说的笑话讲给朋友们听,觉得他是全世界最聪明的爸爸。

她喜欢过去那些美好时光,那时,父亲教她怎么用锤子,怎么量尺寸、锯凿东西。她会告诉父亲自己长大后想成为一名建筑师,父亲听后会点点头,说她的想法很棒。但是,现在他已不再带凯拉去库房的工作间一起制作东西了,也没有任何解释。

接着他开始在夜里外出。最初,妈妈会问他什么时候回家,他却像看陌生人一样看着她,然后关上身后的门。当他回来后,凯拉和她的弟弟们都已经上床,但她却能听到吼声,有时还有砸东西的声音。

妈妈看爸爸时似乎开始有些害怕,凯拉想要帮忙,于是努力帮忙哄弟弟们上床睡觉,主动收拾自己的床铺,安静地吃晚饭,把所有事都做得尽善尽美,希望这样情况就会好起来,一家人能回到过去的状态。可爸爸好像根本不在乎她或弟弟们。

然后有一天,爸爸一把将妈妈推到了墙上。凯拉当时站在厨房,觉得整座房子都在震动。她不知该如何是好。父亲转身看着凯拉,五官皱成一团,仿佛他恨她、恨她母亲,最重要的是恨他自己。随后,他逃离了这个家,没留下一句话。

当晚,妈妈收拾好行李,把凯拉和弟弟们带到了外婆家,在那儿住了一个月。凯拉想过给父亲打电话,却不知该说些什么。她想象着自己质问电话那头的男人,你对我爸爸做了什么?

一位警察过来找她母亲,凯拉躲在过道,偷听到了他们的交谈。我们认为这不是谋杀。这时她才知道父亲已经死了。当时她没有哭,挺长一段时间内也没有哭。

他们回到家,有许多事情要做:将爸爸的制服叠好收起来,包起他的日常衣物送给别人,把房子打扫干净以便出售,准备好永远搬离此地。她抚摸着爸爸闪闪发亮的勋章和徽章,它们都整齐地摆放在盒子里,这时她终于哭出了声。

他们在爸爸的衣柜抽屉底部发现了一张纸。

"这是什么?"她问妈妈。

妈妈读了一遍。"是你爸爸所在军队的长官写的。"她双手颤抖,"上面写着你爸爸杀过多少人。"

她给凯拉看了看那个数字: 一千二百五十一人。

这个数字萦绕在凯拉的脑海中,仿佛她父亲的生命意义就来自它,仿佛他和被杀者都是由这个数字所定义的。

凯拉快步走着,拉紧外套抵御着晚秋的凉意。

如今她已是大四学生。校园招聘活动正如火如荼。凯拉就读的大学历史悠久,四处都是以显贵家族姓氏命名的红砖楼房,这些家族甚至在美国建国前便已兴旺发达,所以这里的学生极受招聘者欢迎。

她刚离开一家小型量化交易公司举办的聚会,走在回公寓的路上。这家公司来自纽约,颇具人气。来自管理咨询、金融服务领域,以及硅谷的各大公司订光了学校周边的酒店房间,每晚都为有意应聘者举办聚会。凯拉的专业是计算机科学,这个热门专业让她大受欢迎。今晚她需要列出心仪公司的最终排名表,谨慎地做出计划,努力赢得机会参加最梦寐以求的公司的面试。

"打扰一下。"一位年轻人挡住她的去路,"能不能在请愿书上签个名?"

她打量着摆在面前的写字板：停止战争。

严格来说，美国并没有在打仗。国会没有宣战，只是总统在行使他的固有权利。但也许战争从未停止。美国撤完军，又部署回去，不久之后承诺再次撤军。十年过去了，远方的人们仍然处于水深火热中。

"不好意思。"凯拉说道，尽量避免接触男孩的目光，"我不能签。"

"难道你支持战争？"男孩的声音里透着疲惫，怀疑的模样几乎像是装出来的。没人在乎这场战争，他一整晚都在独自游说人们来签名。阵亡的美国人太少，令这场"冲突"看上去不大真实。

她该如何向他解释自己不相信战争，不想与之有任何瓜葛呢？另外，如果她在男孩拿来的请愿书上签名的话，岂不等同于背叛了她记忆中的父亲，好像是在向世人宣称他所做的是错误的？

所以她只是说："我对政治不感兴趣。"

回到公寓后，凯拉脱下外套，打开电视。

……是目前为止在美国大使馆前规模最大的抗议活动。抗议者要求美国停止使用无人机进行空袭。今年为止，无人机空袭已在该国导致超过三百人丧生，抗议者称其中大多数都是无辜平民。美国大使……

凯拉关掉电视,情绪变得很差,完全没心思列出面试公司的优先顺序。烦躁不安中,她开始打扫公寓,使劲擦洗水槽,以驱赶脑海中的画面。

随着年龄的增长,凯拉开始阅读、观看患有创伤后应激障碍的无人机操控员的访谈。透过那些受访者的脸,她寻觅着父亲的影子。

我坐在空调办公室里,一边通过显示屏观察无人机摄像头拍到的景象,一边用操纵杆控制无人机。如果某人被怀疑是敌人,我便需要做出决定,扣下扳机,然后放大画面,看着屏幕上的人支离破碎、鲜血逆溅,直到尸体冷却下来,消失在红外线摄像机中。

凯拉打开水龙头,让热水流过双手,仿佛父亲每晚回家后无言阴沉、逐渐变成一个陌生人的记忆能一同洗光。

每次我都会想:这个人是否该杀?那人背的袋子里装的是炸弹呢,还是只是几块肉而已?那三个人是在策划伏击呢,还是只是累了,靠在路边的石头后面休息而已?你杀了成百上千人,事后有时仍然会发现自己判断失误了,尽管这并不是常态。

"你是个英雄。"凯拉说,用沾水的双手抹着脸。滚热的水流过脸颊,她假装这不是泪水。

不,你不明白。这跟向那些朝你开火、企图杀你的人还击不同。当你坐在几千英里之外,透过摄像头看着一群没穿军装、看上去就像要去朋友家拜访的人,然后按下按钮杀死他们,这毫无英勇感可言。这不像电子游戏,却又是电子游戏。你并不觉得自己是个英雄。

"我想你。我多希望自己能早点理解你。"

每天杀完人之后,你从椅子上站起身,走出办公楼回家。一路上听到鸟儿在头上鸣唱,和少男少女们擦肩而过,他们有的咯咯笑着,有的一脸忧郁,都沉浸在各自安全的小世界里。然后你推开家门,妻子跟你抱怨她恼人的上司,孩子们等你辅导他们做功课,而你所经历的事,却一点也不能向他们诉说。

换作你你一定会疯的,要不然就是你早疯了。

那张纸被母亲压在盒子底部束之高阁了,凯拉不想让上面的数字定义她的父亲。

"他们计算错了,爸爸。"凯拉说道,"名单里少算了一个人。"

凯拉垂头丧气地漫步在大厅里,她刚刚结束这天的最后一场面试——硅谷一家炙手可热的新公司。面试时她很紧张,心不在焉,智力题也弄砸了。这天显得格外漫长,何况她昨晚还没睡好。

她快要走到电梯口时,注意到身旁房间的门上贴着一张名为"AWS 系统"的公司的面试登记表,表尚未填满,底部的几个格子仍是空的。一般来说,这表示这家公司并不受欢迎。

她仔细看了看招聘海报。这家公司的业务与机器人技术有关。有几张办公楼的图片,它坐落在一处景色秀丽、风格现代的园区当中。海报还着重列出了颇具竞争力的薪水和福利,算不上特别耀眼,但也足够有吸引力了。为什么没人感兴趣呢?

接着她看到,"应试者需要通过安全调查筛选"。仅是这条,就会淘汰掉不少她的非美国籍同学,而且很可能意味着政府合同。也许跟国防有关。她一阵战栗。她的一家早已受够了战争。

她正要离开,目光落到了海报的最后一行字上:不再让我们的英雄遭受创伤后应激障碍之苦。

她将名字填入空格里,然后坐在门外的凳子上等待。

"你的履历让人惊叹。"男子说道,"实际上,是我一天以来见过最棒的。我确定我们愿意进一步与你交流。你有什么问题吗?"

最后这句话凯拉等待已久,"你们开发的机器人系统旨在替代人类去操控无人机,是吗?在战场上。"

招聘者笑了，"你以为我们是天网系统 [1] 吗？"

凯拉没有笑，"我父亲曾是一名无人机操作员。"

男子变得严肃起来，"我无法透露任何机密信息，所以接下来我们的一切谈话只是假设。在假设中，相比人类操控机器，让自主机器人系统操控也许存在些许优势。"

"比如？不可能是安全方面的吧，无人机操作员待在国内，很安全。或者说你认为机器的作战效果更好？"

"不，我们对制造冷血的机器人杀手毫无兴趣。但我们不该让人类去做本该由机器完成的事。"

凯拉心跳加速，"继续说。"

"有许多原因都能说明相比人类，机器能成为更好的士兵。一名人类操作员需要根据极其有限的信息来做出决断：能参考的只有视频反馈画面，有时还有情报报告。但仅仅通过由摇摇晃晃的摄像头拍下的场景、自相矛盾的混乱情报就决定是否开火，并不是人类所擅长的思考方式。这种方法的犯错空间极大。操作员可能犹豫过久，以至于将无辜之人置于危险境地；也可能由于过快扣下扳机，从而违反交战规则。不同操作员做出的判断取决于其直觉与情绪，从而可能导致与他人不一致。人类的操作易出现前后不一，也缺乏效率。而机器更为胜任这一工作。"

最糟的是，凯拉想，因为这种必须做出决断的经历，可能会导

---

① 科幻经典影片《终结者》系列中导致人类灭亡的计算机系统。

致人类崩溃。

"如果我们从人类手里收回决定权,让个人意识脱离决策程序,结果便是附带损伤会更少,战争会更人性、更文明。"

然而凯拉所想的却是:再也没有人需要做我父亲做过的事了。

安全调查流程耗时颇久。当凯拉打电话告诉母亲,可能会有政府调查员找她谈话时,母亲显得很惊讶。凯拉不知该如何向她解释自己为何偏偏选了这份工作,其他地方明明有更好的职位。所以她只是说:"这家公司帮助退伍老兵和士兵。"

母亲小心翼翼地说:"你父亲会为你骄傲的。"

公司将她分配到了民用设施部门,专为工厂和医院制造机器人。凯拉在工作上兢兢业业、按部就班,她不想在做到真正想做的工作前把事情弄砸。她很擅长这份工作,也希望别人能注意到。

某天上午,首席机器人学家施托伯博士让她到会议室去见他。

一路上,凯拉的心悬到了嗓子眼儿。自己要被开除了吗? 是不是由于父亲的经历,公司觉得无法继续信任她了? 他们会据此认为她情绪不稳定吗? 她一直挺喜欢施托伯博士,他看上去像是一位良师益友,但她从未与他近距离接触过。

"欢迎加入。"施托伯博士微笑着说。房间里除了凯拉,还有另外五名程序员,"你的安全调查结果今早出来了,我想让你立刻加入这个团队。这也许是目前公司里最有意思的一个项目了。"

其他程序员微笑着鼓掌。凯拉报以赧然一笑,和伸出手的各位同事依次握手。他们都是公司里尽人皆知的明星。

"你将加入'AW-1守护者'项目,我们的机密项目之一。"

其中一位程序员——一个叫亚历克斯的年轻人插话道:"这可不像我们已经做过的战地运输机械骡或遥控监视装置。'守护者'是一种小型卡车大小的无人操控自主飞行器,装配有机枪和导弹。"

凯拉注意到,说到武器系统时,亚历克斯很兴奋。

"我以为我们已经在制造类似的东西了。"凯拉说。

"不太一样。"施托伯博士说,"我们其他的作战系统要么是用于遥远地区的外科手术式打击①,要么用于前线作战模拟,这种情况下,基本上任何移动的物体都可以被射击。然而'守护者'的设计理念是在人口密集的城市进行维和,特别是存在大量需要保护的西方人士或当地友人的地方。目前,在这一点上,我们仍然依赖人类操作员。"

亚历克斯用故作严肃的嗓音说:"假如我们不需要担心附带损伤,事情就容易多了。"

施托伯博士注意到凯拉并没笑,于是示意亚历克斯适可而

---

① 指使用十分精准的巡航导弹或炸弹摧毁目标物,摧毁目标的效果可以达到如同外科手术切除那样精确干净,且不会伤及目标以外的物体。

止，"玩笑归玩笑，只要我们仍占领着他们的国家，就会有觉得为我们工作能获得好处的当地人，也会有希望赶走我们的当地人，这种局面再过五千年也不会变。我们得保护愿为我们工作的当地人免受后者的侵害，否则一切都会分崩离析。同时，我们也不能让负责搞重建的西方人时时刻刻躲在戒备森严的营地里。他们必须融入当地。"

"辨别谁是敌人，并非总是那么容易。"凯拉说。

"这正是问题的关键所在。大部分情况下，大多数人都是两面派。如果他们觉得帮我们安全，就会帮我们；如果觉得帮武装分子是个更好的选择，就会帮他们。"

"我总说，如果他们选择帮武装分子蒙混过关，那我们何必要那么小心谨慎？那是他们自己做的决定。"亚历克斯说。

"我想交战规则的部分解读会支持你的观点。但我们向世界宣称的是，这是一场全新的战争，一场干净的战争，我们会以更高的标准要求自己。当今世界，人们如何看待我们的一举一动十分重要。"

"我们怎样才能做到？"趁亚历克斯还没将话题扯得更远，凯拉问道。

"我们正在制造的关键软件，需要模仿人类远程操作员现在所做的事，不过效果更好。政府给我们提供了过去十多年数千小时的无人机操纵视频。有一些无人机干掉了坏人，另一些杀错了人。

我们需要观看视频,提取出操作员的决策过程,形成可用来辨别和锁定藏匿在城市环境中的武装分子的正规程序,排除掉错误,并使之能重复适用于新的场景中。然后,我们再运用大数据对其进行改进,这是单个操作员无法整合利用的。"

这种代码将展现我的父亲以及像他那样的人的意识,这样就再没人需要做他们做过的事,承受他们所承受过的苦了。

"小菜一碟。"亚历克斯说完,所有人都大笑起来,除了凯拉和施托伯博士。

凯拉将全身心投入到了一款名为"道德监管者"模块的研发工作当中。该模块负责在机器人向嫌疑目标开火时,最大程度降低附带损伤。她在为杀人机器装上良心。

凯拉每周末都来加班,并待到很晚,有时就在办公室里睡,却并不觉得自己做出了多大的牺牲。她无法和寥寥无几的朋友谈论自己所从事的工作,也不愿浪费在办公室之外的时间与亚历克斯这样的人相处。

她反复观看无人机空袭的视频,不知其中是否有她父亲经手的任务。她十分理解当某人透过摄像头看着自己即将击杀的人时所感到的困惑,所体验到的一种强大与无力并存的奇怪感受,以及要做出决断的压力。

最难的部分在于将这种理解转换成代码。计算机要求精准无误,同时需要将含糊不明的直觉理顺,从而迫使人直面隐匿于人类意识角落里的丑恶。

为了使机器人最大限度地降低附带损伤,凯拉得给拥挤城区里所有可能受到威胁的生命体都分配数值。而做到这点的最有效方法之一——至少在模拟场景中是如此——恰好也是最显而易见的方法:做侧写。这种算法需将种族特征以及关于语言、衣着的线索转译成一串数字,一串掌握着生杀大权的数字。沉重的任务让她心力交瘁。

"一切还好吗?"施托伯博士问道。

凯拉从键盘上抬起头。办公室的灯已经灭了,外面很暗。楼里差不多只剩她一个人。

"你最近太辛苦了。"

"有很多事要做。"

"我查看了你的打卡记录。看上去你似乎卡在了用面部识别软件来判断种族身份的阶段。"

凯拉凝视着办公室门口施托伯博士的身影,走廊的灯光映照着他的后背。"没有相关的 API[①]。"

"我知道,但你却不愿自己动手开发。"

"那样似乎……是不对的。"

施托伯博士走进来,坐到桌子另一边的椅子上,"最近我看

[①] API（Application Programming Interface）,应用程序编程接口。

到了一件有意思的事。二战期间，美国陆军专门为战争训练了一批狗，担任岗哨、警卫等职能，甚至在一次攻岛战役中充当了突击队。"

凯拉看着他，等待着。

"那些狗必须被训练出分辨敌我的能力，于是军方让一批日裔美国籍志愿者教狗进行侧写，以攻击具有特定面部特征的人。我一直很想知道那些志愿者的感受。这种事虽让人反感，却很必要。"

"军方没有用德裔或意裔美国籍志愿者，是吗？"

"没有，至少我没听过。我跟你讲这些，不是让你无视这工作本身存在问题的一面，而是告诉你，现在你面临的问题并非史无前例。战争的重点就在于它偏护某一人群的生命，而不那么在乎另一群人。既然无法读取人的思想，那就必须另辟蹊径，摸索出方法来分辨需要保护的人和该杀的人。"

凯拉陷入沉思。施托伯博士的逻辑无懈可击。毕竟，这么多年来，她一直心痛父亲的过世，却从未为她父亲所杀的上千人流过一滴泪，哪怕当中不少人可能是含冤而死的。对她而言，父亲的生命远比他们所有人加在一起还要珍贵，他的遭遇也更令人同情。这也是促使她站在这里的原因。

"我们的机器比人类更胜任这份工作。诸如外貌、语言、面部表情等属性，只是输入数据的一个方面。我们还有遍布全城的上千个监视摄像头拍摄的视频，有来自电话、社交访问的元数据，有根据个人无法掌控的庞大数据定位的个别嫌疑目标,你的算法可以将这些通通整合。一旦程序设计完成,机器人便能始终如一地做出决断,没有任何偏见,只有让人信服的证据。"

凯拉点点头。与机器人并肩作战,即意味着没人再需要为杀戮背负良心债。

凯拉的算法需要进行详细说明后,才能递交给政府批准。有时提案会被退回,上面标注着疑问与改动。

她脑海中浮现出某个将军(也许还有几个军方律师提供咨询)逐字逐行阅读她的虚拟代码的情景:

目标的特征将被评估并赋值。目标是男人?嫌疑值增加三十分。目标是孩子?嫌疑值降二十五分。目标面部与任何一个暴力分子嫌疑人的匹配程度不低于百分之五十?嫌疑值增加五百分。

接下来,给目标周围可能受到附带损伤的人赋上数值。被确认为美国人或极可能是美国人的数值最高。然后是与美军结盟的当地民兵或团体,以及当地精英人士。那些看上去一贫如洗、走投无路的人数值最低。算法必须将媒体报道与政治可能带来的负面影响考虑在内。

在计划说明来来回回几次之后,凯拉已经熟悉了这套流程,她的任务似乎并不太难。

凯拉盯着支票上的数字,很大一笔。

"这只是公司对你所做贡献的小小心意。"施托伯博士说,"我知道你一直兢兢业业。今天我们从政府那里得到了关于试用结果的正式通知。他们很高兴,自从使用'守护者'以来,附带损伤减少超过百分之八十,而且没有一起目标确认失误。"

凯拉点点头。她不知道这百分之八十的比例是基于已经死亡的人数,还是分配给个人的数值,也不清楚自己是否想深究此事。决定已成事实。

"下班后,我们团队应该庆祝一下。"

数月来,凯拉第一次与团队其他人出去聚会。他们大吃大喝了一顿,还唱了卡拉 OK。亚历克斯还说起了他在战争游戏里的赫赫功绩,凯拉听得开怀大笑。

"是对我的惩罚吗?"凯拉问。

"不,不,当然不是。"施托伯博士说话时眼神闪躲,"只是行政休假而已……直至调查结束。工资仍会两星期发一次,当然医保也不会中断。我不想让你觉得在背黑锅,只是'道德监管者'的大部分工作都是你完成的。参议院武装部队委员会催促我们报告设计方法,我被告知第一轮传讯将在下周进行。你不用参加,但是我们很可能会提及你。"

凯拉只看过一次那个视频,但一次就够了。视频是有人在市场里用手机拍摄的,画面摇晃模糊。来自"守护者"的视频无疑会清楚不少,但她看不到了,那属于机密资料。

市场里人头攒动,熙攘的人群趁着清晨凉爽的空气出来逛逛。若定睛细看,那里很像凯拉采购杂货的农贸市场。一名年轻美国人,身着显眼的防弹背心——在那里只有外籍重建顾问和技术人员才会这样穿,正和一个商人说着什么,也许是在为想买的水果讲价。

记者不久后采访了他,他的话一直在凯拉脑中回响:"突然,我听见在市场上空巡逻的'守护者'发出的声音起了变化,它们停下来悬在我的头顶,我意识到情况不妙。"

视频中,他周围的人群突然向四面散去,互相推搡着逃开。视频拍摄者也跑了,屏幕变得一片混乱模糊。

画面稳定下来后,已经离事发地点很远。两个小型卡车大小的黑色机器人悬浮在摊棚上空,看起来就像食肉猛禽、钢铁怪物。

即使在手机视频里,也能听到机器人通过喇叭发出的用当地语言录制的警告。凯拉不知道警告里说了些什么。

一个男孩朝美国人跑去,一边大笑一边尖叫,似乎没注意到悬浮在他头顶上的机器。他张开双臂仿佛想要拥抱那个男人。

"我呆住了,心想,上帝啊,我死定了。那小孩身上带着炸弹,我死定了。"

通过利用机器人的某些弱点,当地武装分子尝试着适应操纵机器人的算法。因为他们得知小孩具有相对较高的附带损伤数值与相对较低的嫌疑目标数值,于是他们开始利用儿童来实施行动。为了应对他们的新策略,凯拉只能对算法与赋值表进行调整。

"你做出的所有改动,都是应军方要求并得到了他们批准的。"施托伯博士说,"你的程序严格遵守最新的交战规则以及监管真人士兵的战场惯例。你的行为无可指责,参议院的调查只是例行公事。"

视频中的男孩继续朝美国人跑去,悬浮于上空的"守护者"发出的警告声越来越大,但他全然不顾。

更多不同年龄的男孩女孩拥入这片人群空出来的区域,大叫着跟随在第一个男孩身后。

武装分子研究出了一个对付无人机的策略,有时会奏效。他们首先单独放出第一个人体炸弹,引开无人机火力。当无人机操作员的注意力集中在第一个人身上时,后备人体炸弹便会趁着无人机朝第一个人开火时,一窝蜂拥向目标。

机器人不会分神,凯拉已经设计好应对这种策略的程序。

现在,视频里的男孩距孤立无助的美国人仅几步之遥,悬浮在右上空的"守护者"开了一枪,屏幕里传来的声响让凯拉往后一缩。

"声音很大。"被采访的男人说道,"我曾听过'守护者'开火,但都离得很远。近在咫尺是完全不同的感受。仿佛枪声传入的不是耳朵,而是骨髓。"

男孩应声倒地,脖颈之上的脑袋不见了。在人群之中开火时,"守护者"必须做到干净利落。

视频中又传来几声震耳的枪声,凯拉不禁跳了起来。手机主人连忙掉转镜头,只见几团破衣烂衫和血迹出现在地上。是其余的小孩。

人群远远躲着,但有个别男人返回事发的空地,提高嗓门走上前去,却不敢离受惊的美国人太近,因为他头顶仍悬浮着两架"守护者"。几分钟后,美军士兵与当地警察赶到现场,将人群驱散回家,视频至此结束。

"当我看到死去的小孩倒在泥土中时,只觉得心安了下来以及难以言表的高兴。他本想要杀我,而我得救了,被我们的机器人拯救了。"

不久后,拆弹机器人在搜查死者尸体时,没有发现爆炸物。

第一个小孩的父母站出来解释,说他们儿子的精神不大对劲,通常都被锁在家里,但那天不知怎么的逃了出来。没人知道他为什么会冲那个美国人跑去,也许是觉得他的长相不同,所以好奇而已。

所有邻居都向当局坚称男孩并不危险,从未伤过人。他的兄弟姐妹和朋友跟在他后面,是想阻止他惹出什么麻烦。

采访中,男孩的父母泣不成声。采访视频下方的部分评论说,他们只是在镜头前故作悲伤,为的是从美国政府手里获得更多赔偿。另外许多评论者则十分愤怒,互相唇枪舌剑,在评论中罗列出详尽的论证,试图压倒对方。还有些评论者再次提出一个观点,即对于新闻报道的评论应该有底线。

凯拉想起自己修改程序的那天。天很热,她在吃刨冰。她记得自己删除了儿童生命的旧数值,然后添加了新数值。正如数百个已经完成的改动一样,没什么稀奇的。她记得自己删掉了一个"if"语句,添加了一个新的,改变了控制流以打败敌人。她记得自己在想出解决嵌套逻辑的巧妙方法后激动不已。这是军方的要求,她决心全心全意地尽己所能。

"错误不可避免。"施托伯博士说,"媒体的闹剧总会落幕,所有的是非总会结束。新闻周期是有限的,新事件终将取代旧事件,我们只需耐心等待。下次我们会想出让系统工作得更好的方案。我们的做法是进步,是战争的未来。"

凯拉想到那对哭泣的父母、死去的那个小孩,以及死去的那些小孩。想到施托伯博士提到的百分之八十这个数据。想到父亲记分卡上的数字,以及那串数字背后的父母、孩子与兄弟姐妹。她想到了父亲回家时的模样。

她起身欲走。

"你得记住,"身后的施托伯博士说,"你没有责任。"

她没有说话。

凯拉下了公交车走回家时正值高峰期,街上堵满了汽车,路旁挤满了人。饭店很快人满为患,女服务员与顾客在打情骂俏,站在橱窗前的男男女女盯着里面的商品。

她确信其中大部分人已烦透了关于战争的报道。如今已经没有阵亡士兵被运送回国了。这是一场干净的战争。这不正是生活在一个文明国家的意义吗?如此一般人便不需要操心战争,而是让其他人、其他东西来操心。

她大步经过冲她微笑的服务员,经过不知她姓甚名谁的用餐者,混进路旁拥挤的人群。有人开怀大笑,有人在听音乐,有人在争执吵架,却没人留意到一个怪物正从他们中间走过,也不知道千里之外的机器正在挑选下一个杀戮的目标。

麦克斯韦之妖

Maxwell's Demon

胡绍晏 译

2012 年首次发表于《奇幻与科幻杂志》（*The Magazine of Fantasy & Science Fiction*）

没有小妖守在门口，世界的熵值便会增加。

1943 年 2 月

图勒湖战时转置中心离营申请表

姓名：山城贵子

问题 27：你是否愿意效力于美国武装部队并在任何地点执行战斗任务？

我不知该如何回答这个问题。我是女人，没有资格参加战斗。

问题 28：你是否愿意宣誓效忠美利坚合众国，忠实地捍卫美国免受国内外一切武装力量的攻击，并放弃对日本天皇或其他任何外国政权与组织的忠诚？

我不知该如何回答这个问题。我出生在华盛顿州的西雅图，从未以任何形式效忠于日本天皇，因此也无所谓放弃。当我的祖国能给予我和家人自由时，我愿意无条件地效忠于它。

1943 年 8 月

贵子沿着笔直的道路走向行政楼群,两边是整齐划一的低矮营房,每一栋分成六间屋子,每间屋子里住一家人。她可以远远地望见东边圆筒状的鲍鱼山。她想象从山顶俯视井然有序的营房:就像小时候父亲给她看的一本书里所画的古代奈良,布局规整而匀称。

她穿着一件简单的白色棉布连衣裙,一阵轻风拂过,化解了北加利福尼亚州八月的暑气。但她怀念阴凉湿润的西雅图,怀念普吉特海湾无休无止的雨水,怀念家乡朋友们的欢笑,怀念不受瞭望塔和铁丝网限制的地平线。

她来到营地的指挥部,向警卫报上姓名。他们护送她穿过长长的走廊,又穿过几间满是烟臭味的大屋子,里面坐着一排排打字员,键盘敲得噼啪作响。最后,他们来到指挥部深处的一间小办公室。他们在她身后关上门,外面办公室嘈杂的机械声和话语声消退下去。

她不知道为何受到传唤。她站在那里,看着桌子对面穿制服的男子。那人正惬意地靠在椅背上抽烟,身后的电扇把烟吹向她。

副主管注视着那女孩。漂亮的日本姑娘,他心想,漂亮得几乎能让你忘记她的身份。他甚至有点遗憾必须放她走。要是留着的话还可以提供一点儿有意思的消遣。

"你就是山城贵子,那个爱说'不'的姑娘。"

"不,"她说道。"那些问题我没有答'不'。我的回答是有效的。"

"假如你是忠诚的,只需回答'是'就可以了。"

"我在表格上解释了,那些问题没有意义。"

副主管示意她坐到办公桌对面的椅子上,但没有给她倒水。

"你们日本人太不懂感恩,"他说道,"我们把你们带到这儿,是为了保护你们,结果你们就知道抱怨和罢工,还表现得鬼鬼祟祟、心怀敌意。"他望向贵子,看她敢不敢反驳。

但她一言不发。她想起邻居和同学眼中的恐惧与厌恶。

过了一阵,副主管深吸一口烟,继续说道:"我们跟你们不一样,没那么野蛮。我们知道日本人有好有坏,但问题在于很难分清好坏。于是我们稍稍打开一扇门,问一些问题。好人很快就跑出来了,坏人仍旧留在里面。人的行为总是服从于本性,忠不忠诚自然会见分晓。然而你非得把问题搞复杂化。"

她张开嘴,但忍住了。这个人的世界里容不下不带任何标签的山城贵子,她最多只能是"好日本人"或者"坏日本人"。

"你上过大学?"副主管换了个话题。

"是的,物理学。我在读研究生,然后……就到了这里。"

副主管吹了个口哨,"从没听说过有女物理学家,不管是不是日本人。"

"我是班里唯一的女性。"

副主管打量着她,就像打量马戏团的猴子,"你一定很自豪,觉得自己非常聪明。也许说滑头更合适。这就解释了你的态度。"

她平静地注视着他,一言不发。

"不管怎样,你似乎有个机会为美国提供帮助,证明自己的确是忠诚的。华盛顿那边的人特别指定要你。如果你同意,就在这些文件上签字,他们明天来接你时会告诉更多详情。"

她简直不相信自己的耳朵,"我可以离开图勒湖①?"

"别太激动,你不是去度假。"

她迅速翻阅了一遍面前的那堆纸,惊愕地抬起头,"这些文件要我放弃美国国籍。"

"当然,"他被逗乐了,"我们不能把你作为一个美国公民送回日本帝国,对不对?"

送回?她从没去过日本。她在西雅图的日本城长大,然后直接去了加利福尼亚州读大学。她只见识过那么一小片舒适安逸的美国国土,然后就来到这里。她感觉一阵晕眩,"假如我拒绝呢?"

"那就证实了你不愿帮美国打这场仗。我们会相应地处置你和你的家人。"

"我得放弃美国国籍来证明自己是爱国者。你看不出这有多荒谬吗?"

他耸耸肩。

---

① Tule lake,二战时期美国针对日裔设立的管理最森严的隔离中心所在地。

"我的家人怎么办?"

"你的父母和弟弟留在这儿,由我们来照看,"他微笑着说,"这能确保你始终专注于工作。"

贵子被指控为日本的忠实拥护者,是个愿意为天皇效死的二代日裔美国人,而且还迫不及待地放弃了国籍。美国政府出于同情,不愿伤害一个弱小的女孩,将她列入遣返日本的因犯名单,以换取在中国香港被日本俘虏的美国人。在图勒湖,亲日的营友们对她的父母表示祝贺,称赞她的英勇,而其他大多数营友则以怜悯的目光看待她的家人。这让山城夫妇感到很困惑。贵子的弟弟也是个"爱说'不'的小伙子",对那些原则问题同样拒绝回答,还常常跟其他因犯打架。不久,他们一家被带到禁闭区,跟营地里的其他因犯隔离,以便"保护他们"。

华盛顿来的人向贵子解释了到达日本之后的行动。日本人会怀疑她,会对她进行盘问审讯。她必须尽一切可能用言行来证明自己对日本帝国的忠诚。为支持她的故事,政府将释出消息,说她的家庭成员因带头发动因犯骚乱而被处死,营地随即实施戒严。这样日本人便会认为她跟美国已没有任何瓜葛。她要利用一切资源——那些人意味深长地打量着她婀娜的身躯——获取有用信息,尤其是关于日本的工程技术发展。

他们告诉她:"你给我们的信息越多,你的家人和祖国就越安全。"

贵子的日语是在西雅图日本城的集市里学的,因此,在宪兵队的审讯人员面前,她的语言能力受到了严峻的考验。她一遍又一遍地回答同样的问题。

你为什么恨美国人?

你是否一直对日本帝国怀有忠诚?

你听到珍珠港大捷的新闻时是什么感受?

最后,他们宣布她是天皇的忠实臣民,是个骄傲的日本人,而且曾在野蛮的美国人手里备受折磨。由于她的英语技能和理科学历,她被安排去帮助军方的科学家工作,翻译英语论文。她感觉自己仍受到宪兵队的监视,但也不太确定。

政府宣传人员拍摄了她身穿白色实验服在东京工作的视频。一名抛弃美国、为国争光的女物理学家!她象征着新兴的日本。她看着镜头,妆容精致,微笑端庄。她心想,这不是狗跳舞跳得好不好的问题,而是狗必须要跳舞。

帝国陆军军官,物理学家秋叶聪对她很感兴趣。他四十多岁,仪表堂堂,曾去过英国和美国留学。他俯身低声问她,是否有兴趣跟他去冲绳,参与一个重要项目。他一边问,一边伸手拨开她眼前的一缕头发。

1944 年 3 月

在距离东京千里之遥的冲绳,春季非常暖和,甚至算得上炎热。与本土诸岛的繁华都市相比,冲绳显得平静安宁,几乎与现代社会隔绝。这里没有不断劝导人们为战争献身的广播,让战争显得遥远、虚幻。有时候,贵子甚至可以假装自己只是一个在读的研究生。

她在大院里有自己的房间,但很少去那里睡。大多数夜晚,秋叶院长要求她在一旁作伴。有时,他一边让贵子按摩,一边给在家乡广岛的妻子写信。还有时,在他们上床前,他要求贵子用英语跟他交谈,为了"练习一下"。她的美式生活习惯和美式教育似乎对他有特别的吸引力。

贵子不知道 98 号部队的任务。秋叶似乎并不完全信任她,也从不跟她聊起战争进展和他的工作。他很谨慎,只给她分配最无关紧要的任务:阅读并总结西方那些看似毫无实用性的研究,比如气体扩散实验、原子内部能量的计算和心理学中的竞争理论。但大院里戒备森严,有大约五十名科学家在其中工作,附近的农场都已清空,村民们被强迫迁走。

她的美国联络人通过仆人与她取得联系。如果她想要传递重要物品,便用卫生巾将其裹住,丢在垃圾筒里。仆人会把卫生巾带出大院,封进一个罐子,交给渔民家庭,投入菲律宾海的某个海底环礁内。之后,会有美国潜艇把它捞起来。

她心想，那卫生巾需要经过漫长的旅途才能抵达美国。沾有经血的白色卫生巾仿佛是对太阳旗的拙劣模仿，人们往往不愿仔细查看。不得不承认，她的联络人很聪明。

有一天，秋叶心事重重，想要到内陆的树林里走一走，并要求贵子一起去。他们把车一直开到路的尽头，然后走向森林深处。贵子心情不错，自从到冲绳以来，她还没有机会探索这座岛屿。

他们经过一片巨大的银叶树林，其垂直的板状根就像大自然制作的日式屏风。他们听到冲绳啄木鸟吱吱的叫声，又看到细叶榕扭曲的气根，仿佛森林仙子从枝头滑落。贵子经过这些圣树时，心中默默祈祷，就像小时候母亲教的那样。

一小时后，他们来到一片林间空地。空地的另一头是个黝黑的山洞口，直通地下。一条小溪流入山洞，叮叮咚咚的水声在洞壁间回响。

贵子感觉到山洞里有一股敌意。她似乎能听见呻吟、尖叫和嘶喊责骂。她站得越久，那些声音就变得越响。她膝盖一软，不由自主地跪了下来，身体前倾，双手和额头伏在地上，然后说道："穆诺由乌伊由露姆。"不要指责他人。这是一种她许久不曾使用的语言，就连在她自己耳中听来都很怪。

那些声音安静下来，她抬起头，看到秋叶站在一边，带着难以解读的表情低头望着她。

"对不起，"她说道，然后跪伏在他面前，"小时候，母亲和外祖母都跟我讲琉球语。"

她记起母亲说过的事。她母亲在冲绳上学时,老师让她把"罚札"挂在脖子上,那相当于一块公示牌,说明她是个讲琉球语、不讲日语的坏学生。她母亲的女性先祖世世代代都是灵媒,擅长与亡灵沟通。本岛人认为灵媒和祝女①是危险的原始迷信,不利于国家团结,这些习俗必须废除,以便让冲绳人洗净污点,成为日本民族的正式成员。

讲琉球语的都是叛徒和奸细,这是一种禁忌的语言。

"没关系,"秋叶说道,"我不是语言狂热分子。我知道你的家庭背景。你以为我为什么要你一起来?"

秋叶解释说,这山洞据说是数百年前日本军队征服该岛之前,古琉球国王藏匿宝藏的地方。皇军的一些官员认为这个说法值得深入调查,于是他们把一批来自中国和朝鲜的奴工,以及被判刑的亲共分子送到山洞里干活。由于指挥官过分热衷于侵吞项目资金,导致囚犯食物不足。他们于去年发动暴乱,所有人都被打死,大约五十具腐烂的尸体仍留在山洞里。他们没发现任何有价值的东西。

"你能听见他们说话,对不对?"秋叶问道,"你继承了母亲的灵媒天赋。"

他继续解释说,科学研究者不应该不经核查便贸然否决某种

---

① 古代琉球国(今冲绳县及鹿儿岛县奄美群岛)的琉球神道教女祭司。

现象。建立 98 号部队的目的就是研究超自然现象：超感、隔空移物、死者复生，等等。冲绳的灵媒世世代代与亡者沟通，他觉得最好从这方面入手，看看能有什么发现。

"许多灵媒声称能与横死者对话，但我们一直无法让死者派上用场。他们缺少的是科学解释。

"但现在我们有了你。"

贵子说服两个亡灵，阿泰和三乐，让他们依附到一把丢弃在洞口的铁锹上。他们生前用过这把铁锹，因此比较容易接受。她能依稀看到两个饥饿消瘦的人影附在铁锹柄上。

他们给她看满洲家乡的高粱地，大片红色的植株摇摆起伏，仿佛海浪。他们给她看爆炸的场面和燃烧的房屋，以及一队队行进的士兵。他们给她看妇女的肚子被刺刀剖开。太阳旗下，年轻的小伙子跪成一排，然后被斩下头颅。他们给她看镣铐与锁链，黑暗与饥饿，而当最后的时刻来临时，他们已无可复失，死亡几乎是一件值得期待的事。

"停下，"她恳求他们，"请停下。"

她回想起一件事。那是在西雅图，在他们家狭小的单间公寓里。一如平常，外面在下雨。六岁的她是第一个醒来的。外祖母睡在她身边。

她侧过身,把毯子往上拉,盖住外祖母。恩嬷生病了,夜里会发抖。她用手触摸外祖母的脸颊。每天早上,她总是这样叫醒外祖母,然后她们躺在一起低声说笑,等着窗外逐渐亮起来。

但这次有点不对劲。外祖母的脸很冷,而且像皮革一样硬邦邦的。年幼的贵子坐起身,看到外祖母的幽灵坐在地垫另一头。贵子看看身旁的躯体,又看看幽灵,她明白了。

"恩嬷,玛卡伊伽?"她问道。你要去哪里?尽管父亲说这是个坏习惯,但外祖母一直跟她讲琉球语。"如今在日本城,我们都得做日本人,"他说,"冲绳人没有未来。"

"纳玛里基玛。"外祖母说。回家。

"恩基恰阿比拉。"再见。她开始哭,而大人们也醒来了。

母亲带着外祖母的一枚戒指独自回到冲绳。贵子和母亲一起劝说外祖母依附到那枚戒指上。"牢牢地附住,恩嬷!"外祖母在她头脑中绽露出微笑。

"你现在也是个灵媒了,"母亲对她说,"没什么比客死异乡更惨的。死者的灵魂回不去家乡便无法安息。帮助他们是灵媒的职责。"

他们将那铁锹带了回去。秋叶非常兴奋,一路上吹着口哨,哼着歌。他向贵子询问幽灵的详情:他们长什么样,声音如何,他们想要什么。

"他们想要回家。"她说道。

"是吗?"秋叶踢了一脚路边的一丛蘑菇,碎屑四处飞散,"告诉他们,如果帮我们取得战争胜利,他们就可以回家。他们活着的时候太怠惰,没能为天皇效力,但现在还有机会补偿。"

他们经过榕树林和银叶树林,经过一丛丛木槿和叶片犹如巨大象耳的姑婆芋。但贵子无心再欣赏风景。她感觉几乎难以把持体内的"玛布伊",即生灵之气。

秋叶给她看产品原型:一个中间有块隔板的金属盒,隔板上布满覆有半透明丝膜的小孔。

"灵媒告诉我,幽灵很虚弱,几乎无力移动实物,甚至不能从桌上拿起一支笔。他们最多只能稍稍挪动一根丝线。是这样吗?"

她表示赞同。幽灵跟物质世界的互动的确很有限。

"我猜那些女人说的是实话。"秋叶沉思道,"我们对其中一些人用了酷刑,看她们是不是对能力有所隐瞒。"

她尽力模仿着他平静的表情。

"战况不太顺利,"秋叶说,"跟宣传人员讲的不一样。一段时间以来,我们一直处在防御状态,美国人通过太平洋上的一座座岛屿不断推进。他们缺少勇气和技巧,却拥有财富和无穷无尽的补给物资。这一直是日本的弱点。我们的石油和其他重要物资即将耗尽,需要寻找意想不到的能量来源,以扭转战局。"

秋叶抚摸着她的脸,虽然不太情愿,但她发现自己在他轻柔的触摸下变得松弛下来。

"1871 年,詹姆斯·克拉克·麦克斯韦设计了一种巧妙的引擎。"秋叶继续说道。贵子想说,她知道麦克斯韦的主意,但秋叶不予理会,演讲兴味正浓。"他不是日本人,但也算很聪明了。"他补充道。

"一盒空气里充满高速运动的分子。它们的平均速度就是我们认知中的温度。

"但实际上,空气分子的速度并不相同。能量较高的分子移动速度快,另一些分子则移动较慢。假设盒子中间有一道活板门,我们让一个小妖①站在门边。小妖观察着盒子里来回反弹的分子,当他看到速度较快的分子从右侧朝着门的方向运动,就打开门,让它进入左侧,然后立刻把门关上。当他看到速度较慢的分子从左侧朝着门的方向运动,就打开门,让它进入右侧,然后立刻把门关上。一段时间过后,尽管小妖没有直接操控分子,也没有将能量导入系统,整个系统的熵值却下降了,盒子左侧都是高速运动的分子,变得比较热,而右侧都是较慢的分子,变得比较冷。"

"利用热量的差异,可以完成一些实在的工作,"贵子说,"就像截住水流的大坝。"

---

① 麦克斯韦之妖(Maxwell's demon),是在物理学中假想的妖,能探测并控制单个分子的运动,是物理学家詹姆斯·克拉克·麦克斯韦为了说明违反热力学第二定律的可能性而设想的。

秋叶点点头,"小妖只是让分子根据自身的特性进行分类,在此过程中,他将信息转换成能量,绕过了热力学第二定律。我们必须造出这样的引擎。"

"但那只是一个思想实验。"贵子说,"要去哪里找这样的小妖?"

秋叶对她露出微笑,贵子感觉到一股寒意顺着脊椎蔓延。

"这就是你的任务了。"秋叶说道,"你去教那些幽灵把热分子和冷分子分开,为引擎提供动力。成功之后,我们就能凭空产出无穷无尽的能量,建造出不烧柴油也无需浮上水面的潜艇,不耗燃料也无须着陆的飞机。利用亡灵提供的能量,我们将让纽约和旧金山陷入火海,把华盛顿炸回一片沼泽,所有美国人都将丧命,在恐惧中尖叫。"

"咱们试试这个游戏,"贵子对阿泰和三乐说,"如果你们能做到,我也许有办法送你们回家。"

她闭上眼睛,让灵魂飘荡出去,与幽灵的意识相融合。她试图与他们共享视觉,透过他们的眼睛观察周围环境。由于不受物理实体的限制,他们可以将感官聚集于极小的尺度和极短的时间,让一切都显得巨大而缓慢。但他们不识字,也没受过教育,不知该如何观察。

她继续稳住他们的注意力,同他们分享她的知识,教他们把空气看作一片由来回反弹的玻璃珠构成的海洋。

她引导他们来到盒子中间,那里覆盖着隔板的薄膜由一缕缕丝线构成。她以极度的细致与耐心引导他们静静等待,直到一粒分子朝着隔板移动。"打开!"她喊道。

她看着阿泰和三乐用尽全力把丝线拉扯弯曲,露出一个小缺口让空气分子穿过去。

"快,快一点!"她喊道。她教他们加快速度,不断开关隔板上的门洞,分开快速和慢速的分子。

不知过了多久,她睁开眼,猛吸一口气,她的"玛布伊"完全回到了体内。时间恢复了正常,幽暗的屋子里,尘埃在阳光照射下缓缓飘移。

她将手放到金属盒上,感觉到它逐渐变热,她一阵战栗。

到了深夜,贵子待在自己房间里。她跟秋叶解释说,每月的例假来了。他点点头,找了一名女仆作伴。

她发现整个计划中最困难的部分竟然是让阿泰和三乐躲进卫生巾。他们曾经遭受如此多苦难,却不愿接受这件事,她感觉有点荒谬。但男人就是那么古怪。最后她终于说服他们,这是回家的唯一途径,尽管路途漫长而迂回,需要绕过半个地球。他们信任她,因此不情不愿地遵从了她的要求。

她筋疲力尽地坐到桌边,在半盈的月光下开始书写报告。

美国间谍带来消息,美国人正在研究一种靠原子裂变产生能量的新武器。德国人多年前就已实现铀裂变,日本也有同样的项目。美国需要加快脚步。

贵子知道,要制造基于铀的原子弹,关键是得取得适用的铀元素。铀有两种同位素,铀 –238 和铀 –235。自然界中 99.284% 的铀是以铀 –238 的形式存在,但要实现持续的核链反应,主要得靠铀 –235。这两种同位素无法以化学方法区分。

贵子想象铀原子以化合物的形式挥发到空中,分子互相碰撞,就像金属盒子里的空气。含有较重的铀 –238 的分子比含有较轻的铀 –235 的分子平均速度略微慢一点点。她想象分子在试管中来回反弹,而幽灵们则守在靠近顶端处,让速度较快的分子通过,但把较慢的分子挡在试管内。

"如果你们帮助美国赢得这场战争,你们就可以回家。"她低声对幽灵说道。

她写下自己的建议。

贵子心想,在幽灵帮助下制造出的核弹威力究竟有多大?是不是比太阳更亮?能不能将一整座城市淹没在火海中?会不会制造出数百万尖叫的幽灵,永远都回不了家?

她略一犹豫。她是杀手吗?如果她不作为,有些人会死。无论她怎么做,总是会有人死。她闭上眼睛,想起家人,希望他们的日子不至于太艰难。她弟弟是个问题,他整天情绪抑郁,充满愤怒。

她想象图勒湖营地所有的门都打开了,人们蜂拥而出,仿佛高能量分子。战争结束了!

写完报告之后,她希望美国国内的分析师们不要以为那是疯子的呓语。她特别用双划线标注,要求让母亲跟阿泰和三乐合作,并在工作完成之后,帮助他们回家。

"他们逃跑了是什么意思?"秋叶似乎并不生气,而是显得很困惑。

"我没法跟他们解释清楚需要做什么,"贵子伏在地上说道,"很抱歉。我答应他们的奖励诱惑太大。他们欺骗我,让我一度以为实验成功了,但事实证明那只是我的想象。他们一定是害怕我发现他们的欺诈行为,于是连夜逃走了。如果你愿意,我们可以去山洞里找其他幽灵。"

秋叶眯缝起眼睛,"其他灵媒从没遇到过这种事。"

贵子的视线盯着地面,心口怦怦直跳,"请理解,这些幽灵本来就不是天皇的忠诚臣民。他们是罪犯。对于中国人,你还能指望什么呢?"

"有意思,你是说我们应该让忠诚的臣民自愿参与这项任务?比如说,让他们变成幽灵,更好地为天皇效力?"

"我完全不是这个意思。"贵子说,她感觉嘴里很干,"就像我说的,理论没有问题,但我认为这任务难度太大,普通的士兵和农民难以胜任,哪怕他们的幽灵对天皇充满热忱。我们暂时应该先进行其他研究。"

"暂时。"秋叶说道。

贵子咽下恐惧,对他露出微笑,然后开始除去衣衫。

1945 年 6 月

那村庄依山而建,在大山的庇护下躲过了大部分轰炸与炮击。不过当他们蜷缩在小屋里时,地面仍然时不时一阵阵震颤。

他们无处可逃。海军陆战队于两个月前登陆,缓慢无情地不断向前推进。数周前,98 号部队的大院被炸成了废墟。

村民们聚集在小屋外的广场里,听一名士官讲话。他脱掉了衬衫,肮脏的皮肤底下凸显出一根根肋骨。几个月来,食物一直实行配给制,许多平民受命自裁,好让皇军的补给能持续更久,但食物终究还是吃完了。

聚集的人群里有妇女,也有幼童和老人。数天前,所有身体健全的男人,包括男孩,都手握竹矛,朝着美国陆战队发起自杀冲锋。

贵子也有跟那些男孩道别。战斗之前,有些少年十分平静,甚至带着渴望。"让那些美国人见识一下我们冲绳人的大和魂!"他们一起高喊,"只要我们仍在战斗,就能保证本土诸岛的安全!"

他们没一个人回来。

那名士官的腰带上挂着一把剑。头上绑的一字巾破破烂烂,沾着血迹。他来回踱步,泪流满面,充满愤怒与悲伤。问题出在哪里? 日本是无敌的。一定是血统不正的冲绳人犯的错,毕竟他们不是真正的日本人。虽然他们逮到许多用难懂的方言窃窃私语的叛徒,并将他们处决,但一定还有更多人偷偷地在帮助美国人。

"美国人朝每一栋房子里开枪,每一栋有妇孺居住的房子。他们听到婴儿的哭声也不停手。他们是畜生!"

贵子一边听他讲,一边想象当时的场景。士官描述的是美国人攻打山那边的村庄时的情景。日本兵退入房舍中,把村民当作人盾。有的女人拿着长矛冲向陆战队。陆战队队员开枪打倒她们,然后朝屋内射击。现在要区分平民和士兵已经太迟了。

"他们会强暴你们每一个人,还会当面折磨你们的孩子,"士官说道,"不要让他们得到满足。为天皇献出生命的时刻到了。我们的灵魂将获得胜利。日本永不言败!"

有些孩子开始哭闹,他们的母亲予以安抚。她们用空洞的眼神瞪视着拼命手舞足蹈的士官。她们对"强暴"这个词没有反应,皇军在发起自杀攻击的前一夜,就已经拿这些女人充当最后的疯狂享受。她们很少有人抵抗。这就是战争,不是吗?

每个家庭的负责人都领到一枚手雷。早些时候,每个家庭可以拿到两枚,一枚给敌人,一枚给家人。但手雷也快用完了。

"到时候了。"士官喊道。村民们谁都没有动。

"到时候了!"士官重复道。他用枪指向一名母亲。

那母亲把两个孩子拉到身边,一边嘶喊,一边拔掉手雷的引信,并将手雷抱在胸前。她继续尖叫,直到尖叫声被爆炸突然截断。血肉四散飞溅,有一些落在士官脸上。

其他母亲和老人开始哭喊,然后是更多爆炸声。贵子用手指塞住耳朵,也无法阻隔亡灵们持续不断的嘶喊。

"是时候轮到我们了。"秋叶说。他像往常一样平静,"我可以让你选择死法。"

贵子难以置信地看着他。他伸手抚摸她的脸颊。她往后退缩,秋叶停下来,露出嘲讽的笑容。

"但我们要做个实验,"他说,"你是天皇忠实的臣民,而且受过科学教育,我要看看你的幽灵是否能做其他幽灵办不到的事,充当'麦克斯韦之妖'。我想知道我的引擎是否有效。"他朝房间角落里的金属盒甩了甩头。

贵子看到了秋叶疯狂的眼神。她强迫自己保持镇静,仿佛跟孩子说话般,轻声细语地说道,"也许你应该考虑投降。你是重要人物,鉴于你所掌握的知识,他们不会伤害你。"

秋叶笑出声来,"我一直怀疑你口不对心。在美国生活这么久,你被腐蚀了。我再给你一次机会证明对天皇的忠诚。你可以选择怎么死,不然我就替你决定了。"

贵子看着秋叶,眼前这个人可以若无其事地对老妇施以折磨,愉悦地想象着一座座城市在火焰中毁灭,还可以在冷漠平静中兴起杀人的念头,就为了让死者的灵魂为死亡机器提供动力。但这些年来,只有他对她表现出近乎爱意的温柔。

她对他感到恐惧,想要朝着他尖叫。她既憎恨他,又怜悯他。她既想看他死,又想拯救他。但最重要的是,不管他遭遇何种命运,她都想活下去。这就是战争,不是吗?

"你说得对,院长。但是,在我死之前,请让我再快活一次吧。"她开始脱裙子。

秋叶闷哼了一声,放下枪,开始解皮带。即将到来的死亡反而令他产生更强烈的欲望,想必对这女孩来说也一样。

他的注意力松懈下来。

也许他对那女孩太苛刻了,其实她还是很忠诚的。他会怀念她脸上偶尔闪过的古怪而惹人喜爱的美式表情,怀念她介于惧怕与渴望之间的眼神,仿佛一只在回家路上迷途的小狗。他心想,这一次要对她温柔一点,就像很久以前跟妻子刚结婚时那样。(想到妻子一个人在广岛,连他是死是活都不知道,一时间,他感觉一阵揪心。)然后,他打算掐死她,以珍藏她的美丽。是的,就是这样,在达到高潮的那一刻,他要把贵子送上黄泉路,然后自己也跟着一起去。

当他抬起头,贵子不见了。

贵子不停地奔跑,慌不择路。她只想尽可能远离秋叶和那些尖叫的幽灵。

她看到远处有一抹鲜艳的色彩。那是……是的！是星条旗在风中飘荡。她的心跳到了喉咙口，突发的喜悦几乎要了她的命。她加快速度奔跑。

从山丘顶端俯瞰，她看到一座小村庄。到处都是死尸，有日本人也有美国人，有女人也有婴孩。鲜血渗了土地，而那面旗在热风中骄傲地飞舞着。

她看到陆战队队员在四处走动，朝着地上的日本人尸体吐口水，从军官的尸体身上捡拾佩剑之类的纪念品。有些人疲惫地坐在地上休息，有些人朝着畏缩在房屋门口的妇女走去。当陆战队员走到门口时，那些女人没有抵抗，只是静静地向屋里退去。这就是战争，不是吗？

但战争快结束了。她快要回家了。她凭着仅剩的一点力气冲过最后一百英尺树林，进入村子里。

两名陆战队队员猛然转过身，面对着她。他俩很年轻，跟她弟弟差不多大。贵子能够想象自己在那两人眼中的模样：衣衫褴褛，脸和头都好几天没洗，从秋叶身边逃离时，一侧胸脯还赤裸着。她想象自己用英语跟他们交谈，带着西雅图地区抑扬顿挫的语调，元音圆润，辅音朴实。

那两名陆战队队员脸上十分紧张，充满恐惧。他们以为战事已经结束，但这是不是又一次自杀冲锋？

她张开嘴,试图从紧锁的喉咙里憋出句话来。她嘶哑地说:"我是美——"

一梭轰鸣的子弹向她射来。

两名陆战队员站在她身旁。

其中一人吹了个口哨,"这日本妞真漂亮。"

"是挺漂亮,"另一个说道,"就是受不了这眼神。"

血从贵子的胸口和咽喉里汩汩地冒出来。

她想到在图勒湖的家人,还有她签的那堆文件。她想到那两个被她用自己的经血当掩护偷偷送走的幽灵。她想到那名把手榴弹抱在胸前的母亲。接着,她的头脑被尖啸呻吟的亡魂所包围,他们的悲哀、恐惧和痛苦令她难以承受。

战争打开人们心中的一道门,里面的东西已经泄漏了出来。没有小妖守在门口,世界的熵值便会增加。

这就是战争,不是吗?

贵子飘浮在自己身体上方。两名陆战队员早已对她失去兴趣,往别处去了。她低头看着自己的身体,悲伤但并不生气。她望向远处。

那面残破而污秽的旗帜仍在骄傲地飘荡。

她飘浮着靠近它。她要渗入那红色、白色与蓝色交织的纤维。

她要拥抱那些星星和条纹,依附于它们之间。那旗帜会被带回美国,她也将跟着一起回去。

"纳玛里基玛,"她对自己说,"我要回家了。"